色へのことばをのこしたい

伊原 昭

笠間書院

重要無形文化財保持者 志村ふみ氏による草木染

(べにばな) 紅

(あかね) 茜

(みはなだ) 水縹

(あい) 藍

(むらさき) 紫

(みどり) 緑

(提供 伊原昭)

はしがき

長い年月、色にかかわっていた、その間《かん》の折々に、書きとどめたり、また、話をさせていただいたりしたものなど、いずれも、論などと言えるものではなく、読んでいただくこともはずかしい、そうした拙《つたな》いものばかりをとり集めた小著であるが。

ただ、現今、私たちの周辺には、溢れるばかり多く、色、色がみられるのに、逆に、それらの彩《いろどり》をあらわす色の名称を、ほとんど聞くことがない、という現実に驚いている。

〝色彩があって色名がない〟、何故、ということをしきりに感じている。

こうしたことから、私たち祖先の日本の人たちの生活の中には、「このように、色に付けた、さまざまな名称が活躍していたのです」と言うことを、おおけないことであるが、わずかでも、小著からおくみとりいただければ、この上ない幸《さいわい》であると願っている。

○

絶滅寸前に、特別天然記念物・国際保護鳥とされて、佐渡で手厚く守り、育てられるようになった、とき（鴇・鴾・鵇・朱鷺）。

その羽の色のような淡紅色、あわいピンクの色を、江戸時代から昭和の初期頃まで、鳥の名にちなんで「とき色」と呼んで美しい色とされ、よろこばれていた。

たとえば、この「とき色」などのような、古代からの日本的な多くの色の名称に関心がもたれ、ときが保護されたように、「色へのことば」が消滅寸前から少しでも、今、そして今後の日本にのこされてほしいと念願している。

○

私の人生にとっての一瞬とも言える間を、御一緒させていたゞいたノンフィクション作家の柳原和子さん、ある会合の場で、小著の中に雀色という色の名称があって、夕暮の頃を、雀色時というのだそうだ。そんな話しを交わしていると、彼女は途端に眼を輝かせて「すずめいろどき」という語彙を知らなかった、そのことばがとても美しくて面白い、と話された。

その後、間もなくお若いのにお亡くなりになってしまったので、これがただ一回の、永久のお別れの場になってしまった。

私にとっては、この時、この折の雰囲気がいまだに非常に鮮明にのこされていて、どうしても忘れ得ない。

柳原さんがとり上げて下さった、雀、私たちに最も身近な、いつでもどこにでも、飛んだり、とまったり、ついばんでいたりする、その雀も減少しつつあるということを聞いて、何とか元気で頑張って欲しい、と、ひそかに、そして、ひたすら念じ続けているのである。

表紙の表側はときを、裏側は雀を、長年日本画に精進されている永尾月子さんにたび〳〵御依頼して画いていただいた。ご無理をお聞き入れくださったことをただ、有難く感謝申し上げるばかりである。

口絵はとくに、重要無形文化財保持者（人間国宝）の志村ふくみさんの、植物染の色糸の、その写真を掲げさせていただいた。このことはいいつくせない感謝の気持で一杯であり、衷心より深謝申しあげる次第である。

十月二十四日

目次

日本の色——序にかえて

古代の色は、草木の、花・葉・幹・根・実などを材料として、摺《す》ったり染めたりした素朴なものが多い。平安時代になると、技法が進歩し、季節々の植物の彩りを真似た染色・織色《おりいろ》・襲《かさね》の色目などが製作され、自然と人工の色とが一体となった絢爛とした美の世界が現出する。

これらは、古代でも平安でも、材料にしたり、真似たりした植物の名をそのまま色の名称としているのが大半を占めている。

とくに、平安時代は、桜が咲けば「**桜がさね**」、紅葉が色付けば「**紅葉がさね**」のように、四季の風物の彩りにあわせた服色を着用した。このことは、折々の景観に限りない美を感じ、その彩りを模した色合の世界に生きようとしたためとも考えられ、日本の人びとの、自然愛の発露といってもよいようである。

古代から日本人は、このように大自然に融《と》けこむ文化をつくりあげてきた。自然を破壊し、人工の文化を誇る現代の私たちは、このような色という小さな視点をとおしても、いささかでも謙虚に反省してみるべきではないかとひそかに思うのである。

文学と色彩

色彩とは

我々は、物のいろどりを表わすのに「色」という漢字を使っている。

「色」は、「人 卩」の合字で、男女の情愛の形態を象《かたど》った文字であり、この原義から種々の語意が派生し、いろどりをも指すようになったといわれる。

このように、色が、もとは人間の根元の形を示したものであることからも、どれほど、人間にとって重要であるかがわかるようである。

とくに、人にとって不可欠な感覚（視・聴・嗅・味・触）のなかでも、視覚が主と考えられるし、この視覚の領域に入る物すべてが色を有している。色彩については、古く、ギリシャの哲人アリストテレス（B・C・三八四 三二二）によっても、哲学の基本概念の「共通感覚」のひとつとして論じられたというが、現代では、広く各分野で、それぞれの立場からの研究が進められている。

さて、色彩それ自体は、科学的に定義づけられている一現象であろうが、例えば、気候や風土によっても、さらに、民族や国家の別はもとより、一つの国においても、時代、社会、文化などの相違によって、それぞれに応じたさまざまな顔をみせるようで、色は〝生きている〟といってもよさそうである。

最近は、色は環境、医療、福祉、教育などの、さまざまな面に応用されているが、対内外のマーケティングにも色が大いに活用され、購買慾をそそる魅力ある色を各企業でも選んで使うようで、現今こそ、人をひきつける〝生きている色〟を、探る必要があろう。

文学が表わすもの

文学は、その多くが、気候・風土などの自然環境や、人為的な社会や文化などを基盤とし背景としながら、そこに生きる人びとの、生《せい》の一断面を、如実に（フィクションであっても）言葉を用いて活写する芸術であるといってよかろう。

作中で、さまざまな事物を具象的に描くのに色が大きな役割を果すのはいうまでもないが、さらに、視覚をとおして、人びとに、種々の情感を呼びおこさせる、つまり、情緒の面にも働きかけて、色は、登場人物と渾然《こんぜん》となって生きているといっても過言ではない。

換言すれば、人間の生きざまを表わそうとする文学の、根元的な機能に深く関わるものと考えてもよさそうである。

文学に描かれた色

紙数の関係もあるので、以下、僅かな例をあげるにとどめるが、文学作品には、古代から色が描かれ、現代まで絶えることはない。

神々の世界を記した神話や伝説をみると、例えば、大物主神《おおものぬしのかみ》（三輪《みわ》山の祭神）が、「丹塗矢《にぬりや》」に化けて、美しい勢夜陀多良比賣《せやだたらひめ》の身体を突いたので、ひめは驚いてその矢を床《とこ》の辺に置いたところ、忽ち麗わしい壮夫《おとこ》になって、彼女と結婚したという（『古事記』）。あるいはまた、倭建命《やまとたけるのみこと》が東国討伐の折、足柄《あしがら》の坂の神が「白き鹿《か》」に化けたり、伊吹山の神が「白猪《ゐ》」に化けたりしたこと、征路の途中で命《みこと》が崩《ほう》じられたが、その魂は「**白き鳥**」に化《な》って天に翔《と》んでいったという（『古事記』『日本書紀』）。

このように、神が、矢に化《な》ったり、鹿《しか》や猪《いのしし》に化《な》ったり、人の霊魂が鳥に化《な》ったり、といった、不思議な、呪術的な事象が現出する場合、とくに、その色が、白や丹《に》（赤）であることが条件であったと言えるようである。

これは古代の人々が色（例にあげなかったが黒も）に、神性、霊力があると信じていたことの証《あかし》でもあろう。

平安の華麗な文化が開花した時代は、色彩の黄金時代と言われるだけに、物語をみると、色の具体例は枚挙にいとまがない。その中の、ほんの一例だが、『夜《よわ》の寝覚《ねざめ》』という物語には、他の物まで色が染まるかと思われるほどの「**紅**《くれない》」の織物の単衣《ひとえ》襲《かさね》、それに袿《うちぎ》の「**楝**《おうち》**襲**」（紫系の色合）、さらに小袿《こうちぎ》の「**撫子**《なでしこ》**襲**」（赤系の色合）、これらの衣装を何枚も着重ねた袖口の色同士の配合は、互いに映発し合い、その色々は、どのような秋の女神の竜田姫《たつたひめ》が染め出した花の錦なのか、と驚嘆するばかりの美しさである、とのべて、衣装の色への讃美に筆をきわめている。

精巧なさまざまな染色、織色《おり》、襲《かさね》の色合が醸《かも》し出す色彩の美的な世界に、王朝貴族は陶酔していたといってもよさそうである。

中世の、史上まれにみる争乱の時代は、その様相を描いた軍記物語によると、例えば、「**褐**《かち》」という名の色（濃紺色）が、戦いに勝《か》つと同音であるからという理由で、盛んに用いられたことが記されている。例えば、平清盛《たいらのきよもり》は六波羅《ろくはら》合戦の際、「**褐**」の直垂《ひたたれ》に、鎧《よろい》、太刀、矢、弓、馬、鞍《くら》にいたるまで、「**黒づくめ**」の出立《いでたち》で、敵の源氏《げんじ》方に見参《けんざん》したという（『平治《へいじ》物語』）。このような色の物具《もののぐ》姿は、さながら刀八毘沙門《とうはちびしゃもん》（外敵撃退の神通力をもつ）が悪魔降伏《あくまごうぶく》のために、忿怒《ふんぬ》の形を現《げん》じたようにも見え、もの凄《すご》く感じられると評している（『保元《ほうげん》物語』）。

これは「黒」に限らず、「赤」や「緋《ひ》」などの色にも凄絶感、脅威感を抱いたようで、権力を握った武人が好む原色、濃い色、警戒色とも言えるものが多く当時は注目されたと言ってもよいようである。

近世の町人《ちょうにん》（工・商を中心とする庶民）が主役となったとも言ってよい社会を主として描いている諸作品をみると、これらには、人気役者や高級遊女の好みの色合をまねた衣装を着用した町人が多く登場し、得意になっている有様が描かれている。

近世の独特の美的理念といわれるのが、通《つう》、意気《いき》、粋《すい》などであり、例えば通《つう》の典型といわれる人物の服装をみると、表からみえる部分は、「紺」、「黒」、「御納戸《おなんど》」などの、黒・青系の地味な色合で統一されているようである。（『通言総籬《つうげんそうまがき》』）

また、作者が「好風《いき》なこしらへでございませうネ」と太鼓判をおしている人物（もと芸者《げいしゃ》）の衣装は、「茶みぢん」、「媚《こび》茶」、「花《はな》色」、「御納戸」、「浅黄《あさぎ》」、「松葉《まつば》色」、「黒」じゅす、鼠色などで、茶、青、黒、鼠系のくすんだ色合である（『春告鳥《はるつげどり》』）。

なお、「粋《すい》な」とほめているのは、濃・淡を染め出した「藍色」の浴衣を手に持った、江戸の深川芸者の湯上がり姿の垢ぬけした美をさしているようである（『春色辰巳園《しゅんしょくたつみのその》』）。

概して黒、鼠、茶、青系の、凝《こ》った渋い色調に「つう」「いき」、「すい」等の江戸時代特有の美が感じられていたと考えられる。

さて、近・現代は、明治以降、西欧から輸入された化学染料の影響で、一挙に色の種類が増加し、現代の色見本集には、一五〇〇余種がみられるという。

しかし、文学の世界では、瞥見《べっけん》にすぎないが、色彩の作家と言ってもよい程の宮沢賢治（一八九六 一九三三）の作（童話全作品）でも六〇余種にとどまっている。そして、ごく一例にすぎないが、ベストセラーになった『サラダ記念日』（俵万智）には、「左手で文字書く君の仕草青《ブルー》めがねをはずす仕草黄みどり」といった特異な色彩表現もみられる。

文学と色彩のかかわり

以上、概観にすぎないが、次のように言えるのではないかと推測している。

色に超能力を信じたのが、素朴な人たちの生きざまを描いた古代の、神話、伝説の世界であった。優雅、華麗な色が醸《かも》し出す場面の雰囲気に、無上の美を感じ、色に限りなく執心したのが、上流の人びとの生活を描いた平安の、女流日記や物語の世界であった。色を闘争的な感覚や意識から捉え、鮮明・強烈な色を選び、色に威力を感じたのが、生死をかけた合戦の場での武者たちを描いた、中世の戦記文学の世界であった。遊里《ゆうり》や芝居の雰囲気から醸成される美の理念にかなう、一種の洗練された、地味でくすんだ色を好んだのが、庶民の人情の機微をも描いた、近世の町人文学の世界であった。

あくまでも憶測の域を出ないが、外国名も混じる多様な色に溺れたと言えるのかもしれないが、却《かえ》って、色が貧しく、その表現も混沌としているのが、現代文学の世界ではないのか、と想像される。

このように、各時代の文学作品から、人びとと一体になって〝生きている色〟の、さまざまな姿を垣間《かいま》みることができる。このことは、言い換えれば、作品の成立年代、その内容、ことに、作品の独自性、さらに、作者の創作意図、そして、作者の個性までも、該当の作品に形象された、「色の諸相」から、探ることが可能であるとも言えそうである。

つまり、それ程、文学と色彩とは緊密な関連を持つものであるという夢を、ひそかに私は生涯持ち続けている。

古典文学における色彩

色の消長

古典に描かれている色をみると、前代から継承されて変らぬ色、また、一層盛んになる色、あるいは、衰え絶えてしまう色、さらに、新しく生まれて一世を風靡する色、というように、時の流れにつれて、種々変化があるようである。

紀元前の中国で正色とされた、青、赤、黄、白、黒の五色（五行説《ごぎょうせつ》による）は、早く我国に伝来し、古代から今日に至るまで基本色として受け継がれている（ただ、黄は古典に少ない）。このほか紅、緑、藍、紺、紫なども消長はあるが、古代からの主要な色として今日に至っており、これらはいずれも変らぬ伝統の色といえよう。

一方、一時代に新しく製作された色や、一時代に格別栄えた色もひじょうに多い。

上代では、「**丹**《に》」（黄味の赤）、「**茜**《あかね》」（夕焼のような赤）、「**橡**《つるばみ》」（紺黒色）など、顔《がん》・染料（鉱物・植物）による単一色が多い。

平安では、「**二藍**《ふたあゐ》」（藍と紅花の交染、薄紫）、「**柳色**《やなぎ》」（経《たて》糸黄緑、緯《よこ》糸白）、「**紅梅襲**《こうばいかさね》」（表《おもて》紅、裏《うら》紫）、など、交《まぜ》（混）染（二種以上の材料で染めた色）、織《おり》色（経糸の色と緯糸の色で織った色）、襲《かさね》（表の布と裏の布の色とを重ねた色合）といった複合的な色調がきわめて多い。

中世では、「褐《かち》」（濃紺）、「緋縅《ひおどし》」（火炎のような赤の、糸や細い革で縅した色合）、「鴾《つき》毛」（白に蒼《あお》など雑毛があり、赤味をおびた馬の毛色）など、とくに、種々の色の札《さね》（甲冑の材料となる鉄・革の小板。）を糸・革で綴った複雑な鎧の色合、それに、とくに軍馬の毛色などが幅をきかせている。

近世では、「鼠《ねずみ》色」（藍味の灰色）、「茶《ちゃ》色」（江戸では挽《ひき》茶に似た色、京阪では煎《せん》茶の煮がらしの色）、「甚三《じんざ》紅《もみ》」（少し黄味の紅）、「利休《りきゅう》色」（黒ずんだ緑）、「路考《ろこう》茶」（黄茶の黒味がかった色）など、卑近な動物、飲食物などの名をかりた色や、ことに、色の考案者、著名人、人気役者などの名をつけた色が当世を風靡した。

流行の色

現今は、日常、知らず知らずのうちに、その時、その時に流行する色の物を買わせられる、といった、商業ベースにのせられることもたびたび経験する。このように、とくに我々に関連の深い流行色について、以下、少し、古典をのぞいてみたい。

上代では、「流行」という語は、政令や、疫病などが国中に広くいきわたる意に使われているが、色についてはまだみられない。

ただ、『万葉集』には、乙女の裾引く裳《も》の、「紅《くれない》」や「朱華《はねず》」の赤い色が多く歌われていて、青年たちは、その姿をみて、結婚を申しこみたいとか、その後姿が、立っても居《い》てもいられないほど恋しく思われるとか、夢にまでこの色が見える、などと詠じている。ロングスカートの赤が、若者たちを魅了する色として女性の間に大いに広まったようで、古代の、一種の流行の色と言えるかもしれない。

平安には、流行色に類する「今様色《いまよういろ》」という語が物語にみえる。諸説はあるが、今風、現代風の色、つまり流行の色と言い換えることができるかもしれない。これは光沢のある「紅」に類する色で、『源氏物語』には、紫《むらさき》の上《うえ》（光源氏の夫人）の正月の晴着に、また光源氏の下襲《したがさね》に、この色が使われ、これを着た源氏の姿は輝くばかりの美しさであるという。王朝の理想の人間像と讃えられるこの二人が、正装に用いていることからも素晴らしい色とされたことがうかがえる。

中世初期には「此《こ》の比《ころ》京に流行《はや》るもの」（『梁塵秘抄《りょうじんひしょう》』）と歌われているように、現時を意味する「此の比」、そして、「流行る」が意識されはじめ、その風俗は、男は強装束《こわそうぞく》、女は男風の姿であった。このような傾向からも、武者《むしゃ》好みの色が流行になったと推測される。例えば、「武者《むさ》の好むもの」をみると、「紺」、「紅」、「山吹《やまぶき》」（黄系）、濃き「蘇枋《すおう》」（紫赤系）、「茜《あかね》」（赤系）、「寄生樹摺《ほやずり》」（黒紺系）があげられている。いわば、赤、黄、黒系の奮い立つような、一面、猛威を感じるような色が喜ばれたようである。

近世になると、「五分でも透《すか》ぬ流行」（『春色梅児誉美《しゅんしょくうめごよみ》』）といったように、衣装の隅々まで流行にぴったりの色の姿が、羨しいとほめられた。また流行ともなれば、七才の女児が歳増《としま》のような地味な「紫《むらさき》」ちりめんのまげ紐《ひも》を好んだり、おかみさんが少女のように「真赤《まっか》」な鹿子絞《かのこしぼ》りの派手な切《きれ》を髪にかけたりして、「嗚呼《ああ》世の中の流行、其是非《そのぜひ》を弁《べん》ずることあたはず」（『春告鳥《はるつげどり》』）と嘆かせたほど、変則的なこともあったようである。ことに、近世末まで、「路考茶《ろこうちゃ》か、鼠《ねずみ》か、伊予染《いよぞめ》さ」（『浮世風呂《うきよぶろ》』）という、これらの色が流行したようであるが、これについて、「みんな昔流行《はやつ》たさうだが、段々《だんだん》流行《はやり》返《けへ》るのだ、……染色《そめいろ》も案《あん》じ尽《つく》す物だから、一人ひねつた人が有《あつ》て昔物《むかしもの》を見付出すとネ、今の目には珍らしいから、サア、能《いい》はと言《いつ》て一人着《き》い二人着いして流行《はやり》出すのさ」などとあり、昔の色が見つけ出され、これが今の人に目新しく思われて流行色に返り咲くという、現代で言う、色のリバイバルの現象もみられるようである。

以上に略記したように、時の流れにつれて、各時代に特有の色が生まれ、それが流行していったと言えそうである。

この流行は、それぞれの社会に権勢を握った階層の人たちにその源泉があったようで、平安の宮廷人や貴族、中世の武人、近世の町人などがそれに当るようである。

古典にみられる色の名称

最後に一言つけ加えたいのは、古典には、太古から明治に至るまで、一貫して、草木の名称の色が圧倒的に多くみられるのである。その命名の由来には、例えば、「**藍**《あい》」（藍を染料とした色）、「**桜襲**《さくらがさね》」（桜のいろどりをまねた色）、「**木賊**《とくさ》」（この青黒の色が木賊に似ている）など、染料とした物の名、まねた物の名、似ている物の名などのように相違はあるが。

いずれにしても、植物の名が優位を占めているということは、自然を愛し、草木を賞玩し慈《いつくし》む日本人の心が、色の命名にも深くこめられている徴《しるし》であろうと考え、将来も、このような色の名の永く絶えないことを念じている。

烏《う》羽《ば》の表《ふ》疏《み》

『日本書紀』は、今から一二九〇年前の養老四年（七二〇）に編さんされた。これは、漢文で書かれた歴史書で、私たちには馴染みも薄いが、神代《じんだい》から持統《じとう》天皇までの史実が記され、色彩についても古い時代のことを探ることができ、貴重な文化遺産といえる。この書のなかに、次のような話がのせられている。

敏達《びたつ》天皇の元年（五七二）に、高麗《こま》（古代朝鮮の一国）から表疏《ふみ》（国書）が届いた。天皇は、これを大臣に授けられ、大臣は大勢の史《ふびと》（文筆に関する仕事をする人）を集め、読み解かせたが、彼等は三日たっても答えることができなかった。その時、帰化人の王辰爾《じんに》がこれを解読した。

その後、また高麗から国書がきて、今度は烏の羽に文字が書かれており、黒い羽に記されているので、まったくわからず途方にくれた。その時、辰爾がその羽を飯の気《け》に蒸して、文字の墨が湯気で湿った時、羽の上に白いきぬをおしつけたところ、その文字が白いきぬにうつり、見事に読みとることができた。朝廷ではみな辰爾の不思議な知恵に大そう感心した（『日本書紀』巻第二十）、というのである。

十一世紀はじめに清少納言の書いた『枕草子』にもこれに類した話が記されている。

唐国《からのくに》（中国）から、玉の中に曲りくねった道がついているのを送ってきて、それに緒《お》（紐）を通すように言ってきた。どのような細工の名人であってもそのような芸当はできないので困っていた。

その話を聞いた、ある七〇ばかりの老人が、二つの大きな蟻の腰に糸をつけ、それに紐を結び、玉の一方の口に蜜を塗って、片方の穴から入れなさい、と教えた。言われるとおりにしたら、蜜の香にひかれて蟻はそのぐるぐる曲った道を通って蜜の方の口から出てきた。それで緒を貫くことができたので、これを唐国へ送り返した。唐では、これによって、やはり日本国は賢い、というわけで、その後、もう難題をもちかけることはなくなった。

これは唐の皇帝が、なんとかだまして日本を討ちとろうと、始終知恵試《ちえため》しをしてよこしたその一つであった（『枕草子』二四四段）、というのである。

烏の羽の件は、先進国であった中国や朝鮮からもちかけてきた難題の一つであろう。

古い時代の国際的なできごとで、烏の羽に墨の文字という、「**黒**」どうしの色に関係のある話なので、興味深く思ってご紹介の走り書きをしたわけである。

月草摺の色——今に生きるニッポンの色

月草摺《つきくさずり》の色は、奈良時代、露草の花を直接布に摺り付けて色を出したのが始まりで、当時は月草摺の色と呼ばれた鮮やかな青色。この花はよく着色するので、「つきくさ」と名付けられたとも言われる。雄の鴨の頭の色合いにも似ているので『万葉集』には、「鴨頭草《つき》摺の色」とも書かれている。

月草に衣は摺《す》らむ
　朝露に
濡《ぬ》れて後には移ろひぬとも　（『万葉集』七―一三五一）

「月草で着物を摺り染めにしましょう
朝露に濡れた後は
たとえ色が褪《あ》せてしまうことがあっても」
月草というのは、野生の露草のこと。
「露草の花で染めた着物が
朝露に濡れると、色がさめてしまうように、

たとえ後にあなたが心変わりすることがあっても、
やはりあなたと結婚しようと思います」と、
水に濡れるとすぐに色が落ちる
月草摺の色に寄せて
恋の想いを詠《よ》んだ歌。

古来から、日本人は「色」に対して非常にきめこまかな感覚を抱いていました。文学の世界に描かれているだけでも、主な色は三〇〇種類以上もあります。上代から近世にいたるまで、さまざまな物が色によって生き生きと描写されてきました。

しかし現今、こうした色を表わす多くの言葉が失われつつあります。テレビやカラー写真などで実際の色が鮮明に映し出され、言葉で語ることをしなくても、簡単に色の在り方が伝えられるようになったのも、原因のひとつかもしれません。

色の名前が消えてしまうということは、色だけではなく、日本人が持っていた繊細な色彩感覚、さらには豊かな感性や情感さえも失われてしまうことにつながるのではないかと、残念でなりません。

色の名称と色彩への情緒は、日本の小さな文化遺産のような気がいたします。日本人が育《はぐく》んできた色と、その伝統的な色で描かれた文学作品の世界とを、少しでも記憶に留めておいていただければと願っております。

色のとらえ方は、国や民族はもちろん、時代、社会、文化などの違いや変化によっても異なっており、例えば、青い色をとってみても、上代と近世ではかなり違っているようです。本来、色は人々の生活の中から生まれ育ち、少しずつ変容を遂げながら、次世代に受け継がれていく命あるものと言えるのではないでしょうか。

日本は、豊かな自然に恵まれ、四季折々の景観が美しい国です。そして、日本人は、こうした自然に溶け込んで生きてきました。路傍に咲く可憐な野草、露草に縁の深い「**月草摺の色**」という色の名の『**万葉集**』における使われ方をみてもわかるように、日本ならではの繊細な色の世界、ひいては自然や人生を描く文学の世界には、色、そして、それを表す名称がなくてはならないものだったように思われます。

丹——今に生きるニッポンの色

丹は「に」とも「たん」とも言われ、やや黄味をおびた、鮮やかな赤い色。鉛丹（丹の酸化物）と呼ばれて上代から主要な天然産の顔料のひとつとされ、現在でも神社の鳥居や寺院の建物（あるいは伽藍）の柱にこの色を見ることができる。

級照《しなて》る　片足羽川《かたしはは》の　さ丹《に》塗りの　大橋の上ゆ　紅《くれなゐ》の
赤裳裾《もすそ》引き　山藍《やまあゐ》もち　摺《す》れる衣《きぬ》着て　ただ独り
い渡《わた》らす児《こ》は　若草の　夫《つま》かあるらむ
樫の実の　独りか寝らむ
問《と》はまくの　欲しき我妹《わぎも》が　家の知らなく

（『万葉集』九―一七四二）

「清く流れる碧色の片足羽川にかかる丹塗りの赤い大橋の上を山藍で摺り染めした青緑色の衣を着て、紅の赤い裳の裾を引いてただひとり渡ってゆく乙女は若い夫があるのだろうか、それとも独身なのだろうか、聞いてみたい。

この愛らしい女性の家は何処なのであろう」
と、行きずりにひとめ見ただけで、心惹かれた女性への思いを詠《うた》っている。
乙女の衣装、それは澄んだ川の流れ、それにかかる橋の色を
背景にすることによって、いっそう映え、赤系、青系の対照的な配色によって、
目も覚めるような美人画が描きあげられている。

私たちの遠い祖先が育《はぐく》まれ生きた、日本の豊かな風土。彼らが思慕した大地、愛した草木を素材として作りあげていった色。それは日本の色の原点とも言えるものです。しかし、こうした手作りの色も、今では多くが忘れられているように思われます。

そのひとつは、草木の花、実、幹、茎、葉、根などを、摺り、描きつけ、写《うつ》し、染めなどした手作りの色です。これら植物による色は、どの時代でも主流になっていたようです。しかし、消えていった色もあり、上代だけで失われた色が『万葉集』の中には、数多く見られます。こうした色は、ハギの花の摺り染めによる紅紫芭（萩摺り）、ケイトウの花を採み出した汁で摺り染めにした赤（鶏冠草《からあい》摺り）、ツルバミ（橡）の実（ドングリ）の鉄媒染による紺黒色などというように、いずれも現在、私たちが身近に見かけることができる植物を使っていました。

自然から得たもうひとつの色は、畑や田園、山や崖から採った天然の土や鉱石などを材料とした色です。たとえば赤土《はに》（赤系の色）、白土《しらに》（白色）、黄土《はにふ》（黄〜淡褐色）、青土《あおに》（青紺色）、などは、採掘後、春《つ》いたり、篩《ふる》ったり、砕いたり、お粥の汁で練ったりして、塗り描かれました。特に「丹《に（たん）》」（黄味を帯びた赤）や朱《そほ》（黄味を含んだ赤）は主要な顔料とされ、役所に納められた丹を包んだ紙には、上、中、下と品質が記録されています（『正倉院文書』：正倉院宝庫に伝来した奈良時代の文書群）。

丹は『万葉集』でもよく詠まれています。「さ丹つらふ妹」や「さ丹つらふ君」と、男女の若々しく美しい容貌を賛美するためにも丹は詠まれておりますし（これは朱も同じです）、彦星が七夕の夜に織女に天の川を渡って逢いにいくためにほしいと願ったのも、丹や朱で赤く塗った舟でした。このように上代では頻繁に登場していた丹ですが、昨今あまり普段には使われなくなりました。しかし、「丹《たん》」頂《ちょう》鶴や「丹《に》塗《ぬ》」りという言葉に今もその名残を見ることができます。

葡萄染——今に生きるニッポンの色

葡萄染《えびぞめ》は、上代、葡萄《えびかずら》の汁で染めたのでこの名がある。実際は紫根《しこん》で染めた、淡く赤味のある紫。また、よこ糸は赤、たて糸は紫の織色や、さらに、表の布に蘇芳《すおう》（紫赤色）、裏の布に縹《はなだ》（青色）を重ねた襲《かさね》の色をも言う。なつかしい、すなわち過去が思い出される回想的な情動がうながされる色ともされていた。

年のくれに……人々の装束《そうぞく》など……ここかしこの擣殿《うちどの》より
参れるものども、御覧じくらべて……えらせ給ひて、……
さて、「いづれをとかは」おぼすときこえ給へば、
「それも、鏡にては、いかでか」と、さすがに、恥ぢらひておはす。
紅梅《こうばい》の、いと、いたく文《もん》浮きたるに、葡萄染《えびぞめ》の御小袿《こうちき》、
今様《いまやう》色のすぐれたるは、この御料……

（『源氏物語』玉鬘）

光源氏が身近な七人の女性たちに、正月に着用する晴着《はれぎ》を贈る衣配《きぬくば》りの場面。
年の暮れに、源氏と紫の上の前に、六條院（自邸）で調達した、

手をつくした美しい染物・織物・擣物《うちもの》（艶を出した布）・縫物などの華麗な衣類が多く集められ拡げられている。これらの中から源氏は、正月の晴の衣裳として、何から何まで知っている女人《にょにん》たちそれぞれにふさわしいと思う品々を贈る。

その場面で、源氏は紫の上に、

「どれをご自分に、と思いますか」と尋ねると、紫の上は、「鏡に映るかたちを見ただけでどうして決められましょう」とさすがにはにかんでいらっしゃる。

つまり、どうぞあなたが選んでください、というわけである。

源氏が選んだのは、紅梅（淡い紫をおびた紅色）の色目で紋が浮きあがった織物、葡萄染の小袿、それに素晴らしい今様色（淡紅色）の衣裳であった。


二〇〇八年は、紫式部が『紫式部日記』の中で、『源氏物語』のことを記した寛弘五年（一〇〇八）から、一千年目の記念の年。そのため、各地でいろいろ催しがあるようです。

今回はそれにちなみ、光源氏が正月用の晴着を選んで最も親しい女人たちに贈るという、暮れの衣配《きぬくば》りのお話をご紹介しましょう。

物語のなかの女主人公である紫の上のために源氏が選んだのは、春を先どりした色合いの美しい紅梅色、すばらしいもの立派なものと賛美されている葡萄染《えびぞめ》、その当時流行した新しい感じの輝くような紅《くれない》の薄い色（今様色《いまよう》）の衣装でした。紅梅の色は、「春の上」とも呼ばれた紫の上が、最愛の孫に、死後自分に紅梅と桜の花を捧げてほしい、と遺言するほど、紅梅をこよなく愛していたということが後に物語られています。また、葡萄染は紫の上が高貴で欠点のない美しさを湛えていたことを、今様色はその美しさがいつも真新しさを感じさせるものであることを、象徴しているようです。

　源氏は、紫の上だけでなく、玉鬘《たまかずら》、明石の上、空蝉《うつせみ》など、ほかの女人たちにも、それぞれに人柄にふさわしいと思う衣装を選んで贈ります。そして年が明けると、晴着に着飾った女性たちのもとをそれぞれ訪れます。物語（初音）には、自分が選んだ衣装の色合いの印象と、一人々々の人柄が、ぴったり一致していることを源氏が感じとった様子が、詳しく描かれています。

　一の例外が末摘花《すえつむはな》で、源氏は、はじめから内心おかしく思いながら、わざと優雅で現代的な、到底《とうてい》似合いそうもない衣装を選びます。そうして、末摘花を尋ねた際、「げにこそ」（ほんとうに）、不似合だ、と感じたというのです。

　こうした衣配りの描写は、人物の外面的な姿だけでなく、内面の心情、性格など、つまり人間のあり方すべてを象徴する「服装哲学（服色哲学）」を暗示しているようで、これは現代にも通じるのではないかと思われます。

「色へのことば」をのこしたい

ＮＨＫラジオ第２「私の日本語辞典」。この時間は今日から四回にわたって梅光学院大学名誉教授伊原昭さんにお話いただきます。題して「「色へのことば」をのこしたい」。聞き手はＮＨＫ放送研修センター日本語センターの秋山和平アナウンサーです。以下、――は秋山和平さんのインタビュー録を表します。

＊

――今週から四回に渡りまして、梅光学院大学名誉教授の伊原昭さんにお話をうかがうことにいたします。伊原さんは色についてのご研究を長くお続けでいらっしゃいます。その色と申しますのも、日本の色、それと言葉とのつながりですね、関係ですね。特に日本の各時代の文学作品、この中に取り上げられている、表現されている、色表現、そういう言葉をずっと長く調べてこられまして、いわば色への言葉ですね、この調査研究を、ご本人のお書きになったご本の中で言うと、半世紀にわたって二〇〇〇点ぐらいの文学作品の中から色を集めてみたというふうなこともおっしゃっているようですけれども、色彩表現を集めて、分類して、という非常に大掛かりなお仕事をなさっています。

ご本もたくさんございますが、なんといいましても、上代から近世までの長い日本の時代の中の作品を色の面から調査された、『日本文学色彩用語集成』、こういうご本があります。全五巻。

特に近世は最近出版されましたけれども、一冊が一三七二ページあるという非常に大掛かりなご本をお出しでいらっしゃいます。その他にも、『文学に見る日本の色』とか、『平安朝の文学と色相』とか、『古典文学における色彩』とか、『万葉の色』とか、たくさんございます。今回から四回にわたりまして、伊原さんに「「色へのことば」をのこしたい」というお気持ちをうかがってまいりたいと思います。

伊原さん、お打ち合せを私共の福島プロデューサーがした時に、題名を「「色へのことば」をのこしたい」と、このようにつけてみたらということをおっしゃっていただいたのですけれども、やはり色の言葉というのでなくて、色への言葉と、そういうお気持ちが強いのでございますかね。

伊原　はい。みなさんが色に対してどういう思いを抱いていて、どういうふうに密接な関係をもつだろうか。そういうような人と色の関係から眺めてみたい、ただ色の言葉ではない。

――ということは、同じ色でも、その色を表現する人間の側からは、いろんな言い方が出て来る。

伊原　それでどういうふうに、時代時代でも身分、階級でも、どんな風に色への興味を持っていたかという、その人と色の関係と申しますか、そういうものを眺めてみたいと思っております。

――私どもから拝見しますと、五〇年、半世紀ということですから、女性の方に申し上げるとなんですけれど、なんとなくお年はという感じを、想像はつくのでございますけれど。そのお小さい時からこの道へお入りになるまでの流れからお伺いしていきますけれど、鎌倉にお育ちになったとか。

伊原　兄も私も体が弱かったものですから、東京では育たないということもございませんけれども、鎌倉あたりがよかろうということで、鎌倉で兄も私も育ちました。

――お小さいときはどちらかと言うと、お体のほうはそう頑強でない。

伊原　はい、兄も私も本当に弱くて。

――鎌倉は確かに暖かいし。

伊原　はい、海岸でございますし。やはり東京と違いまして空気もいいし、というような、昔でございますけれども。

――昔ですね。昔というのはまたお年と関係ありそうですけれど、大正時代ということになりますか。

伊原　そうでございます。
――大正も大正の、初めのほうでございますか、中頃の。
伊原　六年でございます。
――大正六年……もうご本人のほうから白状していただいて。その頃の鎌倉というのは、やはり緑が多かったでしょうか。
伊原　緑も多かったし道が砂でございましてね、蟹がちょこちょこ歩いている。道路が今のアスファルトではなくて、砂の道で、それからどこのお宅もコンクリートの塀などでなくて、生垣《いけがき》で、緑の木々が植えられておりまして。
――それは、あのへんは谷戸とかいろいろあって、すぐ海に山が迫っていたり谷があったりと。
伊原　谷戸《やと》、谷戸って言っておりました。
――谷戸って言いますね。そういうほうぼうに一階の平屋のお家がずっと。
伊原　そうでございますね。漁をなさる方々はまた別に海岸の近くにお家があったと思いますけれども。
――伊原さんのお住居になった地域はどちらかというと少し山手ですか。どのへんなのですか。
伊原　海岸から十分くらい歩いて、平らなところでございましたけれども、本当に自然そのまま。
――そうすると目にするものは、やはり自然の緑とか、花とか、そういうものが焼き付いている感じでしょうね。
伊原　それから海の白波とか。それから江ノ島の、なんて申しますかね。やはりまだ江ノ島も緑っぽかったような気がしますね。あまり建物などよく憶えておりませんけれども。それから朝は寝坊でしたのでよくわかりませんが、夕暮れのあたりの風景、赤く染まったような風景とか。

――ご本のなかにある茜《あかね》色とかそういうのが出てくるわけですね。

伊原　それから夕暮は、雀色時《すずめいろどき》、というような。近世（徳川時代）の作品にみえておりますが、ちょうど雀の羽のような色になってだんだん暮れていく。

――まわりの空気と物の色とが一緒になるように、ずっと朧になっていくわけですね。

伊原　そうでございますね。日が沈み西の空から次第に茶色いような黒いような、雀の羽のような色になって暗くなっていったような気がいたします。

――では小さい時の色彩感覚というものが、後のこちらへの道に底流で。

伊原　はい、まったくその時は意識しておりませんでしたけれど、今考えてみますと、そういう風景を見ていたな、と思い出すことができます。

――それで鎌倉にはずっと、学校に行かれている間も。

伊原　いえいえ、兄が私と十くらい違いますので、だんだん、鎌倉の付属から湘南という中学ができはじめのころ、湘南に行って、それから東京の一高のほうへ参りましたので、それについて歩いた。ですから小学校の頃からもう東京に。

――移られたわけですね。これは言葉の番組ですけれども、そういう学校時代といいますか、お小さい頃の学校時代は言葉と申しますか、そういうものには、ご自身でお好きな本とか、そういうご記憶はございますか。本をたくさんお読みになったとか。

伊原　そうですね、なにか、兄が持っていたいろいろな物語とか、そういうものを見ていたような気がいたしますけれども。それから『少女の友』とか、そういうような雑誌がございまして、それを。あまり外で遊ぶということをしないので、家の中でごそごそ、そんな物を見ておりました。

――それでずっとお育ちになったところで、大学は戦前の東京女子大のほうにいらしたわけですよね。女子大はやはりご専門は文学だったのですか。

伊原　いいえ、私は本当は小さい時から算術が好きで。

――いわゆる算術というのは。

伊原　足《た》したり引《ひ》いたり、掛《か》けたり、割《わ》ったり。

――理数系ですね。

伊原　系といえば系でございますけれども。鶴亀算《つるかめざん》とか、そういうものが好きで。学校では学年学年の始めに教科書のほかに副読本というのがついてまいりまして、それで算術は一年分みんなやってしまったりいたしました。

――なるほど。そうすると理数系に近いわけですよね。大学はそうすると理科系ですか。

伊原　それで、母に天文台に行きたいと申しまして。ほかの女子大にはなく東京女子大に数学専攻部というのがあったものですから、そこに入りたいと言いましたら、「女がそんなところへ行ってどうする」と言って叱られまして。それでも東京女子大に家政科がないということと、数学専攻部があるということとで、入りたいと思っておりました。そうしたら母が、戦前の頃のことでございますから、「女が数学などをしたってだめっ」て。

それからしかたがなくて高等学部というのがございましたので、その高等学部には数学の時間もあるということなので、高等学部に入りました。

それで数学専攻部の授業にそろっと先生にお頼みして聴講させていただきました。

――その大学のほうの授業を。大学の授業はいろいろあるわけですか。

伊原　高等学部って、専攻するのではなく何でもありました。英語もある国文もある、なにもかも。ただ女子大に入りましてから、みんなが遊ぶことばかり考えて勉強はほとんどしたことがない。同級生たちでわいわいといって遊んで。学長先生がとても理解の深い方で、新渡戸先生の後の安井哲先生でしたがあまりお叱りになりませんでした。

――新渡戸稲造さんのあとですか。ではそこまでは遊んでとおっしゃったのですが。

伊原　新渡戸先生の関係で教えに来てくださる先生方もお偉い先生ばかり。隔たりがあるもので、先生方の講義もあまりわかりませんでしたけれど、そのままにして。ともかく学生生活が楽しくて楽しくてたまりませんでした。

――その後、日大の。

伊原　それは国会図書館に務めましてから。

――そうすると一応大学は東京女子大を卒業されて、国会図書館のほうに。

伊原　いえいえ、まだまだ。国立国会図書館が創設されるまでには十何年ありますから。

――その間、色のほうにお入りになるのには、どういうきっかけがあったのですか。

伊原　戦中疎開をいたしまして、疎開先で本が何もないものですから、そこの県庁で本をお借りして、その時に、どうして『万葉集古義』をお借りしたかわからないのですけれども、一七冊ございましたのを、それを一冊ずつお借りしては、それを一字一句違わないようにノートに書き写して。空襲警報がなりますと、お借りした本で大切だからと思ってそれだけ持って防空壕に入って。

――そういうことを。

伊原　はい。ずっと、ですから一七冊全部写しまして。ノートで二〇冊か三〇冊になりました。

――ではその写したことがきっかけですか。

伊原　そうなのでございます。

――どうしてまた、写したことが、色と。

伊原　やはり写していると、読むよりはずっと体で覚えるというのでしょうか、テレビで見るより文字で読んだほうが、文字で読むより手で書いたほうが。そういう気がいたしますけれど、なんとなく覚えていきまして。それで作品の中に、色がよみこまれていると非常に風景が美しかったり、登場人物が素晴らしく美人だったりしますので、色に興味を持ちまして。それでノートに写しながらこの歌にも色がある、この作品にも色がある、と思いながら、ともかく写し終えました。そしてその後、戦後になりまして何年かたちましてから、『万葉集古義』がまた出版されていることを知りまして、一七冊も写して、ずいぶん無駄なことをしたな、と思いましたけれども。やはり写して手を使いましたので体がなんとなく覚えて勉強になったような気がいたします。そしてそのノートに、ここにも色があった、ここにも色があった、というふうにしてマークをつけるようになりました。そうすると色の種類のどういう色、どういう色があるということがわかりますし、それからその各々の色の用例が多いとか少ないとか、それが算術と繋がって。

――要するにその理数系の力ですね。統計的なものになった。

伊原　赤が何%、黒が何%って。それで白の%が特別多くて『万葉集』というのは白が多いなと驚きました。そうしますと、なぜ白が多いのかと思って調べますと、非常に自然と関係のある、波であるとか、雲であるとか、雪であるとかでした。そして今度はどういうふうに詠まれているのかと考えてみますと、例えば白波が〝きよし〟とか、雪が〝さやけし〟とかというように、美的な言葉で形容されおりました。万葉の人たちはこういうものの白さに非常に清らかなものを感じたのだな、というそのようなことをだんだんに考えるようになりました。

――それは、今の時点はまだ戦前ですね。それで、しかし、それが、こういうことをいったらなんですが、伊原さんの青春時代ですね。

伊原　そうでございますね。戦争があって生きる死ぬという時代でございますのでね、何も楽しみがございませんから、そんなことで。後は食糧の調達ばかりでたいへん、お芋だとかお米とかいろいろ。

――そうすると大学を卒業されて国会図書館や日大の大学のほうへもう一度行かれる間というのは、だいたいご自宅でそういういろいろなことをおやりになっていたわけですね。

伊原　それで何かやりたいという気持ちがありましたので、国立国会図書館というのが出来るというのを聞きましたので、また兄のことを申しますけれども、兄に相談したら、上野の館長さんと一高が同窓だからということで、聞きに行ってくれまして。

そうしたら国立国会図書館というのがアメリカの指示で出来、上野の図書館もそれに併合されるから、そっちに行ったほうがいい。それができる前に、衆議院だったと思いますが、その中の図書室に勤めているほうがいいということでございました。衆議院の事務局の方だったと思いますけれど、やはり同窓のかたに頼んでくれまして、それで衆議院の図書室に。

――ああ、そうですか。そうするとそこにお勤めになりながら、だんだん色の方に。

伊原　それはぼちぼちやっておりまして。『万葉集』だけではつまらないから、その前の時代の『古事記』とか『日本書紀』などの中の古代歌謡をやって、量は少のうございましたけれども、それを調べたり。今度は万葉の次の時代からの和歌はどうなのかなと思って。

――だんだん広がっていった。そういうきっかけですか。ではもともと理数系統だった伊原さんが、本当に偶然というか、手書きの『万葉集』のメモから始まってそちらの道に入っていかれた。

その時は、いわゆる先達《せんだつ》と申しますか、伊原さんの前の人たちでそういう文学の色といいますか、そういうものを研究したような資料というのは、どうだったのですか。

伊原　文学関係にはまったくございません。それでも染色などの方面では上村六郎、前田千寸というかたたちがいて、ご自分で染色をなさりながら、いわゆる資料として文学作品を引用なさったりしていました。

——しかしそうすると伊原さんが文学を総ざらいしながらお調べになったというのは、やはり言ってみればこの道のフロンティアというか、開拓者というか、そういうことになりますけれど。少し今ご研究に入っていく経緯をお伺いいたしましたので、これから一つ一つ少し古いところから、お話を伺いたいと思うのですけれども。ご本にもありますけれども、上代のこの時代というのが、言ってみれば記・紀・万葉とか、『風土記』も入るのでしょうか、そういう上代の日本の色というものは、やはりお書きになっていらっしゃるもので見ると、植物からのものが非常に多い、ということを伺いましたけれども、やはりそうなのですか。

伊原　上代は中国関係の概念的な色が入ってきておりまして、それが一つの流れでございます。日本の色の原点、と言えますかどうかわかりませんが、古代の人たちがやりだしたのは、地球上の温帯にある日本の風土、その温暖な気候によってさまざまな植物が繁茂している。その彼等の生活の周辺にある草や木の、花であるとか、葉とか、幹とか、実であるとか、根であるとかを、たぶん食物として採ってきて、洗ったり煮たりしているうちに色が出てくる。それから薬用としても、浸したり煎じたりする時に色が出ます。これらの色の出た液に布などを浸したりして染めていってみたのではないかと思います。

——植物で見ると、たとえば「くれなゐ」という言葉がありますけれども、これは呉《くれ》の藍という言葉から来ているという。

伊原　あれは外来種で、それは『風土記』に出ておりますけれども、応神天皇の時代と思いますが、兵庫県の揖保郡の山にそれが生えたと言って、名前を呉《くれ》から渡ってきた藍《あゐ》、藍は当時染料の代表名になっていたと言われております。それで呉から来た藍、呉《くれ》の藍《あゐ》が「くれなゐ」になったという説がございます。

――くれというのは呉の国ですよね。それはやはり直接来たかもしれませんけれども、やはり朝鮮半島を回ってくるということですか。

伊原　ええ、まわって。そして呉の国ですから、ずいぶん前の時代でございますよね。ですけれどもやはりそれがずっと伝わってきて。

――紅という時は、私達が藍というのは青っぽい、群青色のような青を感じますけれども、この場合のくれなゐということになると、色がもうちょっと。

伊原　ぜんぜん違います。呉の、藍がいわゆる染料の総称と言ったようなそういう意味で。

――今日の伊原さんのお召しのお洋服、臙脂《えんじ》のような色の洋服を着ていらっしゃいますけれど、それはどっちかと言うと、くれなゐ色に近いのでしょうか。

伊原　そうでございますね。その後出ました蘇芳《すほう》という木がございまして、それで染めた色に似ているように思いますけれど。だいたい蘇芳色とでも申しましょうか。。

――そうですね。どちらかと言うと蘇芳色に近いわけでしょうか。

伊原　はい。紫と赤との間のような。

――紅色だと、もうちょっと明るい。

伊原　紅は現代のみなさんもよくご存じだと思いますけれど、ピンクの濃い色。それも濃淡がございますので、濃いピンクは赤に近いし、薄いピンクは桜のような色。黄色などまったく入らない混じりけのない、赤の系統の色。

――似たようなものにあかね色というのがございますね。あかねは、赤というのに根という字を書くのが多いのでしょうかね。

伊原　あれも今の呉《くれ》の藍《あゐ》が紅《くれなゐ》になったと同じように、あかねの草の根が赤い、それで赤い根ということから、あかねという植物名がつけられたということで。そしてその根で染めたのが、いわゆる、あかねの色です。

――その時もう一つのあかねと言うと、漢字をあてますよね。赤い根でなくて、くさかんむりに西という字を書く。あれなんかも古くからあの字を使ってきたのでしょうかね。

伊原　そうでございますね。『正倉院文書』にも『万葉集』にも茜、茜草と記されております。

――呉藍《くれなゐ》、それから赤根《あかね》とか、この上代に……

伊原　みんな非常に具体的な名称。日本人が概念的とか抽象的でない、そのもののあり方、特徴を名前にして。

――なるほど。そうすると色をだす素材そのものの名称が色の名前になる。

伊原　そうでございます。

――きはだというのもそうですか。

伊原　木のはだ、内皮が黄色なのです、外皮は淡黄褐色ですが、それで蘗《きはだ》。

――当時の上代のところには、お書きになったご本で言うと、支子《くちなし》とか、橡《つるばみ》とか、蘇芳《すほう》とか、桑《くわぞめ》とか、胡桃《くるみ》とか、それから柴《しばぞめ》というのもお書きになっていますけれども、柴というのは黒茶色っていうふうに出ていますけれども。

伊原　そうでございますね。柴は黒に近い色で。当時は身分階級で服色が法令で決まっておりまして。

――この時代でも、もうそうなのですか。

伊原　早くから決まっておりました。文武天皇の時代の大宝の法令を改正した元正天皇の養老の法令で衣服の、衣服令が制定されておりました。今おっしゃった柴《しばぞめ》は、ごく下の階級の服色で。

――階級があって、それに着てよろしいという色があるわけですね。

伊原　決まっておりました。

――そうすると一番下の階級が柴《しばぞめ》で。

伊原　いえ、橡《つるばみ》、墨《すみぞめ》が。

――橡《つるばみ》、墨《すみぞめ》が一番下なのですか。

伊原　ですから真黒なんです。そして、橡《つるばみ》は櫟の実（どんぐり）でございますので、いくらでも染める材料が、ただ、手に入る。下層の人たちにとって、そういうためもあったかと思いますけれども。

――そうすると材料が貴重なものは、かなり高貴な人が。おもしろいですね。植物が中心ですけれど、この上代の場合に、鉱物からのもので、やはり丹、「に」というのがありますね。「たん」というのですか。これは土からでるのですか。

伊原　はい、赤色酸化鉛とか、合金の酸化物とかの顔料でございます。『正倉院文書』に丹《に》のことが詳しく出ておりまして、丹裹《つつみ》古文書などと記されておりまして丹を紙に包んで納めたようです。

――いってみれば粘度みたいな、団子みたいにしたのを、袋にいれて。

伊原　今度はそれを上丹、中丹、下丹、久豆《くず》丹などと、分けて、それを顔料として多く使われておりました。それから土壌も塗料とされたようで、黄色い土は「はに」、それから白い土は「しらに」。

――「はに」というのは黄色い土と書いて「はに」とか「はにゅう」とか。

伊原　「白土《しらに》」は『万葉集』には、色彩をあらわす言葉として出てきませんが、歌の中で、「しらに」、つまり「知らに」、知らないので、分からないので、という言葉の時にその用字として白土が使われています。

――そうすると黄色い土は。

伊原　それは「はにゅう」。はにゅうは、黄土と書きますが、黄土粉とか埴生などとも『万葉集』では記されております。それで、はにゅうのやどなどと、塗料としても上質なものではなかったと思います。

――今の歌なんかで歌う「はにゅうのやど」というのは字がちょっと違っていたりしますから。昔のそういう出所がよくわかりませんよね。でも古いところを見てみると、そういうことがわかってくる。

――『日本文学色彩用語集成―上代二―』でしたかね。『正倉院文書』をずっとお調べになっている。すごいですね、これは。『正倉院文書』、『大日本古文書』の巻一からずっと。全部お調べになったのですか。本当に、ふらふらしそうですが。何年間もかかるわけですね。何年間もかかってですか、そうでもない。

伊原　通勤の電車の中でよくチェックしていると、隣に座った方が、私の顔と本とを見比べて不思議そうな顔をしていらっしゃる。いっぱい漢字ばかり書いてあるものを、夢中になって読んでいるから、変な人だなと思っているらしくて、顔を覗き込んで。

――この辺でいったんくぎりをつけて二回目に移りたいと思います。どうもありがとうございました。

（平成二〇年五月三日放送）

＊

――前回の第一回では、この道にお入りになる経緯、もともとは理数系に関心をお持ちだった伊原さんが、『万葉集』の注釈書をずっとうつしていらっしゃる経緯の中で、色というものに関心を移された。それを長い時間をかけて整理し集めて調査なさっている。そしてその続きとして、上代の日本の文学に表われた色の表現というものを、いくつか例をとってお話をうかがってまいりました。紅《くれなゐ》とか、茜《あかね》とか、蘗《きはだ》とか。その他、衣服の色はそれを着る身分階級とも関係があるということを伺いました。また、土壌や鉱物からも色のいろいろな表現のことばがある、そして外国からも、というお話にかかったわけですけれども、今回はそのあたりからもう一度お話を伺っていきたいと思います。

伊原　塗・顔料として使われる土に、黄色い黄土《はにふ》や白い白土《しらに》などがありますが、とくに丹《に》は『正倉院文書』などによれば、天平勝宝五年の記事をみますと、上丹とか中丹とか下丹とか、又別の年代に久《く》豆《ず》丹などと品質がわけられ、それぞれ「一斤六両一分」などと、紙にその量が記され、包んで納められたようです。仏像や又、寺院の建立に丹がたくさん必要だったと思いますので、そういう関係でずいぶん集められたのではないかと思っております。

――　丹《に》というのは赤と言っていいのでしょうかね。

伊原　今でも神社や仏閣にずいぶん赤い色が塗られているのが丹ではないかと思います。

――　柱だとか。

伊原　広島の宮島の厳島神社などの赤。あれが丹《に》色と言っていいのではないでしょうか。

――　それにまた、黄土《はにふ》というのがある。この黄色というのは土色みたいな物なのですかね、黄土色というか。

伊原　黄土色で黄色いと思いますけれども、あまり色については記されておりませんし、それから『正倉院文書』にも特別詳しくは記されておりません。『万葉集』には「住吉の岸の**黄土**」という歌が数首ございますが。白い土は例えば『正倉院文書』には佐保山の坂から白土三〇石を車一〇両で運ぶ運賃が一両九〇文とか、滋賀郡真野村に白土を取りに遣わすのに総計一八人、三日間の食料が何升何合などと記録されていたりして、面白いと思っております。

――　その白土はどういうものに使われるのですか。

伊原　はい、寺院の板殿とか門とか須理《すり》板とか仏像の御坐《ざ》とか。

――　なるほど。壁の色なんか白い壁でも塗るためかなあなんて私は。そういうものと同時に一方では一種中国からの抽象的な概念で色が出てきて、青とか赤とか黄色とか白とか黒というのがあるわけですよね。これは、やはりそれぞれの色に意味を持たせているということですね。

伊原　陰陽五行という説の中に色が出てまいります。例えば五時には春、夏、土用、秋、冬があり、色は青が春、赤が夏、黄が土用、白は秋、黒は冬というふうに配当されております。漢字は物の形をかたどった象形文字で、例えば青は、春になり生長する植物の新緑の色を示す。赤は、夏で燃えさかる火の色、白は秋にあたりますが、夕暮れのはっきりしない物の色と言われております。黒は窓と煙の合字で窓から煙が出て煤《すす》で黒くなる色であるということです。

――　そうですね。季節的に今おっしゃったように秋が白というのも、なんとなく力がなくなって薄くなっていく、地球の、そういうことかもしれませんね。

伊原　北原白秋さん、お名前を白秋ってつけていらっしゃいますね。

――　そうか、秋だからひょっとしたら白をつけていて白秋になっているのかもしれませんね。あれが赤をつけて赤秋ならちょっとおかしくなりますね。青もちょっとあいませんね。黒もあわないし。なるほど、それで白秋ですか。

伊原　はい、よくわかりませんけれども、白が秋なものですから。

――　なんかそういうお話を伺うと白秋という意味がもっとはっきりしてきましたね。

伊原　それから紀元前に解剖したわけではないと思うのですけれど、人間の内臓が五臓に割り当てられております。それで青が肝臓、赤が心臓。

――心臓、これはなんかわかりますね。

伊原　黄色が脾臓。

――脾臓。珍しいですね。

伊原　それから白が肺臓、黒が腎臓。

――黒が腎臓ですか。

伊原　中国でそういうふうに割り当てて。どうして紀元前にそんなに内臓がわかったのかなと思って不思議で。

――これだとそういう割り振りですと胃袋は何色にと思ったりします。胃袋には当っていませんね。

伊原　胃臓って申しませんもの。あとは肝臓、心臓、脾臓、肺臓、腎臓ってみんな臓がつきますでしょう。

――やはり胃は臓でないから駄目なのですね。

伊原　はい。

――そうですか、でもそういうふうな抽象的な概念を色に持たせるというのは、中国から渡来し日本にもあるということなのですね。

伊原　それから今、お相撲の天蓋のところに青房、赤房、白房、黒房というふうに、四つの色の房が東西南北に配されていると言うことです。黄色は、お相撲さんがとる中央で土俵だからそこが黄色の意味になっているのだと思います。現代でもまったく失われてしまったわけではなくて。それからおめでたい時は、やはり赤だとか、喪の時は黒とかそういう陰陽五行説が、けっこう日本人の中にしみこんでいるのではないかと思います。

―― これ、伊原さん、上代は色に対して、位とか性格分けはわかりましたけれども、色に対する美醜とかいう概念というのは、上代もだいぶ出てきているわけですか。例えば何色は美しくて何色は醜い色とかというのはありますか。

伊原 たとえば、紫は『万葉集』に「紫の綵色の蘰のはなやかに……」のように歌われ「華《はな》やか」、「花やか」という、花のように美しいという言葉が色に関しては最初だと思いますが。

―― 上代の、はなやかね。

伊原 それから白い波とか、滝のたぎり落ちる白いしぶきとか、それらに「きよし」、と、「さやけし」と美的な感情を抱いて歌われております。

―― やはりすがすがしくて美しいのですね。

伊原 はい。万葉の人たちは、彼等の生きている風土、大自然に、清《せい》なる美、清《きよ》いという美的な情感を深く感じ取っていたように思います。

―― 一回目のお話で『万葉集』で白が多いというのとつながっていくかもわかりませんね。

伊原 はい。ですから万葉の人たちは非常に具体的で、率直、そして美意識も清浄な美を。

―― 非常に率直な。

伊原 はい。

―― そうですか。そういう上代を過ぎて、今度は少し、平安ですから、文学史で言うと中古に入って来たわけですが、色に対する感覚が少し変ってきたのかなとも思いますが、この王朝時代に初めて出てくる色合いというものもあるわけですか。

伊原　はい。それは、非常に多うございます。万葉の上代の頃がだいたい三〇種ぐらいでしたけれども、平安時代になりますと、たぶん一三〇種ぐらいに増えます。それも前の時代は、例えば紫草で染めると色の名を紫と言う、のように染料名と色の名称が非常に直結しておりましたけれども、平安時代は、たとえば今桜が開花して美しゅうございますけれども、ああいうピンクの薄い桜色は、桜を染料として染めたのではなくて、自分達で工夫して桜色になるような染料を探して染めたものと思います。ですから自然の美しい風物の色を真似て、染色技術も高度になりましたから、いろいろの染料を使ってその色に似た色を作り出していったものと思います。

――桜なんかはどういうものを材料にして桜の色なんかを作ったのでしょうね。

伊原　そうでございますね。紅花《べにばな》を染料とした紅《くれなゐ》色のうすいのを桜色といったと思います。

平安時代には公的な染色に関する記録もございます。『延喜式《えんぎしき》』の記事を見ますと、官庁の中に縫殿寮があり、その役所の仕事として「雑染用度」という項目があり、各染色に関して一色ずつ、生地、染料、媒染剤、燃料などが記載され、各々に必要な数量も詳細に記されております。

――その『延喜式』の記録の中に。

伊原　たとえばさきほど申し上げましたように、身分階級によって公的に、正式な着物の色が決まっておりますので、それぞれに染色が一定でなければいけませんから、きちんと、生地が一疋とか、染料が何斤とか、媒染剤の酢《す》が何升とか、灰《あく》が何斛《ごく》とか又燃料の薪が何荷《か》とか藁《わら》が何囲《い》とかくわしく記載されています。

――科学部みたいですね。伊原さんの得意分野ですね。平安時代にもしお生まれだったら、縫殿寮の染色係で。

伊原　はい。分量など正確にしたいと思います。

―― 縫殿寮というのは縫うという字。糸へんの縫うに御殿の殿に、寮生活の寮。縫殿の司とかいうわけですかね、これは。

伊原　そうでございますね。読みはいろいろとありますが。

―― そういうのがちゃんとこの時代に。

伊原　はい、いまでも天皇陛下がお召しになる黄櫨染《こうろぜん》、それから皇太子がお召しになる黄丹《おうだん》、それが記されております。

―― 黄櫨というのは黄色という字に。木へんの櫨みたいな字ですね。櫨の木の櫨みたいな、それから黄丹というのは、丹ですね、「に」という赤の。丹後の丹ですね。黄櫨《こうろ》というのは黄色が出てますけれど、色も黄色いのですか。

伊原　ちょっと赤味があるようです。櫨《はぜのき》と、蘇芳《すはう》が染料ですので。

―― そうすると落ち着いた桜色に近いような。

伊原　いいえ桜とはぜんぜん。桜は黄色味がまったくございません。

―― 黄色味があって赤。黄丹というのもそうですか。

伊原　黄丹は紅花《べにばな》と支子《くちなし》で染めますので赤味の多い黄で、橙《だいだい》色と言われております。正式の儀式の時、今の皇太子さんもお召しになったようです。

―― 私達はまったく色彩感覚がやはり敏感でないのか、いわゆる黄色くて赤っぽいというのがどういうのに似ているのかが、ぴんと、なかなかこないのですね。

伊原　橙《だいだい》という果実の色。みかんの大きくてかたいような。

―― みかんの、なるほど。そう言われたら少し判ってきた。

伊原　そうですか。本当に一回しかお召しにならないものと思うのですけれども、天皇と皇太子さまの正式の儀式の時には現代でも、黄櫨染《こうろぜん》の御袍、黄丹《おうだん》の袍をお召しになられたようです。その次に紫、それから緋《あけ》、その次が緑と、それから何々とだんだんさがって行って、それからこれは上代ですが、黄色が無位の平民、黒が平民より下層の奴婢《ぬひ》の人。

―― だけどやはり、そんなに色に対する。

伊原　すごいです、色が。和歌などでは、自分の身分のことを、松の緑はいいけれど、自分がいつまでも松のように変らない緑でいるのは嫌だ、などと詠《よ》む。身分が昇進しないでいつまでも緑、つまり六位なんですね。五位以上と、六位でも蔵人《くろうど》が昇殿を許されて、殿上《てんじょう》の間《ま》に入ることができますが、ただの六位は許されません。

―― それじゃあ、五位というか上のほうの殿上人《てんじょうびと》になるように。

伊原　なりたくて、ずいぶん格差があったようでございますね。

―― そこにその色の着物を着るということは、位があがるという事ですよね。

伊原　そうなのです。ですからお正月の初めに「**紫もあけも緑**もうれしきは春のはじめに着たるなりけり」、なんて、正月の皇居で参賀に集まる人たちが紫も、緋《あけ》でも緑でも、身分のちがいはあっても誰でもやっぱり春は嬉しいという。

―― なるほどねえ。それだけやっぱり色というものに対する感覚が敏感だった。

伊原　遠くからみてもあの人は位が高いとか、低いとか、すぐわかったのでしょうね。

―― もし現代で政府のお役人さんが色違いのそういう服装を着ていたら。

伊原　公的な場ですが面白いですね。

―― 国会周辺はいろいろな色が。

伊原　でも途中から紫が黒に代りました。現今は黒を着ていらっしゃる皆さんが多いから、身分の高い人ばかり。

――黒に代ったのは平安でも何時頃ですか。

伊原　それが一条天皇のころと言われておりまして。

――一条天皇というと『源氏物語』の頃ですね。定子《ていし》さんが中宮だったあたりの時代ですよね。道長の前後ですよね。そのころに。

伊原　四位まで黒の袍になります。だから今、国会あたり黒が多うございますから、みんな五位以上の文人で殿上人《てんじょうびと》で。それで、護衛をする方たち、武人の関係の方が緋《あけ》、五位で赤い色です。

――そうすると今でいうSPという方たちというか、護衛する方たちは。赤い背広かなにかだったらはっきりするわけですね。どうして紫から黒にしたのでしょう。

伊原　それが紫を濃くしているうちに黒っぽくなったという説もございますし、ちょっとそこはよく私も。

――面白いですね、もしそうだとしたら。

伊原　それで『源氏物語』の中に源氏の住吉社参詣の折に上達部《かんだちめ》も奉仕する、その上達部たちが黒い袍を着ていると描かれており、それから一方で、光源氏の息子の夕霧が、緑の袍の身分で、結婚相手の乳母に馬鹿にされていて、悔しい悔しいと思っているうちに、だんだん位があがって中納言か何か、紫を着るようになった。

それで歌を詠んでいるのですね。菊の花にたくして、かつては緑の若葉であった菊だがその白菊の花が霜で色変わりをして紫色になった、つまり自分は紫の袍を着るようになったと詠んでいる。だから『源氏物語』の中には黒の上達部と、夕霧が上達部になったのに、歌では紫という。

和歌の世界では、黒の、正式な位袍を着た歌はまったく出てこないのです。それは全部、時代がくだっても紫、紫と言っている。だから、和歌と物語の世界の違いがあるように思われます、和歌はその伝統をふまえて、黒でありながら紫という。

――伝統をふまえて、紫は、現実は変っていても歌の世界では紫が最高の身分の袍の色、そういうふうに約束して使っていると。

伊原　はい、それで今もたとえば源頼朝とか、徳川家康の肖像画はみんな黒を着ておりますでしょう。ですから黒になったことは確かです。

――現実の世界は黒に移行している。だけどあるべき虚構の世界、歌の世界は。

伊原　伝統を守りふまえた歌の世界は、現実の世界とちがうことも多いのでしょう。

――そうすると、それはたとえば、鶴を歌う用語では、歌語というか、歌の言葉では「たづ」というとか、そういう約束事になっているかもしれませんね。

伊原　それで、紫式部は源氏の世界に、非常に和歌を入れこんでおりますので、だから夕霧は和歌では紫と歌っている。しかし現実には住吉社参拝の時の上達部はみんな黒を着ている。

――そうすると源氏の中で、そういう仕分けを主人公は考えている。

伊原　どうなのか紫式部に聞いてみたいのですけれど。だから一生懸命和歌をしらべましたが、和歌（勅撰集）には位袍の黒はありません。

――伊原さんはそういうことをお調べになってきたから、不思議に気がついてこられたのですね、今のようなことが。何となく漠然と我々は感じていましたけれども。そういう当時としては。

伊原　色の変化もございますしね。ですから一条天皇以降はだいぶ乱れてしまったようでございますね。それから位が高いほうが深い色、位の低いのが浅い色。どの色にも濃と淡があったのが、それがなくなったり、いろいろ変ってまいりました。

――時代とともに変化して、同じ平安時代でもまた変化しますが、平安時代の色に対する感覚は、単純な一つの色の問題だけでなくて、やはり色調の作り方というか。

伊原　それがもう大変。染色もひと色でなくて、交《まぜ》（混）染《ぞめ》といって二種の染料を混ぜて染める。それから織色といって経《たて》糸と緯《よこ》糸の違った色を織る。さらに襲《かさね》の色目と言って表の布の色と裏の布の色の違うものを重ねる。

――かさねというのが、龍という字の下に衣をつける。

伊原　それから重の字も使います。この時代は、色そのものが、単一の染色、混染の色、それから経と緯の糸の色のちがう織色。

――染めるのも混ぜる。織るのも混ぜる。

伊原　それから表の布の色と裏の布の色をあわせた襲の色目。さらに、それを何枚も何枚も重ねて着用する。

――そうですね、十二単衣という。

伊原　本当に。道長の娘の妍子《けんし》という方が大饗《たいきょう》という宴を開いた時の場面ですが、女房たちが正装をして、御簾《みす》の下から袖口と裾をずらっと並べて見せております。

――廊下のほうに。外側に。御簾の内側に居て。美しい襲の衣裳の色を。

伊原　女房達は、袖口は丸火鉢をおいたように、丸くなるほど着重ねる。裾は重ねた厚みが一尺というから、三三センチ程。それで衣装が重くてなかなか身動きができない。行事がすんだあと車を欄干までよせて、それに這い乗って、それでめいめいの自分の局《つぼね》、室に帰ったというくらい。

――打出とか、押入とか、そういうふうに外側に出すというのは、誰かに見せるということですか。

伊原　こういう場面では殿上人はみんな欄干に居並んで内側に向って座ります。文官の袍には下襲《したがさね》とております。

いう尻から後に引く裾《きょ》がついていて、身分によって長さがちがい最下級の位階の人でも等身丈《とうしんたけ》がついております。身分の高い人は何尺というふうに長く、女房達の方へ向いて座り、下襲《したがさね》を欄干にかけております。

――今のファッションショーみたいなものですね。

伊原　そうですね、ファッションショーは一人ずつ出てきて歩いてみせているようですけれども、これは女房たちも殿上人たちも、男も女も全部御簾をへだてて向き合って並んで。

――いかに華やかな色の。

伊原　ですから、どれほど豪華で優美な色の世界が展開されたか、言いつくされない程だったと想像されます。とくにさまざまな色と色との配色が大変だったようです。

――それは季節によって。

伊原　はい、春なら春の衣裳の色合が決まっている。例えば桜色とか紅梅襲とか柳襲とか。そういうふうに大自然の春の季節の美しい植物を真似て、それに似た色を工夫して、混染めしたり、織ったり、重ねたりして作り、それをさらに何枚も何枚も重ねあわせて着る。それから衣服ばかりでなく、調度の几帳《きちょう》なども、やはり季節の色に合わせた帷《かたびら》をかける。

――そうすると、たとえばこの色とこの色を組み合わせているという組み合せがその時期に合っていないとなんとも無粋なとか、あの人はわかっていないとか、そういうことをやはり言われてしまう。やはり『枕草子』の清少納言なんかはそういうところをすぐに見つけて文句をいいそうですね。

伊原　はい。それから季節をはずれて、とくに遅くなりますと、例えば、紅梅色など「すさまじきもの……三四月の紅梅の衣」などと言って、早春に咲く紅梅の花に似せた紅梅襲などを、晩春の三月や初夏の四月に着るなど、何とも言えない不似合で不快な感じがする。と言っております。

――三月四月ですともう初夏のようなものなのですか。

伊原　陰暦ですので晩春、初夏の季節ですから。

――紅梅はもう、ずっと過ぎた時期ですね。

伊原　一、二、三月が春でございますけれども。その前の十一月五節《ごせち》の頃から一月二月までがよくて、三月四月はもうだめ、「すさまじきもの」と言っております。だれか着る人があるからそう書いているのだろうと思うのですけれども。

――だから、その人はそれがわかっていなかったのか、急いで着て、着るものがなかったのか、もちろんそれは、調達して、当時はそういう人たちは作らせたでしょうから、作るのに時間がかかりますよね。

伊原　当時の貴族や豪族などの邸内には、内殿《うちどの》、染殿《そめ》、縫殿《ぬい》や張物《はり》の所、織物《おり》の所、糸のところなど、それぞれ建物がありまして、それに専門の女房たちがついていて、毎日毎日、糸をくったり、織ったり、染めたり、それから張物をしたり、縫ったり、邸宅の中で働いておりました。公的にも私的にも衣類を染めたり、織ったり、襲《かさね》たりしてつくり出すことが盛んに行われたようです。

――そうすると何かいろいろな文学の文章やなにかにも、何色の着物を贈ったとか。

伊原　賞として被《かず》けたとか。

――そういう言葉が出てくるのは、それは大変なことなのですね。贈物として贈られるということは。

伊原　お礼としては使者にお菓子などではなく、その用件によりますが、被物《かずけもの》といって衣類をあげます。お使いの人はそれを肩にかけて「ありがとう」という意味で舞うようにしてお礼をして帰るわけです。

―― そういう風習がある。かずけ物、かずいで。こんないいものもらったよ、と言って、みんなにみせびらかしながら帰る。

伊原　ですから本当に、平安時代の文学作品には、衣類の描写が多く、登場人物の顔や、身体の描写などはほとんどございませんで、どういう季節の、どういう場面や行事に、どういう衣裳や装束を着ていたか、ということで、その人物を表現しているとさえ言えるような気がいたします。

―― なるほど。そこで人柄の位だとか、豊かさだとか。

伊原　公的な場では、男は袍の色で身分階級がわかりますし、また、女性の衣裳の色の名称で、とくに、その場面の、春、夏、秋、冬などの季節も知ることができます。

―― そういうものをわからせていくような表現。それにやはり色が非常に大きく係わっているということですね。

（平成二〇年五月一〇日放送）

＊

―― だんだんと時代を下って、今回は中世の方へとお話を移していきたいと思っています。前回のお話に、平安時代には、布を織ったり染めたり重ねたりというふうないろいろな工夫があったということを伺いましたけれども、この平安時代というのは、美しいというような言葉に対するいろいろな表現の言葉というのもまた多様になっているということなのでしょうかね、配色美といいますか。その辺はお書きになったご本人は、美を表す用語が四〇種近くにも及んでいるということを書いていらっしゃいますが、そんなにたくさんやはりあったわけですか。

伊原　はい。

―― そうですか。例えばどういう言い方。たとえば美しいなんていう。

伊原　美しいは、現在でも使われておりますけれども、当時は私達が考えております美というより、かわいいものに対する美しさを主に言ったような気がしております。それから「気高《けだか》し」という、今はあまり使われておりませんけれども、上品な、何とも言えない品《ひん》のいい高貴な感じも、やはり美の中に入れてもよいと思います。それから「なまめかし」というのも、今、使いますかどうかわかりませんけれども、本当に優美な少し色っぽいというのもおかしゅうございますけれども、そういう方面の美でございますね。ですから男の人が、あまりなまめかしいと困る、これらの美もだいたい女性が、それもみんなお衣裳をつけて、その上でそういうように。それから華《はな》やかという美が『万葉集』に「花八香《はなやか》」とよまれておりますが、平安時代になりますと、ずいぶん多くなっております。「花やか」で花のような、つまり華麗の華にあたる意味で、明るい輝くような美しさと言えるのではないでしょうか。平安時代は本当に繊細な色彩的な感覚も非常に発達していたと思って感心しております。

―― いまはみんな「きれい」で一言で。

伊原　「すごーい」とおっしゃって。それから「かわいい」というのもこの頃は流行《はや》っておりますけれども。すごいっていうのは、昔は恐怖をおぼえるような感じだったのですが。

―― どっちかというと悪い方ですかね。

伊原　そうですね。恐ろしくて怖くて醜いのをあらわす意味だと思います。美意識の表現もずいぶん変わると思います。もう少し、今の方々もいろいろな美をあらわす言葉でお誉めになればいいのにと思っております。

―― やはり状況や場面に応じた言葉の表現で、美しいなら美しい、ということを言うということですね。

伊原　はい、それと、平安時代は、ともかく自然の美しさを非常に大切にしていて、それは公卿《くげ》など上流の人達、とくに女性はあまり外に出る事が出来なかったので、全部自分の邸内の身辺に取りこんで、そして衣裳などの色合いの名称も、折々に芽生え茂る葉、そしてさまざまに時々に咲きほこる花々など、そういうものの名称を付けているのが多うございます。そして四季折々の風物の色合を大事にして、その季節季節にみんな、それぞれ花や葉などの名称をつけた色の衣服を着て日々を送ったようで、本当に自然の色合いの美しさを大事に大事に。

――平安時代は確かにお話の通り、色が華やかでしかも多様化したということは、私達も直感でわかるのですが、そのいわば中心は王朝ですよね、王朝というか貴族というか。平安時代にも言ってみれば一つのいわゆる北面の武士というか、武にあたる人もいたわけですよね。そういう人達はそれなりに色は、そういう武にあたる人たちの色というのは、やはりあったのでございますかね。

伊原　武者《むしゃ》の好むものとして、紺《こん》、紅《くれなゐ》、茜《あかね》などが歌われております。

――今で言う藍色みたいなものですか。

伊原　はい、いわゆる藍の、濃い色。藍という植物は手に入りやすいので武者たちのような人達にも染料とされたのではないでしょうか。

――それにも関係があるのですね。

伊原　たとえば紫草などは、上代でも紫草園という栽培をしている場所があったくらいですから、なかなか手に入りにくくて。だから身分の高い人などは紫。ですから平民の制服の色は黄色で、その染料は刈安《かりやす》と言って、安易に刈れるというのでかりやすと名つけられたと言われますが、いくらでも生えていて刈安（易）いのでかりやすって。

――それが、かりやすって言うのですか。

伊原　ということでございますけれど。

――それともう一つ。王朝時代の言葉、色に関係することでの言葉で、面白いなと思ったのは、お書きになったご本で、聴色《ゆるしいろ》というかな、ゆるし色というのと、もう一つは禁色《きんじき》。禁止されている色ですか、そういう関係ですね。それはやはり聴色というのは、これなら使ってよろしいというのがあるのですか。

伊原　はい、例えば身分階級で先ほど申し上げましたように、正式の服色が決まっておりますので、身分の下の者が上の者の色の服を着てはいけない。それがその人にとっては禁色ということになる。それから天皇とか皇太子とかそういう方々のものはまったくの禁色でございますし、それに紫、紅の濃い色なども一般的に禁じられるようになります。それでゆるし色というのは、たとえば紅でも紫でも薄い色はゆるし色。

――耳へんの聴くという字ですね。聴。それに色と書いて聴色《ゆるしいろ》。聴色というのは、これを使いたいと言ったらそれを聴《ゆる》してよろしいといった意味なのですか。

伊原　聴許の意でゆるす色だから着てもいい。紅などは一般の人の生活費の何十年分かに当る染料代がかかるから、そういう贅沢は禁じられるようになりました。ただその紅の薄い色ならゆるされました。

――そうすると単にこの色は自分の身分より偉い人が着るからというふうな規定ばかりじゃなくて、その色を染めるのに大変費用の負担が大きいとか、社会的にも経済的にも影響を及ぼすからそれはやはりまずいと、そこで禁色が出てくるわけなのですね。

伊原　それもあるかと思います。

――では色が、単にこの色がいいからこれにしようではなくて、公的には服色の配分には、社会的経済的政治的に非常に大きな意味があったのですね。

伊原　そうですね。染料植物、媒染剤、燃料等々の材料のお値段もありますでしょうし。ですから上代の『万葉集』の時代などでは黒などは、橡《つるばみ》の実のどんぐりなどがいくらでも落ちているから、それを染料にして平民よりもまた下の階級（奴婢《ぬひ》）の人が染めた色でした。

――でも使ってよろしいとか。それはだけど単に色というものが文学の上にこういう色が書かれているとか、表現されているというだけでなくて、社会背景まで読めるわけですね。それは面白いですね。

伊原　それで色の名前のつけ方も、その社会、その時代時代によって率直に、端的につける場合もあるし、憧れた物の名をつける場合もあるし、本当に人と色の。

――そうしますと、この辺でいよいよ平安時代から下って、中世の方に入っていこうと思いますけれども、中世は、中世なりに社会的な意味合いも含めて、色の傾向も出てくるということになりますね。

伊原　そうでございますね。やはり一言で申し上げますと戦乱時代ですから、武士が主流になって、これはあくまでも文学作品の中に、でございますけれども、武人の直垂《ひたたれ》とか鎧《よろい》の色が多く出てまいります。まったく平安時代の衣装と違いまして、武装の具でございますから、鎧でも直垂でもそれを作る専門の人に頼んで製作してもらうのですね。それで染めた色の糸とか染めた革とか、それで札《さね》を縅《おどし》ていく。

――重ねて、そうですね、鎧のああいうふうに。

伊原　武士が生死をかけた戦の場の晴着とも言えるものですから大金をかけて製作してもらったものも多いようで、非常に立派なものがたくさんつくられたようです。

―― 当時の時代、いろいろありますけれども、貴重な武具というか、そういうものがヨーロッパの人でも、日本の鎧とか兜とかいうものは素晴らしいという人がいますけれど、確かにヨーロッパにも鎧的な物はあるけれど、日本の方がはるかに美しいです。

伊原 ヨーロッパのものは、緋縅《ひおどし》とか紺糸縅《こんいとおどし》とか色のあるものではなくて、たいてい鋼鉄のような、つるっとした。

―― つるっとしていますね。中世のヨーロッパの騎士は。

伊原 海外の所々で軍事博物館などを見て参りましたけれども、日本のように紅梅縅《こうばい》とか藤縅《ふじ》とか、美しい色合のものはございませんね、兜も日本のは豪華ですね。

―― まるで美しい鳥の羽の重ねみたいな作り方ですものね。

伊原 金銀などを使って輝かしい。だから武人ではありますけれども、やはり日本人というのは、装飾的にもすごく色合に関心を持っていた、というようなことが考えられますね。

―― そうですね。武人のいわゆる基本的な色というのはやはり藍色とか茶色とかそんな色になっていくわけですか。

伊原 そうでございますね。だいたい黒糸（革）おどし、赤糸（革）おどし、萌葱《もえぎ》（糸、綾）おどしというふうに、単一の色が多うございますけれども、中には樫鳥《かしとり》縅とか小桜《こざくら》縅とか、ある程度の文様のあるものもございます。

―― じゃあ、革の色を染めたりする。

伊原 はい。

―― 革の紐を。

伊原 それから糸、革そして綾なども。それで、けっこう沢瀉《おもだか》縅など沢瀉《おもだか》の葉っぱですか、それの形をまねて、さらに逆沢瀉縅《さかおもだか》とか。ともかくいろいろ工夫して、ただ黒なら黒、赤なら赤というばかりではなくて、やはり前に申し上げたようにいろいろ考えて。

――それともう一つは、別の言葉で言うと村濃《むらご》というのがありますね。それもそういうまだら……

伊原　そうですね、たとえば赤なら赤でも薄い赤の糸で、おどした中にところどころ同じ赤い色の濃い糸でおどしたもの、同一の色でもむら雲のようにむらむらと染めて。

――一種のグラデーションというか。

伊原　そうですね。

――色の濃淡をずっと模様にしていくのですか。それを村濃（むらご）と。

伊原　はい。

――むらごって普通は市町村の村という字に濃い……

伊原　はい。むらごは斑濃という字も使います。まだらにむらむら染める。

――そういうことなのですか。

中世というと、伊原さんがいわゆる『日本文学色彩用語集成』全五巻のうちに、最初に中世をお出しになりましたね。

伊原　はい。

――これは何か意味があったのですか。

伊原　いえ、一番少なかったのです。カードが。

――そうですか、カード。

伊原　和歌でも物語などでも、色を中心に、その前後でその色がどういう色で、どういうふうに使われているかがわかるまでの一文章の節を、原本から直接カードにうつしとりました。

――カードは例えば見出しのその言葉というか、音はどういう分類ですか。「あいうえお」とかそんなのですか。

伊原 色彩用語の全体の分類は五十音順にいたしております。ただカードは自由に動くので、例えば赤なら赤、赤糸縅を誰々さんが着ていた、それで華やかだったという文章が出てまいりますでしょう、それは全部、何とかだ、何とかだ、ってとって、副カードになる。表示は色の名称として赤となります。

――見出しが。

伊原 見出しをつける。これがカードでございます。

――今何かカードの見本を見せていただきました。きょうだいカードのちょっと小さいような感じでございますね。

伊原 これが山カードでございます。

――幅が一〇センチで縦が七センチぐらいの。よく図書館なんかの索引カードで昔ありました。下に穴があいていて、パンチの、そしてこうして通してみるような。

伊原 ここのページが赤糸縅《あかいとおどし》、次のページが樫鳥縅《かしとりおどし》、何々などずっと書いていって、それらが溜ったらば、五十音順にならべて、さらに「あ」の中を「赤」、「赤」の中を「赤い糸」、全部そのように。それが原稿になっております。

――それが色彩用語集成の一番後ろの分類表、索引みたいな。

伊原 いえ、全体の。それが山のように溜りまして、どうしたらいいかと思っておりましたら、笠間書院が出しますって言って下さって。それでカードのまま出しました。

――そうなのですか。それから始まったのですか。

伊原　それで中世の量が一番少なかったものですから、中世から。一五万枚になりましたのでね。

――一五万枚、そうですか。私は中世がどうして最初だったのかなと思って、ちょっと考えたことがありましてね、国会図書館に行ってちょっと拝見したのですよ。

伊原　一番量が少なかったものですから。まず、これから始めてみようと思いました。

――その武人の、もう一回中世の武人を中心にした鎧の話がありましたけれども、この時代は色の工夫が単なる武具だけでなくて、たとえば馬の色を染めたとか、そういうことはあったのですか。

伊原　はい、馬の種類も実に豊富なのです。葦毛《あしげ》とか栗毛《くりげ》とかいろいろな種類があって、その中をまたさらに白葦毛、尾花葦毛《おばなあしげ》、連銭葦毛《れんせんあしげ》、栗毛も白栗毛、黒栗毛のように。それで有名な宇治川の先陣争いなどは「する墨《すみ》」という黒い馬と、「生食《いけずき》」という黒栗毛の駿馬が早瀬をわたる有様が『平家物語』に活写されております。鎧兜の色と直垂《ひたたれ》の色とそれから乗っている軍馬の色も、それらが軍記物語には詳しく描かれております。

――それで軍馬に着色したというのは、どんなことをしたのですか。

染めるの、体の色を。

伊原　はい。『太平記』には武将が武蔵国から上洛する時の行列に、ある武人が引馬三〇疋に濃紫、薄紅、水色、豹文《ヘウモン》などにその毛を染て従者に引せたと描かれております。それが戦場ではなくて、威風堂々と行進する場面ですが。中世の軍記などにはとくに鎧とか直垂とか兜とか武装の品々や、旗印等々が詳しく描かれ、「誰々其日の装束《しゃうぞく》には……」などとあり、「その日の出《い》で立《た》ちは」と言って、今講談でもよくやりますけれども。

――馬を染めるというのは面白いと思いましてね。

伊原　面白いですね。他の時代はそんなのございませんものね。

―― ひよっとして信長なんかだったらやりそうかなと思って。あのかぶき者がですね、馬も染めてしまえとか、わかりますよね、だけど。どうも私達の常識では馬は生まれつきの馬の毛色かと思っていましたけれど、違う。

伊原　よくわかりませんけれども、葦毛など白っぽいのを、水色に染めたり豹のような斑文に染めたりなどと想像されます。ただこれは人の目を驚かせるためにした、特別なことだったと思います。

―― それ以外に中世では。

伊原　あと旗がございますよね。源氏が白、平家が赤。

―― あれだって、平家の赤だって、全部の持っている旗に赤を染めるのは大変だったろうなと思いますけれどもね。

伊原　ええ。それから十四五の子供の禿髪《かぶろ》（おかっぱ）にした三〇〇人に、赤い直垂を着せて、京中を歩きまわらせた平家の清盛のスパイみたいな子どもの服も赤でした。悪口を言う者があれば六波羅へ捕えていった、ということです。

―― そうですか、スパイが。それともう一つ中世ですが、この時代は武人の色、それから貴族的な色、もう一つ隠者の色だって。その貴族的な色は平安からつながっているのでしょうけれども、色や模様の扱いにお書きになっている中に、何々の匂いとか、何々のむらごとか、何々の染め付けとか、何々の桜づくしとか、そういうふうに新しい色合いの表現というのも出てくるのですか。

伊原　〃紅梅のにほひ〃〃むらごのかばざくら〃〃桜づくし〃等同一色の濃淡、色や模様で統一されたもの等があらわれますが、だいたい宮廷の伝統はもう平安時代の殆んどそのままが伝えられ一生懸命守ろうとしているように思われます。

―― そうするとだんだんと中世というのは、やはり、いわば期間としては平家の終わりのころから、徳川に切り替わるぐらいまでが中世的な期間と考えてもよろしいのですよね、そうすると、もう一つ。隠者というものが出てくるといいますが。

伊原　この時代は地震・台風などの天災、農作物の不作、戦乱、政権交替等々の激動の時代で、何というのでしょうか、無常というのでしょうか、そういうものを感じた人達がみんな現世を捨てて山林に隠栖する。なにもかも捨てて。そして隠者の世界では、貴族や武人たちの優艶豪華な色、そうした色などとはまったく関係のない、心敬という坊さんは「又氷ばかり艶《えん》なるはなし」（『ひとりごと』）などと言って、氷の透き通った何にも色のないものが艶《えん》であると。素晴らしいなと思います。何もかも捨ててしまって、白、それもさらに捨てて透き通ったものに美を、隠者なりの美を感じる。だから全然色の世界からは超越している。

――　別の言い方をすれば、色をむしろ無視するというか、否定するというか。

伊原　はい。現世のさまざまな色を見ているから、知っているからこそ、否定して、一歩高い次元の無色に到るのではないでしょうか。もっとも神髄みたいなところに。だから色、色と騒いでいるのは、哲学的な世捨人からみれば、俗な低次元の人間と言えるかもしれません。今も三月三日のお雛様、五月五日の武者人形で一寸偲ばれますが、斜陽の王朝風の伝統の優雅な色。新興の武人たちの鮮烈な色と。これらと対蹠的な、人間の一生は幻のようにはかないと無常観を抱く世捨人の無色。それらが中世の色の世界ではなかったかと思われます。

――　そうすると、上代、『万葉集』に一回目の時に、白が多くて、白がすがすがしいとか、何か非常に清らかとかいう意味であったという、まだそれは人間的なところがあるわけですけれども。

伊原　はい、これは本当に人間そのもの、とくに日本人の情感、感覚そのものと言えるのでは、と思います。

――それが平安時代になるとものすごく多様な色で、別の言い方をすると、ちょっと人間くさい時代ですよね。それが中世にくると。

伊原　お坊さんたちは多分墨染《すみぞめ》の黒い衣だったとは思いますけれども。和歌にも墨染は多くよまれております。

――その墨染《すみぞめ》というのは、墨染という表現であって、それが鼠色とか黒いとか白いとかいったものではないのですね。

伊原　墨染は墨で染めたように黒い色ですが、その色の衣とか袖とか、和歌などによまれている場合は、それを通して自分の生き様が。この世を離れたお坊さんであることを意味しています。

――それがやはりいい、美しいとは感じるのでしょうか。美しいも感じないのでしょうかね、その時代は。

伊原　でも、今、「又氷ばかり艶なるはなし」、などと言った人などは、「冬枯れの刈田の原などの朝」とか、「枯野の草木などに露霜の氷りたる風情」とか、だから色彩を否定しているように考えられますけれどもね。

――あの時代では作品としては『方丈記』とか、『徒然草』もありますね、前後しますけれども、もちろん戦記物だったら『平家物語』なんていうのもあるし、そのあたりで言うと、『太平記』もありますけれども。

伊原　『太平記』などは盛んに色を。

――そうですね。戦争のほうですから、人間の欲ですね、あそこは。だけど『方丈記』とか『徒然草』になると、今おっしゃったような、どちらかと言うと色の否定に近い。

伊原　武者《むしゃ》たちの派手で強烈な色などは幻化《げんけ》の最《さい》たるものと感じ、全部捨てて。捨象《しゃしょう》っていうのでしょうか、全部知りながらそれを捨てて、最後に白、さらに墨染、それからさらに無色の透明な物に彼等は美を感じていくのでしょう。

――先ほども出ましたけれども、ご紹介した『色彩用語集成』は、中世だけじゃあありませんけれども、この中世にも、索引がまたすごいのですね、索引が。その索引というのが、「かな」の索引がまずあって、その後に「漢字」で索引が出てくるのですけれど。この時代はこの字でこういう言い方をするのか、というところまで、全部お書きいただいているものだから、大変でしたね、これ。

伊原 はい。

――同じ漢字でも時代によって。

伊原 いろいろ言い方がございますね。

――それの面白さというのがこういうご本を。

伊原 やはり一応五巻済みましたので、それぞれの色の系譜のようなものが、これから考えられるのではないかと。同じ白でも変っていきますし、黒い色も最初奴婢《ぬひ》（最下位の男女の賤民）の服色だったのが、だんだん身分の高い人の色になったり、仏門に入った人の色になったり。

――変形していきますよね。

伊原 はい、ですから色の系譜を、もしこれから出来ますことなら勉強したいと思っております。

――その今のお話に関係あると思うのですが、もう一つは、ご本の中の索引の種類、形容物象《ぶっしょう》索引というのがあるのですね。形容物象、気象の象ですけれども。どういう言葉の表現に、この言葉を使っているかというのがまた。例えば赤なら赤、赤の対象がいろいろあるというのが全部表になっているのですけれど。これを見ると、これもまた時代によってその言葉が。この時代はこういうものにあてていた、この時代はこういうものにもこの言葉の表現を、色を使っていると。

伊原　例えば赤は、今、おっしゃいましたけれども、上代は赤心《せきしん》と言って、赤に心と書いて、精神誠意の心を言っています。別に心が赤いというわけではございませんけれども、勿論中国の言葉の模倣ですけれど。前に申しました五行の中で赤も心も同行になっているのも面白いと思います。

――隠し事がなくて。

伊原　はい。

――明るい、決して下心がない。

伊原　その反対に黒心《こくしん》もございますしね。色彩そのものでなく、いろんな面で、ある意味をもたせるという。

――それは本当にすごいことで、これもし、古い時代からのが、そういうかかりの関係で変化の時系列を整理されるとまたもう一つ深みが出てくることに。

伊原　とは思いますが、それはただ思うばかり。そうすると一五〇歳くらいまで生きなければ。

――ではもう一回ございますから、次の回は主に近世のお話を伺いたいと思います。今回はどうもありがとうございました。

伊原　どういたしまして。

（平成二〇年五月一七日放送）

＊

――これまでの三回は、伊原さんの色というもの、特に日本の文学作品に表れた色の表現というものが、どういう人間の色への思いから生まれてきたのだろうかというテーマのもとに、だんだんと上代、それから中古、平安時代が中心になりますけれども、それから中世とお話を伺ってまいりました。

時代時代によって使う言葉も違いますし、それからその使った言葉によってどういう色を表現しているか、どういう場面で表現しているか。前回の中世では例えば武具の中に馬がたくさん出てくるわけですけれども、馬にも毛色を染めて色染めの馬が現れるといいますか、そういうふうなことがあったという事もお伺いいたしました。

今回、いよいよ近づきましたが近世を中心に色の表現のお話を伺いたいと思っています。一回目の時でしたか、伊原さんにもお話しましたけれども、この「日本文学色彩用語集成」という膨大な一つの大集成が五巻にわたってできましたが、特に最近成立した近世のご本はものすごいページ数で、本当に親指と人差し指で持てるかどうかというふうな部厚いご本になったのですが、伊原さん、やはり近世はそれだけ材料豊富ということになりますかね。

伊原　そうでございますね。いろんな色の名前が約三〇〇種も出てくる。

――三〇〇。

伊原　はい。

――これはもちろん、一番多いわけですね。

伊原　一番多うございます。

――そうするとおまとめになるのにも大変ご苦労があったのではないですか。

伊原　そうですね。同じ場面で、登場人物の着ている物の色も、羽織とか上着とか下着とか、また、足袋とか、色の名前がずらっと描かれていますので、それをいちいち採《と》るのが大変で。

――カード方式ということを前回伺いましたけれど、本当にすごいことですね。この近世ということになると、私達の感覚でも庶民というか、大衆化と申しますか、世の中がかなりずっとこう情報が行き渡るというか、それが色とかいろんな物にもやはり反映していきますか。

伊原　そうでございますね。本当に町人と言われる階層が山の裾のように広がっておりますので、それを対象にした作品がずいぶん出ております。黄表紙とか赤本とか黒本とかの絵草子、いろいろな読物が出ております。大衆もやはり読み書きが出来るようになって、そういうものを読んで喜ぶという。ですから登場人物なども、目でみるように衣装の色などが描かれている。そういうことでだんだん色の種類も多くなったと思います。それから紺屋《こんや》という、町方で専門にいろいろな物を染める染物屋ができます。そこで見本帳というのを作りまして、さまざまに染めた色をずっと並べて見せて、お客さんに色を選ばせてそれを染める。

――色見本がちゃんと出来てきた、カタログですね。

伊原　ですから色は、好みの色を頼んで染めてもらう。それで紺屋が繁昌して、「紺屋《こんや》の明後日《あさって》」というふうに、なかなか約束の日に出来ないで、どうか明後日まで待って下さいって言うので。

――「紺屋の明後日」。

伊原　紺屋《こんや》に今夜《こんや》をかけて今夜の明後日《あさって》って言うふうに繁昌したという諺《ことわざ》があるくらい。

――「あした」でなくて「あさって」と言うのが面白うございますね。なるほど。この近世の特色に人の名前をつけた色がたくさん出てくると。

伊原　それは近世になってからと言っていいのではないかと思っております。

――たとえば憲法《けんぼう》染めとか、たくさんありますね、路考茶《ろこうちゃ》なんかもそうですか。

伊原　路考茶《ろこうちゃ》も大変。それからテレビでやったそうですが、私は見ていないのですけれど、天皇家へ徳川秀忠の娘があがって、天皇のお妃になり、その皇女が女帝になられるのですね。この東福門院の御所の宮廷でも染め物をなさって。いろいろの色を入れまぜて色変《いろが》わりの模様を染め出したのが御所《ごしょ》染《ぞ》めといってけっこう流行《はや》るのですね。

それから後は、茶人の千宗易、その号を利休と言ったものですから、今でも唱歌に「利休鼠《りきゅうねずみ》の雨が降る」なんて。利休白茶だとか、藍利休だとか、錆《さび》利休だとか、利休って茶道ですが、芸術家の名前をとって洒落た色の名にしたのでしょう。その他、とくに一番なんて言うのでしょうか、大衆が喜んでみた歌舞伎の役者、その中でも、たとえば瀬川菊之丞という人気女形がいて、通称が王子路考《おうじろこう》なので、彼の名にちなんだ路考茶《ろこうちゃ》は比類のない流行色になりました。

― 路考茶というのは茶ということですが、どういう感じの色なのですか。

伊原 そうですね、鶯の羽色の黒茶がかった色とか、黄茶の黒みがかった色とかいわれます。当時、派手な色は禁じられていたものですから、ともかく地味な色で凝《こ》った色というので、だいたい茶とか鼠とかそういうような、今から考えますと、渋い、あまりぱっとしないような色で、それが流行《はや》ったようです。そのかわり下着はすごい派手なもので、それこそ紅染めなどの高価なものを、歩いて裾などから、ちらっ、ちらっとのぞかせる。そういう着方を江戸の人は好んだようで、上はなるべく目立たない渋い、地味な色。

― その今、派手と言いましたけれども、紅染《もみ》めというのはそういうものなのですか。

伊原 紅《もみ》はやはり紅《くれなゐ》です。一番派手といってよいかもしれません。

― 「紅」のこう、という字ですね。それに染めと書いて紅染《もみぞ》めと。甚三紅《じんざもみ》、という甚三も人の名前ですけれども、甚三紅《じんざもみ》というのもそういう色なんですかね。

伊原 甚三郎が考案した紅色で、紅《くれなゐ》草つまり紅花《べにばな》は非常に高価なので、他の蘇芳《すほう》という植物染料で下染をして、酢でむしかえすと本紅《ほんもみ》と同じような色になる、ということを工夫して発見し、それで染めたものを、京都ではみんな本紅の色をよく知っていて騙されないから、目の肥えていない江戸へ来て、それを本紅だと言って高く売って、それから東北方面の奥州辺まで行って、帰りにあちらで生産される真綿などを安く買って都へ持って帰って売る。これを度々くり返して、大金持になったというのです。

――言ってみれば偽物を売ったわけですね。

伊原　そうですね。

――これでお上《かみ》のお咎めなんかなかったのですかね。

伊原　そういうふうに西鶴の『日本永代蔵』の中に描かれていて、考案した甚三郎の名をとって甚三《じんざ》紅《もみ》と言ったということで有名だったのではないでしょうか。

――けんぼう染めとかよしおか染めとかいう、吉岡憲房と言う人のですか。

伊原　吉岡染《よしおかぞめ》とも言う茶染、黒茶色を京の名物として売り出したということです。それから、歌舞伎役者の名前をつけた色がいっぱい。大和柿《やまとがき》（板東三津五郎（大和屋）の好みの色）、芝翫茶《しかんちゃ》（中村歌右衛門（芝翫）の好みの色）、梅幸茶《ばいこうちゃ》（尾上菊五郎（梅幸）の好みの色）、高麗納戸《こうらいなんど》（松本幸四郎（高麗屋）の好みの色）などが流行ったということです。染物屋がそういう色を染めて宣伝するからでしょうね。民衆のあこがれのまとであった歌舞伎役者が好んだ色を着て、粋《いき》とか、通《つう》だとか。

――それだけ人の名前が出るということは、それだけ人の名前が世に知れて、大衆が集まる場が、みんなが判り合ったと言う時代なのですね。

伊原　歌舞伎がずいぶん繁昌いたしましたし、あと、遊里が。そこで流行させますと、ずっと広がるようですね。

――遊里だけは上下関係ないといいますから。

伊原　それでお金さえ払えばいいわけですから、金持ちの大名から町奴《まちやっこ》達までがどんどん行って、遊女たちの喜ぶものを持っていく。一例ですが、客が遊女にうすい紫か紅《くれなゐ》かどちらかわかりませんが、その生地《きじ》を鹿《か》の子絞《こしぼ》りにして、その粒粒の小さな絞りの頂点を、一つ一つ紙燭《しそく》で焦《こが》して穴をあけ、その穴から中の紅《もみ》に染めた綿《わた》が見えるように工夫した着物を贈物にした、という話が西鶴の『好色一代女』にのっております。

伊原　そういう洒落た高価なものを遊女に与えたとか。この代金で大きな家が二、三軒も買えた程だったと記されています。有名な遊女たちの贅沢なくらしぶりがうかがえますね。

――そうですね。その他に地名からの色合い、江戸紫とか。

伊原　江戸の神田川の水を利用した紫染ですね。それから深川などにちなんだ、深川《ふかがわ》ねずとか、藍深《あいふか》川《がわ》、そういうような色の名前もございますし。

――ちょっと珍しいのは、これ、しゃむろ染めというのですか。

伊原　シャムロはシャム、タイ国の名で、シャムロ染は更紗《さらさ》だと言うことです。シャムというのは今のタイ、そういう関係の言葉もあるのですね。

伊原　はい。江戸時代の人たちは何でも非常に色について興味を持って、すぐ名をつけて流行《はや》らせる。それから後は植物はもちろんの事ですが、動物の名の色がたくさんある。例えば今、絶滅が心配される朱鷺《とき》のとき色もあります。私達昭和の時代でもよくピンクのような色を「とき色」、と言っていたのをおぼえております。黒い色を烏羽《からすば》色などと。それから鶯《うぐいす》色、鳶《とび》色。雀も雀色時《すずめいろどき》などと夕暮《ゆうぐれ》時《どき》を言っていたようです。それから狐色《きつねいろ》などもありました。今でもお料理の時などに、ちょっと焦げると狐色になったなどと使われておりますね。卵色《たまごいろ》もずいぶん使われておりますね。

――私ね、江戸というか近世編の色彩用語集成のご本の、江戸の主な色という部分がありまして、それをずっとちらちら拝見していましたら、ばば色というのが。ばば色というのも入っているのですね。

伊原　路考茶の色のことを、ふざけてばば色と言っています。ばば色と言うと汚《きたな》いから、路考茶と言って流行《はや》らせてみせるのだといって。

――ちょっとかんべんして、いい加減にして表現しますと。糞という字を書いて糞色ですね。

伊原　はい。路考茶と言って色の名前はすごくよろしいのですけれど、実際はそういう物の色のようですね。

――でも路考茶と聞くと格好いいですね。糞色なんて感じませんね。

伊原　あこがれの役者の名のついた色というのでやたらみんなが着たがる。けれども、実際の色は糞（馬糞）と同じ色をしているのに、とわざとふざけて悪く言っております。その当時は、小さい女の子も「おっかさんに**路考茶**に染めてもらいましたよ」と言って。男も女も若いも年寄りも関係なく、路考茶というのはずいぶん流行ったようです。

――私にとっては初めての読み方で面白いなと思ったのは、うつふし色というのがあるのですね。空と言う字に数字の漢数字五、人べんの二倍三倍の倍、それに子どもの子、それに色で。うつはおそらく空をあてるのでしょう。

伊原　五倍子《ふし》の皮の中が空洞であることから空（うつろ）という字をあてたのでしょう。

――それに五倍子でふしですか。それで空五倍子色と。これも面白い表現ですね。これはぬるでの若芽・若葉に、一種の油虫が寄生してその刺戟によって生じた瘤状の虫癭ということですね。

伊原　よく木にくっついておりますよね。タンニン剤として染料に使われた。薄黒色ということです。

――でも面白いです。よくこういうのを。私なんかこれ、ついついこれどう読むのだろうなんて方に気が散ってしまうのですけれどもね。

伊原　それから納戸《なんど》色というのもございます。納戸は物を置く室のこと。また、生壁色《なまかべ》だとか、消炭《けしずみ》色だとか、なんでも江戸時代の人達は色を身近に親しみを持っていたと羨ましく思っております。

――そうですね。その上で先ほどちらっとお言葉がでましたけれども、そういう物の色を見て、粋《すい》だとか通《つう》だとか意気《いき》だとかいう言葉を使いますね。このすい、つう、いき、他にも言い方があるのかもしれませんが、伊達《だて》なんていうのもあるかもしれませんが。どういうものをどういうふうな色を、粋というのかとか、いうのは。

伊原　そうですね。文学作品ではありませんが、天下の遊廓《ゆうかく》遊ばざるなしといわれる粋人《すいじん》の書いた『色道大鏡《しきどう》』というのに、遊里のことが詳しく書かれておりまして、「無地の染色は黒きを最上とす。茶を次とす。」とあります。粋なのは黒が一番、その次に茶系の色ということです、これに鼠色系が加わるとされています。

――やはり黒が最高なのですか。

伊原　最高といっております。色彩学の面からは、黒は白と共に、色相をもたない無彩色とされております。その黒を、現代の会社や官庁に務めている男性はとくにそうですが、女性の方々も着ていらっしゃるのが多く、江戸時代の粋人がみて、平成の皆さん、粋だと感心していると思います。

――学生服なんかみんな黒だというので。

伊原　女の方たちのスーツなど黒が多いですね。

――多いですね。

伊原　どういう美意識で着ていらっしゃるのかわかりませんけれども、江戸時代の人たちがみたら、本当に通、粋とほめるでしょう。

――お書きになっているご本によると、粋というのがどちらかと言うと、元禄というか早い時期の、上方の方の言葉感覚というふうなことを書いていらっしゃいますね。意気というのはどちらかと言うと、後期の江戸の。でも対象にしている色は黒いというか。

伊原　粋人《すい》が黒とか茶色とか。それで今申し上げていいかわかりませんけれども、四八茶、一〇〇鼠と言われております。

――　聞きます、聞きます。四八茶一〇〇鼠。

伊原　黒と、それからあと、茶と鼠の系統、それが大体主流のようです。そして、ただ茶というのでなくて、茶の中に何茶、何茶、何茶って。そして何色の何色の何茶という風に、複合的な茶色の名が少なくありません。

――　そうなのですか、何色の何色の茶。

伊原　たとえば藍《あい》、海松《みる》、茶《ちゃ》。で、藍色と海松のような色と茶と。「**藍海松茶《あいみるちゃ》**」と言う色の名のように。海松《みる》というのは海草ですか。

伊原　はい。海草。

――　藍海松茶ね。

伊原　ともかく茶や鼠は複合的に。終りに何々茶、又何々ねずと鼠《ねずみ》が付いたり。私の調査した作品の範囲ですけれど三〇〇余種に及ぶ色のうち茶の名を含む色六〇余種、鼠は三〇余種あり、両者あわせると一〇〇種に近く全体の色名の1/3を占めております。

――　そうか。鼠もじゃあ、江戸時代はたいへん貢献していますね。

伊原　グレーの色ですから、やはり黒から白に行く途中の。

――　江戸の鼠色は微妙な色の美しさが。

伊原　現代とちがって、江戸時代では、鼠のいない家はないといってもよいほどだったと思います。

――そうですよ。昔の家はたいていは天井をごろごろ走っていましたから。

伊原　それから、茶は日本人で飲まない人はない。ですから京都などでは、朝、京中の人が茶粥《ちゃがゆ》をする、その音が町中響いて、ざわざわとするというのです。

――面白いですね、それは。茶粥をね。

伊原　お茶を煎じた汁で煮たお粥《かゆ》をすする音。お茶は、ともかく当時の日本人にとっては、日常生活の必需品になっておりました。それからねずみのことですが、江戸でも商店には必らず番頭さんがいます。今の店長さんでしょうか。それでお店に忠実に長くつとめている、番頭さんのことを白鼠《しろねずみ》と言って。髪が白くなってもずっとお店にいてなんでもまかせられる。

――でっち奉公からずっと。

伊原　そうですね。だから鼠と茶は、本当に庶民にとって大切な飲み物であり、一緒にくらしている身近な動物であったのを、それを着物の色や物の色の名称にしているのは面白いと思います。

――そうですね。

伊原　本当に江戸の人の色というのは身近な物の色だったのですね。それからこれは為永春水《ためながしゅんすい》という江戸の後期の人ですけれども、女の人の衣装の色をたくさんあげて、「時代《ときよ》の風俗を百年後《のち》の好士《こうず》に見せんとて、おさなくもかひ付ぬ」と百年後の人達に見せようと言っております。

――いわゆる好事家をいう、あれですね。

伊原　それで衣装の色を沢山あげて、人情本作家は、後世の好事家のためにも今の流行の身なりを自分の作品の中に書きとめておこう、といっております。

――それをひょっとしたら、伊原さん、好事家として見ていらっしゃる。伊原さんもそのお一人かもしれませんね。

伊原　とんでもありません。そして作者は『春告鳥』という作品の中で上着、下着、羽織、帯などの色合を詳しく記していて、当時のファッションの紹介をかねているようです。大衆がこうした本を読むから、どんどん流行して。又、昔流行《はや》ったものが一度すたれて、また流行《はや》り返《かえ》る。

―　復活してくる。

伊原　はい。

―　やはりサイクルがあるわけですね。

伊原　はい。「しかし**丁字茶**から見ては、今の**鼠**や**路考茶**は近頃の物だッサ。**いよ染め**はよっぽど大むかしはやった物だが、相かはらず廃《す》たらねへ居《で》て、今又ずっと流行るのださうさ」。そういうふうに流行の仕組などが、『浮世風呂』に書かれております。

―　要するに大衆の読物の中の会話とか、表現の中にも、時代的変化の色の事を表現しているわけですね。江戸の中でも初期の江戸時代と中期後期によって、やはり、はやり廃《すた》りというものが、色の、あるということですね。

伊原　はい。それから、地方からお江戸見物などに来た、いわゆるお国衆《くにしゅう》といわれる田舎侍《いなかざむらい》が浅葱《あさぎ》色の裏をつけた着物を着ていて、彼等は粋《いき》とか通《つう》とかいう江戸の気風がわからない。つまり野暮《やぼ》だということから、「**浅葱裏**《あさぎうら》」と言うのが野暮の代名詞になっていたと言われます。

―　浅いと言う字に黄色ね。

伊原　黄でもいいし、葱という字を多く書きます。不粋《ぶすい》で世情に通じない野暮な人を「あいつは**浅葱裏だ**」って言ったようです。

―　薄青いという感じですか。

伊原　そうですね。葱《ねぎ》の葉の薄い色。

―― あの時代、浅葱《あさぎ》というのはあまり評判が良くなかった。

伊原 「**浅葱裏**」というのは、遊里のことにも通じないというので、馬鹿にされた人の代名詞でもあったようです。

―― いわゆる上代から江戸の流れまでずっと来まして、色というものがだんだん日本的なものをいろいろ作り出してきていると言いますか、時代的にも違うでしょうし、通して見ると、やはり日本人の色感覚というのはどうなのですか、こういう色に好みが強くて、こういう色はどうもあまり好きでないというか。そういう物はありますか。たとえば中国では五つの色がちゃんとそれぞれ意味を持っていると。だけど日本ではその中でもこれは共通して大切だけれども、これはあまり使わないとか。

伊原 そうですね。中国から受け入れた五色の中の青赤黒白は、主流の色として概念的に使われて、現代でもそのままですけれども、中国で最も主要な大地を象徴する色として中央に配された黄がどういうわけか上代からあまり受け入れられなくて。

―― 日本では。

伊原 はい。それで赤《あか》、黒《くろ》、白《しろ》、青《あを》とみんな二字で読まれておりますけれども、黄だけは黄《き》ですね。

―― 赤、黒、白、青、うん。

伊原 そして『万葉集』の中でも黄は用字としては割合多く見られますが、黄の色を意味する、黄色を示す「き」という言葉はなくて、黄柒《きぬり》が一例だけ。

―― 黄が出てこない。

伊原 歌の中には、黄色の色としての黄はぜんぜん。ただ用字としては割合見えております。私家集は別ですが、天皇の命令で撰ばれた勅撰集、平安から室町時代末までの二十一代集、約総計三万何千首あるのですけれども、一例もないのです、黄という文字の「き」、黄の色を表した用例が。それで他の、山吹の花とか、梔子《くちなし》とか、ほかの言葉で黄の色をあらわしています。

――そうすると二つ考えられて、黄を嫌って使わないのか、黄はものすごく大事すぎて口の端に乗せないのかというふうに両方考えた時に、常識的に考えた時に黄は扱いにくいというか、あまり好きじゃないという。

伊原 国語学のことはわかりませんが、ただ素人考えで、なんで黄だけ、二音にしなかったのかな、などと思って。

――たとえば「きな」とか。

伊原 それから、法令上は、「三才以下は**黄**となす」とありますのに、上代の私の見た範囲の『正倉院文書』の中の記事（大宝二、養老五、神亀三、天平五、七、十二、天平勝宝二年など）では、戸籍では三才以下は、女は緑女、男は緑児（子）、平民以下の奴婢は、男は緑奴、女は緑婢と記載されております。

――それを緑という言い方に。

伊原 私のみた上代の戸籍の範囲とおことわりしておきますが、『大日本古文書』二十五冊のうちその中で、全部と言ってよいほど緑が使われている。上代の法令（養老令の戸令）で、三才以下は黄とあるのに、「**黄**」というのは宝亀三年に一～五才の奴婢の名が記され、それに「**黄**奴」、「**黄**婢」と記されておりますのと、養老五年に賛岐国の戸籍に三才の女を「**黄**女」と記しておりますくらいで、ほとんどないようです。

――やはり日本人の言葉感覚としてはちょっとなじまなかったのですかね。これは面白いですね。

伊原 はい。これは上代のことですから、時代を下るとどうなるのか。ですから「**黄**」の系譜だけでもすごく面白いと思います。

――そうすると伊原さん、今系譜とおっしゃったけれども、各時代別にこれだけの整理、統計をお出しになったわけですから、これからは前回のお話に一五〇才というお話も出ましたけれど、それぐらいのあれをかけてやはり系統的な一つの傾向、流れ、変化、これは大きな伊原さんの次の課題ということになるのですか。

伊原　それから例えばですね、作品の中に「**黄縅**《きおどし》」と書かれていると、あ、これは中世の文学作品だな、それから例えば「**桜襲**《さくらがさね》」が描かれていると、この作品は平安時代の作品だな、それから例えば「**利休鼠**」って作品の中に出てきたら、これは近世からの作品だな、という風に、色からどういう時代のどういう作品かが推測されるという、そういうこともあり得るかなと思っております。

――そうですよね。

伊原　ですから色が単独に色としてでなく、時代、社会、そして人物などいろいろなものに結びついて色がある、そして、色のあり方から作品の性格などもわかる等々と、今、考えております。

――そうですよね。色の言葉をどういうものに形容したかという表がありますけれど、それも時代ごとに違いがきっとあるでしょうから。

伊原　違いがございますね。

――それを見ると、これは何時代とか。

伊原　それから、例えば、紫がさかんによまれている和歌の時代もございますし、もうほとんど詠まれないという時代もございますし、色の言葉は本当に、時代時代の人達の心情とか、社会情勢とか、そういうようなものでも、推測ですけれど、ある程度。

――これは半世紀かけてここまでのお仕事を成し遂げていらしていますが、やはりもう半世紀ぐらいがんばっていただいて、今の思いを実現できますように、私もお祈り申し上げたいと思います。どうぞお元気で、本当に四回ありがとうございました。

伊原　どういたしまして。雑なお話ばかりで失礼申し上げました。

――ありがとうございました。

（平成二〇年五月二四日放送）

四季をこえた彩《いろど》り

一年を通して四季、つまり季節をとわず着用できる衣装の色合が、王朝時代にはいくつかあるが、その中で女性がとくに憧れたのは「紅《くれなゐ》」であった。

平安初期の作品である『土左日記《とさにっき》』に、濃い「紅」は舟に乗る時は海神に魅入《みい》られて恐ろしいから着ない、と記されている。それ程魅力的な色と感じられていたらしい。平安初期からこの色の衣装は非常に高価になったためもあり、濃い「紅」は贅沢すぎるので着用禁止になった。そのことは後の『栄花物語《えいがものがたり》』にも、記されている。

このような「紅」を着用された一條天皇の皇后のお姿が、『枕草子《まくらのそうし》』に鮮やかに描かれている。お居間で一日中管弦が合奏された或る夜、皇后は艶々とした素晴らしい「紅」の衣装を何枚も着重ね、黒く光る琵琶を抱えて、それに袖を打ち懸けていらっしゃる。そのため、楽器の傍からは美しく白い額《ひたい》がくっきりのぞいて見える。

燈火に映える容貌の白、名器の黒、そして何よりもお好きな衣裳の「紅」、それらが醸《かも》し出す配色の美は、皇后にお仕えしている清少納言にとって、何にたとえようもない程であったという。

季節とは関係なく、着る人の好《このみ》による服色から、王朝の美を極めた容姿が生まれる。清少納言の描写によって、千何年も後々の私たちの前に、このあやに美しい場面の映像が、鮮明にうつし出されてくるようである。

夜会での色

今から千年も遡った王朝の色彩のあり方を、当時の文学作品をとおして探っている、およそ時代離れのした私が、現代の最先端を行く新しい色彩情報誌「流行色」にエッセイを載せるということには矛盾も感じるが、またそれが、かえって面白いとも思って、あえてペンをとった。

王朝、つまり平安時代は、宮廷や上流貴族を中心に、高度の日本文化が絢爛と咲き誇った時代で、庭園、建築、調度はもとより、特に衣装の色彩には豪奢で目を奪うものがあったようである。

このようなことは、当時の物語・日記などの、主に貴族階級の婦人たちが書きつづった多くの作品に詳細に描写されている。

人々は四季の風物、特に美しい花卉《かき》―梅・桜・杜若《かきつばた》・撫子・菊・紅葉等々―の色彩を再現したような、染《そ》め・織《お》り・襲《かさね》の色の服装を、それらがそれぞれのさかりの時に、ぴったりあわせるように、四季、折々、月々、日々、と次々にかえて着用する。あるいは行事・儀式には幾枚も重ねて着た衣裳の色合が、まるで何枚もの沢山の色紙をとじた帳面の小口のように綺麗に見える、とあるように、服装の色には非常に心を砕いたようで、なかには豪華な色・色の衣裳を二十数枚も重ねて着たため、すくんで身動きも自由にならなかったということさえあったほどである。

これらの事がらは『源氏物語』や、その他多くの作品に共通して描かれていて、当時の人達がどれほど洗練された芸術的センスで色彩を捉え、色彩の世界を創造していったか、感動させられる。

こうしたなかで、特に、あの有名な清少納言が『枕草子』にさり気なく書いた一文に、むしろ、現代でも追随できぬ程の鋭敏・繊細な色彩感覚を見ることができて、驚異をさえ感じている。

「火かげにおとるもの　むらさきの織物。藤の花。すべて、その類はみなおとる。くれなゐは月夜にぞわろき。」（一本〔二二〕）

灯火の光で見劣りするもの、それは紫色の織物。同様藤の花でも何でも皆紫色の物は劣って見える。また紅色は、月光の下ではよくない。つまり光線と色彩の関連というきわめて特殊な点に着目し、それを一言で恐ろしいほど簡潔、適切に表現している。

現代の皆さんも、夜会などの照明には前もって気をつけ、灯火と同じような光の場合には紫系統、月光に類した螢光灯などの時には紅系統、それらの色はさける。というように、服でも化粧でも何でも、色と光の関係に細かい心くばりをし、卓越した色覚の持主清少納言が、千年も前に言ったことを思いおこしていただきたいと願っている。

秋・冬の彩《いろど》り

紅葉もはかなく散り、残りの菊もやがて枯れ果てて、野山は蕭条《しょうじょう》とした冬枯の季節を迎える。

春や秋の風物の、華やかな彩《いろど》りを何十種となく服色に仕上げた王朝の人びとも、冬ともなれば、それを真似る彩りも乏しく、文学作品にも衣裳の色を描いた場面は数えるほどしかない。

『枕草子《まくらのそうし》』には、「唐衣は……秋は**枯野**《かれの》」（一本七段）、つまり唐衣《からぎぬ》には秋の季節は「枯野」という色合がふさわしい、と記している。そして『狭衣物語《さごろももものがたり》』（巻三）には、「冬深き霜枯の、雪の朝などにこそ、この色はおかしけれ」とあり、「**枯野**」は、このように晩秋から冬にかけて、その季の自然の趣をよく表わす服色（草の枯れたような黄褐色）として着用されたようである。

野や山の緑も次第に茶褐色に枯れて行くのを、そのまま模《も》したのがこの色で、『狭衣』には、一般の人がこれを着ると、「すさまじ」とあるように、いかにも興ざめの、渋くて沈んだ感じがし、また、「余り大人《おとな》しうありけり」、つまり、余り地味で老《ふ》けて見える、と述べている。

このような「**枯野**」でさえ、一旦、この『狭衣物語』の女主人公源氏宮《げんじのみや》のような方が着用すると、様相が一変する。宮が、「この比《ころ》の**枯野の色**なる御衣《おんぞ》どもの、濃き薄きなるに、**同じ色**のわれもかうの織物の重なりたるなども」のように、この色の衣裳を多く着重《きかさ》ねているのを見ると、「春の花、秋の紅葉よりも中〱なつかしう見ゆる」、つまり、華やかな服色の場合よりも一段と可憐に美しく見えるという。

これは普通の人の場合には思いもよらないことであるが、「着なさせ給へる人からなめりかし」（巻二）、いわば、着ている方の優《すぐ》れた人柄のせいであろうと述べている。

枯れた野原さながらの荒涼とした感じの服色であってさえ、着用する人物次第で、花・紅葉のような華麗な衣裳の色合いより、却ってその容姿を一層優艶に引き立たせる、というのである。

どのような衣装の色であれ、それを着こなす人品《じんぴん》・人柄《ひとがら》によって、美しくも醜くも見える、というのは、現代の私たちにとっても考えさせられることではないだろうか。

古典文学と色彩

日本の「赤」

日本は世界でも有数の風光明媚な国といわれている。その四季折々の風物の美しさは、自然が失われつつある現代でも、私たちの目を、心を、慰さめ楽しませてくれる。私たちをはぐくむ大自然のながめは、古代から数限りなく詩歌や物語に讃美されてきた。

とくに春と秋は、

「世の中は春と秋とになしはてて夏と冬との無からましかば」（和泉式部）

と歌われる程、人びとにこの上なく愛好された季節であり、その春の「花」、秋の「紅葉」は、日本の風物全体の代名詞でもあり、櫻花と紅葉の風情が自然美の極致をあらわすものでもあった。

紅葉は有名な『百人一首』にも、

「ちはやぶる神代《かみよ》も聞かず竜田川**からくれなゐ**に水くくるとは」（在原業平）

「嵐吹く三室《みむろ》の山の**もみぢ葉**は竜田の川の**錦**なりけり」（能因法師）

などと詠まれ、その美しさが讃えられている。

紅葉のいろどりは、大和・飛鳥・奈良の古代には、『万葉集』に、

「さ男鹿《をしか》の　妻呼ぶ秋は……さ丹《に》つらふ　もみち散りつつ」（六―一〇五三）

「春されば花咲きをり　秋づけば　丹の穂《ほ》にもみつ」（一三―三二六六）

と歌われたように「丹《に》」という色で形容され、次の、京都に都がうつされて後の平安（七九四～一一九二年）時代になると、例えば『古今和歌集《こきんわかしゅう》』の、

「竜田川もみぢみだれて流るめりわたらば錦中やたえなむ」（二八三）

「もみぢ葉の流れてとまるみなとには紅深き浪《なみ》やたつらむ」（二九三）

のような「錦《にしき》」や「紅《くむなゐ》」の色彩で多く表現されるようになる。物語にも同様、「この家の垣根の紅葉、唐紅《からくれなゐ》を染めかへしたる錦をかけてわたしたると見ゆ」（『宇津保《うつほ》物語』菊の宴）とそのいろどりが描かれている。

もちろん、他の色も無いわけではないが、紅葉は「丹」そして「紅」「錦」という、主として赤系統の色で形容されているといってもよい。

「丹」の呪力

紅葉のいろどりの赤、その赤という色を、日本の人びとはどのように感じとっていたのであろうか。

古代から探ってみよう。

わが国で最初に色彩として現われたのは赤色であったといわれる。その赤の材料は原始的な時代には、おもに、どこにでもある天然産の土や鉱物であり、「丹」(黄味をおびた赤)がそれを代表するものであった。赤のこれらの顔料は、考古学ではすでに縄文時代(B・C・三、四〇〇〇年からB・C・一〇〇〇年内至紀元前後にわたる)から使われていたといわれている。発掘された皿や鉢などの土器や、土製の装身具、さらに人骨に塗られ、その後も埴輪《はにわ》に彩色されているという。

最も古い歴史・文学の書である『古事記《こじき》』にも「赤土」や「丹」などの顔料を含めて赤は多く記されている。

赤の色は、古代の人びとにとって、呪力《じゆりよく》を持つものと考えられていたようである。

例えば『古事記』には、三輪《みわ》の大物主《おおものぬし》神(大和の三輪山に祭る神。大神《おおみわ》神社の祭神)が、せやだたら姫という非常に美しいおとめを見て愛情をいだいて、その美女が厠《かわや》に入った時、「丹《に》」で塗った赤い矢に姿をかえて、その溝を流れ下って彼女を突いた。おとめは驚いて立ち走りあわて騒いだが、その「丹《に》塗矢《ぬりや》」をそのまま持って来て床のあたりに置いた。すると忽ち端麗な男性に変身し、すぐおとめと結婚して子供が生まれた。このお子様は神様が生ませたので「神の御子《みこ》」といい、後に神武天皇の皇后になられた、という話(中巻　神武天皇)を伝えている。

また、応神天皇時代の記事の中に、昔、新羅《しらぎ》国(朝鮮半島の古い国名)で、ある女が沼の辺で昼寝をしていたところ、太陽が虹のように輝いてその女性を照した。すると間もなくこの女は妊娠して赤玉を生んだ。後にその赤玉を新羅の王子が手に入れて、床の辺に置くと、うるわしい美女に変った。王子はそのおとめを正妻としたが、時がたつにつれて次第にその妻を罵るようになったので、終に、妻は「私はあなたの妻となるべき女ではありません。祖先の国の日本に行きます」といって小船に乗って難波《なにわ》（大阪）までのがれてきて、そこにとどまった。これが、比賣碁曽《ひめこそ》の神社のあかるひめ神である、という話（中巻　応神天皇）も見られる。

同じ時代の『風土記《ふどき》』という作品にも、神功皇后が新羅の国を平《たいら》げようとなさって神々に祈られたところ、にほつひめの命《みこと》という神が、巫女《みこ》をとおして、「丹《に》」波で平伏させることができるでありましよう、とお教えになって、その善《よ》い験《しるし》のものとして「赤土《あかに》」を出して皇后におさずけになった。

そこで、その赤土を桙《ほこ》に塗り、舟のすその部分や兵の服を染めて赤くし、赤土で海水をかきまわして丹波を立てて進んだところ、航行を妨げるものもなく新羅へ着き、やがて勝利を得ることができた。

つまり、「赤土」という素朴な赤色塗料が神力を表示するものとなっており、それによる兵器、軍船、兵士、さらに海水の赤色が霊力を発揮したことをのべているのである（逸文　播磨国）。

このように、矢の「丹」や、玉の「赤」や、「赤土」また「丹」の波など、いずれも赤の色は、蛇神や雷神の表徴であったり、神力の表示であったり、その他、姿を変化させることのできる不可思議な力を持つと考えられていたようである。

「紅」の絢爛

この素朴な時代をへた次の平安は、いわゆる王朝文化の咲き誇った優美絢爛とした時代であった。

それは、紅葉を形容する色の「紅」や「錦」がそのままそれを象徴しているかのようである。

「紅」は、呉《くれ》（中国の古い国名）から渡来した藍《あゐ》（染料の總称）「くれのあゐ」と言われる紅草《くれなゐ》を使った染色名で、その色は、はなやかな赤である。

「錦」は金帛と書き、黄金と同じくらい高価な帛（きぬ）の意といわれ、さまざまな色糸で織りあげた多くは赤系統の色である。

「紅」も、一人の婦人の衣服を染める代金が男子一人の二十余年分の剰余米に相当する程の贅沢なもので、そのため度々禁止の制が出された程であったという。

平安の人びとにとって、「錦」はもとより、「紅」も、当時の随筆や物語である『枕草子《まくらのそうし》』『夜《よわ》の寝《ね》覚《ざめ》』『大鏡《おおかがみ》』『栄花《えいが》物語』『今鏡《いまかがみ》』などに、「かがやくばかりぞ見ゆる」「かげ見ゆばかり」「まことに色はうつるばかりなる」「輝き合へり」「はなやかなる」など、光り輝く程で、あたりに映発するようで、はなやかで派手で、この上なく美しく素晴らしい色、と感じとられている。

『栄花物語』には、

「山の紅葉数を尽し、中島の松に懸れる蔦《つた》の色を見れば、紅・蘇芳の濃き薄き、……さまざまの色のつやめきたる裂帛《さいで》などを作りたるように見ゆるぞ、よにめでたき。池の上に同じ色〳〵さま〴〵の（もみぢの）錦うつりて、水のけざやかに見えていみじうめでたきに、……すべて口もきかねばえ書きも続けずよろづの事し盡させ給へり。」（巻第七　とりべ野）

と、庭園の築山の紅葉がのこらず色づき、池の真中にある島の松にかかっている蔦《つた》の紅葉の、濃い薄い「紅」や「蘇芳《すおう》」（少し紫をおびた赤）のいろどりは、ちょうど様々の色あいの光沢のある小切《こぎれ》などをかけたように見える、と形容しており、池の水にうつる紅葉の「錦」のようないろどりが鮮やかで、ただもう素晴らしい。この景観の美しさは、口もきけず書き続けることもできない程である、と絶讃している。

自然の風物としての紅葉の、赤のいろどりを限りなく讃美した平安の人たちは、さらに人手によって、いっそう素晴らしい紅葉のいろどりを創作しようと工夫をこらした。それが上流の人びとの容姿を飾る衣服の色として再現された「**紅葉がさね**」である。

「**紅葉**《もみじ》」（表の布赤色、裏の布濃き赤色）「**楓**《かえで》**紅葉**」（表薄青、裏黄）「**初**《はつ》**紅葉**」（表萌黄《もえぎ》、裏薄萌黄）「**青**《あを》**紅葉**」（表青、裏朽葉《くちば》）「**黄**《き》**紅葉**」（表黄、裏蘇芳《すおう》）「**櫨**《はじ》**紅葉**」（表蘇芳、裏黄）などがそれで、植物の紅葉の様々な色どりをそのまま真似たかさね色目《いろめ》（表の布と裏の布を重ねた色の配合）、つまり、衣装の色合として芸術化されたのであった。

平安の宮廷や貴族の、優雅・艶麗な女人たちが『栄花物語』（巻第廿三　こまくらべの行幸）に「いとおどろおどろしう**紅葉襲**《もみぢがさね》色を尽したり」などとあるように、目を見はるばかりの種々の「**紅葉**」の襲《かさね》を、秋から冬のはじめにかけて装《よそお》い、野山、庭園などの紅葉のいろどりと競《きそ》いあいながら、自然と人間の色彩の豪華な美の場面をくりひろげたのである。

「赤」によせる思い

自然を愛する日本人の、紅葉を賞翫する気持はいつの時代も変らないが、そのいろどりの赤によせる感情は、時と共に移っていったようである。

原始的な古い時代には、赤も「**丹**」で代表されるような、どこからでも産出する土や鉱物などの素朴な顔料が主であった。人びとは、赤に対して、原始時代的な霊力を信じ、人間の力では及ばない神秘的な力を感じたのであった。

時代が進んで平安になると、高価な材料と高度の技術による染色、織色《おりいろ》の「**紅**」や「**錦**」が主となり、これらの色に無上の美的な情感を抱いたのである。

さらに、紅葉の色は、よりいっそう美しく芸術化された衣裳《いしょう》の**紅葉襲**《もみぢがさね》の色として、人工的に再現されたのである。

このように、紅葉のいろどりの赤も、時代の流れに従って、人びとの受けとり方は違っていった。未開ともいえる古代の社会の人びとには、呪術的な畏敬の感情であったものが、日本文化最盛期の平安の社会になると、美的な鑑賞意識へと変化していったようである。

自然への感動を失ないつつある現代の私たちは、一体、「紅葉」の「赤い」いろどりに、どのような情《こころ》を託そうとしているのであろうか。

上代から近代へ

――文学作品をとおしてみた色の流れ

はじめに――色の移り変わり

〝色〟というのは、あらためて申し上げるまでもないことでございますが、人間生活に不可欠のものであると考えられます。あるフランスの画家は、「色のない世界を想像出来ますか？　それは多分無の世界である。[*1]」とさえ言っております。

このように、われわれにとって重要なものでございますので、色彩に関連のある諸分野の研究者も多く、ただ日本の文学――それも古い時代の作品――にみられます色を探っているにすぎない私が、お話し申し上げるのは、僭越にも存じますが、文学作品にはその時代々の社会情勢や、人々のさまざまな生きざまが映されておりますので、そこに見られます色彩も、社会や人間に結びついた生きた姿でとらえることができるように考えられます。つまり、その時代の世相と生活様式とに結びつけて考えてみるところに意義があろうかと存じます。

そうした意味あいにおいて、これから、わが国の文学作品に表現された色を、順次、時代をおってお話し申し上げていきたいと思っております。

＊1　山田夏子「佛和色名辞典」（Université de la Mode 1976）の中のシモンヌ・オドウ氏のことば

本日、私に与えられたテーマは「王朝の色から現代へ」でございますが、その色の流れをたどるためには、王朝よりもさかのぼって、その前の時代——文学史でいう上代の、つまり、原初の色の姿からお話し申し上げていく必要があろうかと思います。

話の終わりに表示いたしておりますが、一応、時代分けをしておきました。時代区分は研究分野によって、相違が生じることと存じますが、これは文学史上の区分ですので、あらかじめ、そのことをおことわり申し上げておきます。

なお、時代の区分と申しましても、各時代のさまざまな事態が機械的に画然と区分できるものではありませんが、大まかに、それぞれの時代の特徴をつかむことはできると存じますので、一応、時代分けをしてみたわけでございます。

上代、次に中古（大体王朝にあたる）、その次に中世、さらに近世、その後に近代と、その順序にお話し申し上げ、最後に、御参考までにと思いまして、各時代のおもな色を掲げておきました。

上代（大和）

わが国の上代というのは、当時、先進国でありました中国の文化を意欲的に取り入れた、いわば、外来文化摂取の時代といえるようであります。

中国は、非常に早くから文化の進んだ国でありましたので、日本からも、例えば、遣隋使（隋の国へつかわされた使節。第一次は推古天皇十五年〈六〇七〉）や、遣唐使（唐へつかわされた使節。第一次は舒明天皇二年〈六三〇〉）を派遣して、中国文化を受け入れましたので、いわば、当時は大陸の文化が滔々とわが国へ流れ込んだ時代といってよいように思われます。

学問、思想、芸術などの諸部門をはじめ、さまざまな面で大きな影響を受けたことはいうまでもありません。現代に生きる私たちでも、例えば、中国から渡ってきた文字である漢字を使い、儒教や仏教の影響を少なからず受けているわけでありまして、上代では、大陸文化を種々の面で受容し、それを学び、活用し、日本の文化や国家体制の確立に役立てたようであります。

　色の面でも同様でありまして、中国の影響を大きく受けているように思われます。中国では戦国時代（紀元前四〇三年から二二一年）に、はやくも鄒衍《スウエン》・鄒奭《スウセキ》という人たちが哲学的なことを説いており、五行説がそれであります。天と地の間に循環してとどまることのない木火土金水という五つの元気があって、それが万物組成の元素であるというような説だそうであります。

　色についても、これによって、五種の、「青」、「赤」、「黄」、「白」、「黒」を正色、つまり、最も基本的な色として重視したようであります。日本にこの五行説が受け入れられ、五色をそのまま概念的にとり入れ、上代の人たちは、これを主要な色として盛んに使ったようであります。この「青」、「赤」、「黄」、「白」、「黒」を、日本人は「あを」、「あか」、「き」、「しろ」、「くろ」と、日本の言葉で呼称しております。何故このような名称で呼ぶかについては、諸学者により種々の説があるようで、確たる定説はないと、いわれてるようであります。

　ところで、上代の人々の多くは、朝、日が昇れば外に出て働き、日が沈めば帰って休む、というように自然と共に生き、そして川にも、山にも、あるいは峠にも神様がおいでになるというように、自然を超人間的な力を持つものとしてあがめていた。

　このように、大自然の懐に抱かれて営まれる生活でございますから、その周辺の、自然の中で、目につくもの、例えば、赤味がかった土、黄色味がかった土、青い土、白い土などや、さらに、さまざまな草木の美しい花々、萌え出る葉、あるいは実、また根などをとってそれらを材料にし、熱心に工夫をこらして色をつくりあげていったと考えられます。これが日本の在来の色であり、日本人が生活の中から産み出していった色彩であったのではないかと推測されます。

具体的に申しますと、上代は黄色や青や白、あるいは赤など、産出する鉱石・土壌を採ってきて器物に摺りつけたり、塗ったり、描きつけたりして、「丹《に》」、「朱《あけ》」、「真朱《まそほ》」、「赭《はに》」、「赤土《はに》」、「黄土《はにふ》」、「白土《しらに》」、「青土《あをに》」などの色を生み出していった。

また、山野の植物の幹、枝、根、茎、葉、花、実などを材料として、「黄蘗《きはだ》」、「紫《むらさき》」、「茜《あかね》」、「藍《あゐ》」、「支子《くちなし》」、「紅《くれなゐ》」など多くの色を染めあげていったようであります。

そして、例えば「茜《あかね》」というのは、茜という草の根で染めた色で、ちょうど、夕焼けのような色。「藍《あゐ》」は、藍という草の葉や茎を材料にして摺ったり染めたりした、青より濃く紺よりうすい色。また、「支子《くちなし》」は、梅雨時になりますと、花がひらいてよい匂いがいたします支子（梔子）の実で染めたあざやかな黄色。というように、当時の人たちは、山野に自生していたり、あるいは栽培したりした、さまざまな草木を素材にして、いろいろ考えて色をつくりあげていき、その染料の名称をそのまま色の名前にいたしました。

茜を染料にしたのが「茜色」、藍で染めたものが「藍色」、支子を使ったのが「支子色」、というように。これらは前にのべました、「あを」、「あか」、「き」、「しろ」、「くろ」、という色名に比べますと、実に具体的な名づけ方であると思います。

さらに、染料となる植物そのものの名も、例えば、茜は根が赤いので赤根《あかね》、つまり茜《あかね》。支子は、その実が熟しても皮が開かず口をつぶったままで口無《くちなし》ですから支子《くちなし》。また、黄色の染料の黄蘗は、幹の肌が黄色いので黄《き》の膚《はだ》ですから黄蘗《きはだ》。このように、よくその特徴をつかんだ具体的な名前をつけた、といってよいように思われます。

ですから外来の「あを」、「あか」、「き」、「しろ」、「くろ」、のような抽象的とも言える色名とは違いまして、色の名称からその染料の名が直接わかる。さらにその名からその植物の特徴がよくつかめるというように、上代の日本人の色の命名法は、多くは、具体的、即物的であったように思われます。

これまで申し上げましたことからも、わが国で生まれた色の基本的なあり方は、その多くが草木を材料とした染色であり、その植物名をそのまま色の名称とした、と言える非常に具体的なものであったようであります。

このように、上代におきましては、大きく分けて外来文化によります概念的な色と、当時の人たちが自然の中から探し、見つけてきた、土壌や植物、それらを使って、著《つ》けたり、塗《ぬ》ったり、摺《す》ったり、あるいは、浸《ひた》したり、染《そ》めたり、写《うつ》（移）したりしてつくりあげた、素朴で具体的な色と、この二つの流れがあったように思われます。

次に、当時の人たちが、色にどのような関心や感情を抱いていたか、先ほども申しました通り、上代の人々の多くが、山にも川にも神様が存在するというように、自然に対して、超人的な力を感じ、そして畏敬していたように思われます。色に対しても、一面、呪的、神秘的、霊的な感情を抱いていたようです。このことは、『古事記《こじき》』、『風土記《ふどき》』、その他の諸作品の中に見られます。

例えば、『古事記』によりますと、

「此間《ここ》に媛女有り。是を神の御子と謂ふ。其の神の御子と謂ふ所以は、三島溝咋の女、名は勢夜陀多良比賣、其の容姿麗美しかりき。故、美和の大物主神、見感でて、其の美人の大便爲れる時、丹塗矢に化りて、其の大便爲れる溝より流れ下りて、……。爾に其の美人驚きて、……。乃ち其の矢を將ち來て床の邊に置けば、忽ちに麗しき壯夫に成りて、即ち其の美人を娶して生める子、

名は富登多多良伊須須岐比賣命と謂ひ、……。故、是を以ちて神の御子と謂ふなり。」（神武天皇中巻一六一・一六三頁）

とありまして、勢夜陀多良比賣《セヤダタラヒメ》という美しい方を、美和之大物主神《ミワノオホモノヌシノカミ》（三輪山に斎《いつ》き奉《まつ》る大物主神）がいとおしいと思って、「丹《に》」で塗ったまっ赤な矢に化け、比賣がお手洗いに入ったとき――古代は水洗式に川の上に掛けてつくられておりましたようで――、大物主神の変化した丹塗矢が、流れ下ってきて、比賣のお尻を突いた。比賣は非常に驚いてその矢を持ってきて自分の床《とこ》の辺に置いたところ、たちまちにそれが麗しい若者になり、比賣と結婚します。生まれたのが、富登多多良伊須須岐比賣命《ホトタタライススキヒメノミコト》という方で、後に神武天皇の皇后になられた、と書かれております。

「丹」を塗った赤い矢は神様が化したもの、さらに、それが美男子に化け、またさらに人間と結婚して子どもを生むという、実に不可思議な超人間的な行為が矢の赤を介在して行なわれておりまして、古代の人は、丹のような赤の色に原始宗教的で呪術的な意義を感じていたように察せられます。

とくに多いのが「白」であります。例えば、やはり『古事記』によりますと、

「其れより入り幸でまして、悉に荒夫琉蝦夷等を言向け、亦山河の荒ぶる神等を平和して、還り上り幸でます時、足柄の坂本に到りて、御粮食す處に、其の坂の神、白き鹿に化りて來立ちき。爾に即ち其の咋ひ遺したまひし蒜の片端を以ちて、待ち打ちたまへば、其の目に中りて乃ち打ち殺したまひき。」（景行天皇　中巻二一五頁）

とありまして、景行天皇の御子であります倭建命《ヤマトタケルノミコト》が、天皇の命令に従わない東国の蝦夷《えみし》の征伐にい

らっしゃる。そして山河の荒々しい神も治められた。その時、足柄の坂の神様が白い鹿に化けてあらわれた。命は食べのこした蒜《ひる》の片端をもってお打ちになると目にあたり、それは殺されてしまいます。その後に、

「……伊服岐能山の神を取りに幸行でましき。……其の山に騰りましし時、白猪山の邊に逢へり。……。是に大氷雨を零らして、倭建命を打ち惑はしき。此の白猪に化れるは、其の神の使者に非ずて、其の神の正身に當りしを、言擧に因りて惑はさえつるなり。」

（景行天皇　中巻二一九頁）

とありますように、伊服岐能《いぶきの》山におのぼりになる時、白い猪に逢った。それは、この山の神が化けたものであった。そしてこの神は氷雨《ひさめ》を降らせて命《ミコト》をまどわした。その後、やっと、命は伊勢国の能煩《のぼ》野《の》までたどりつき、ついにお亡くなりになってしまうのであります。このように荒々しい伊吹山の神が白い猪に化けたり、足柄の坂の神が白い鹿に化けたりして命をまどわそうとする。さらに『古事記』によりますと、

「能煩野に到りましし時、國を思ひて歌曰ひたまひしく、……。と歌ひ竟ふる即ち崩りましき。……御陵を作り、……。是に八尋白智鳥に化りて、天に翔りて濱に向きて飛び行でましき。……。故、其の國より飛び翔り行きて、河内國の志幾に留まりましき。故、其地に御陵を作りて鎭まり坐さしめき。即ち其の御陵を號けて、白鳥の御陵と謂ふ。然るに亦其地より更に天に翔りて飛び行でましき。」（景行天皇　中巻二二一・二二三・二二五頁）

とありまして、ご自分の故郷である倭《やまと》に帰りたい帰りたいと思いながら、途中の能煩野でお亡くなりになってしまう。そこに御陵《みささぎ》を作りますが、神霊は白い大きな鳥になりまして、御陵から出て浜に向かって飛んで行き、さらに恋しい倭に向かって飛び、やがて河内国の志幾《しき》に留まったので、其の地に御陵を造って、白鳥の陵といったと記されております。その後さらにまた白い鳥になって、ついに天に翔って行っておしまいになったとあります。

『日本書紀《にほんしょき》』（景行天皇四十年是歳）（上　三一〇・三一一頁）には尊《みこと》の神霊は白鳥となって、能褒野から倭の琴弾原、さらに、河内の旧市邑に次々に停まったので、三つの陵ができ、それらを「白鳥陵《しらとりのみささぎ》」と曰ふ」とあります。そして、御陵には尊の屍骨《しかばね》はなく明衣《みそ》だけがのこっていたとも記されております。

その後の時代になってのことですが、『日本書紀』（仁徳天皇六十年）（上　四一二頁）に、仁徳天皇が、白鳥陵を守っている陵守《みささぎもり》を、もう必要はないだろうとお思いになり、徭役を課そうとなさると、陵守は急に白い鹿に化けて走って逃げて行った。天皇はこの奇怪で不思議なことをご覧になり、恐懼なさって御陵は大切にお守りしなければならないとお気づきになり、陵守を元のままになさったと記されております。

このように、「白」という色も非常に霊的、神秘的で、超能力をもつものと考えられていたようであります。

上代の素朴な人たちが、色に対して、このように原始宗教的な信仰にも似た呪術的な感情を抱いていたことは、注目すべきことの一つといえるようであります。

また、一面、これは『古事記』にみられるお話ですが、

「故、其の日子遅の神和備弖、……出雲より倭國に上り坐さむとして、束装《よそひ》し立たす時に、……、

歌ひたまひしく、

ぬばたまの　黒き御衣を　まつぶさに　取り装ひ　沖つ鳥　胸見る時　はたたぎも　これは適はず　邊つ波　そに脱き棄て　鴗鳥の　青き御衣を　まつぶさに　取り装ひ　沖つ鳥　胸見る時　はたたぎも　此も適はず　邊つ波　そに脱き棄て　山縣に　蒔きし　あたね舂《つ》き　染木が汁に　染め衣を　まつぶさに　取り装ひ　沖つ鳥　胸見る時　はたたぎも　此し宜し……」（神代上巻一〇三頁）

とありまして、大国主の命《ミコト》（出雲大社の御神体）のお妃《きさき》の須勢理毘賣命《スセリヒメノミコト》は、非常に嫉妬心の強い方で、命は何かとやきもちをやかれ困惑なさっておられたようですが、それをのがれるためもあったのでしょう。出雲の国から倭《やまと》の国へお出かけになろうとして、旅の衣装を次々に選んでいらっしゃる様子が歌われています。

初めは檜扇《ひおうぎ》の実のようなまっ黒い着物を着て沖の鳥が羽をひろげるようにして自分の胸のあたりをご覧になり、これは似合わないとお思いになり、後の方に脱ぎ捨てる。次は鴗鳥《そにどり》（かわせみ）の羽のような青い着物を同じようにためしてご覧になり、これも似合わないといって脱ぎ捨てる。そして山の畑にまいたあたねという植物を舂《つ》いてその汁で染めた着物を同じようにためしてみて、これがよい、よく似合うといってそれを着て出掛けようとなさった、というのであります。

つまり、神様の時代から、男性でさえ、服色については非常に関心をもち、あれがいい、これは悪いと、好みの色を選択したことがわかります。

『万葉集』の時代になりますと、こうしたことが、一層多くみられます。例えば、

「級照る　片足羽川の　さ丹塗の　大橋の上ゆ　紅の　赤裳裾引き　山藍もち　摺れる衣着てただ濁り　い渡らす兒は　……」（九―一七四二）

のように。これは伝説歌人の一人といわれております高橋連虫麿の歌でありますが、片足羽川という清らかな流れの川に丹《に》塗りの赤い大きな橋がかかっている。その上を、非常に美しい女性が渡ってくる。その婦人は山藍《やまあゐ》で摺った着物（山藍は原始的な藍の一種で、葉や茎の汁を布に摺りつけると、緑がかった青い色になる）、それに、紅《くれなゐ》の赤い裳（紅花で染めた黄味のない赤。裳は裾まである非常に長いスカートのようなもの）をつけている。その姿を見ると、彼女には夫があるのだろうか、あるいは独身なのか聞いてみたくなるが、家がわからない、とうたっております。美しい女性の容姿を、濃いピンクのユラユラとゆれる長い裳と、青みがかったグリーンの上着という対照的な色調で鮮麗に描いております。澄んだ碧色の川、丹色の橋を背景にして。

上代のような素朴な時代の作品にも、このように衣装の色によせる人々の関心が、はっきりと描かれているように思われます。

衣装の色を例にとりましたが、これらをとおしましても、はるか昔の上代にも、すでに美的な意識が芽生えていたことがうかがえます。

上代の人々は、例えば、すでに『古事記』の歌謡にも、

「赤玉は　緒さへ光れど　白玉の　君が装し　貴くありけり」（上巻　神代一四七頁）

と歌われているように、玉の赤い色に玉を貫いている緒までも〝光る〟という輝く美を感じ、玉の白

い色に〝貴し〟という尊貴の念を抱いていることがわかります。あるいは、『万葉集』には、

「毎年にかくも見てしかみ吉野の清《きよ》き河内の激つ白波」（六―九〇八）

「泊瀬川白木綿花に落ちたぎつ瀬を清《さや》けみと見に来しわれを」（七―一一〇七）

のように歌われ、激流にしぶきをあげる水の白さに〝清し〟という、また、滝のように水が落ちたぎつ瀬の木綿花《ゆふはな》（木綿で作った白い造花）のような白さに〝さやけし〟という、いずれも清冽な美感を抱いております。また、

「紫の綵色の蘰のはなやかに今日見る人に後戀ひむかも」（一二―二九九三）

とありますように、蘰《かづら》（髪のかざり）の「紫《むらさき》」色に〝はなやか〟という華麗な美を感じとっております。さらに、

「春の苑紅にほふ桃の花下照る道に出で立つ少女」（一九―四一三九）

の歌などをみますと、「紅《くれなゐ》」の色に、〝にほふ〟という、あたりに映発するような絢爛とした美を感じていることが知られます。

このように上代でも、色に美的な意識を抱きはじめ、そして、それが成長しつつあったことがうかがえます。

中古（平安）

次の平安時代に移りますと、前の時代が大陸文化の影響を大きく受けたのに対しまして、国風文化の時代といえるように思われます。

上代のことを申し上げました際、触れました中国の唐も、建国後三百年近くの長年月を経る間に次第に衰えまして、ついに滅亡いたします。あとは五代、宋と移り変わっていきますが、唐が衰退するに及び、遣唐使も廃止され、ほとんど国交が途絶えるようになります。

そのかわり前の時代に滔々として流れ込んできた外来文化をあらためて考え、見直して、必要なものを栄養として、土壌をこやし、その上に固有の文化の種子を蒔き、それが芽生え、生長して、絢爛とした日本文化が開花したといってもよいのではないかと思います。

前に申し上げた通り、上代には、文字は中国から伝来した漢字だけでしたので、『古事記』でも『万葉集』でも、すべて漢字で書き記されております。日本語を外国文字で書きあらわすのですから、どれ程困難であったか、そのことは、『古事記』の序文に、撰録者の太朝臣安万呂《オホノアソンヤスマロ》が、非常に苦心をして日本語を漢字であらわしたということを記しておりますが、大変な難事業であったろうとしみじみとその労苦が偲ばれます。

平安時代になりますと、このような不自由さをなくそうと工夫して、〝ひらがな〟（漢字の草体からつくられた草の仮名をさらにくずしてつくった音節文字）をつくりました。これは日本人が考案した文字ですから、国字といってよいと思いますし、また、特に女性に多く使われましたので女文字《おんなもじ》とも申します。

漢字と比較して、やさしく簡単で便利な〝ひらがな〟が発明されましたので、これを自由に使って書かれた多くの文学作品が生まれました。『古今集』とか『枕草子』や『源氏物語』など、いずれも〝ひらがな〟で書かれております。どのような微妙な表現でも、この文字を駆使して、自由自在に書き記すことができるようになりましたので、世界的な傑作と評価される優れた純日本的な文芸作品も少なからず生まれたわけであります。

この時代には、いわゆる貴族政治が行なわれ、栄華を誇った、あの有名な道長を頂点といたしまして、藤原氏一門を中心とする貴族が権勢を握った時代で、貴族は、各地の荘園（貴族・社寺がもっている一種の私有地）から米、諸産物など、いろいろな物を納めさせましたので、富が貴族社会に集中いたしました。

つまり、この時代は莫大な財産を消費することができた、いわば、都市貴族が主導権を握っていたと言えるようであります。これらの指導階層は、財産もひまもある、一応これ、といった戦乱もない平穏な生活を送っていたわけですので、感覚や感性が磨かれ、洗練され、鋭敏になり、繊細になっていき、美意識も非常に発達したようであります。このような平安貴族に支えられて、いわゆる王朝文化の花が開き、歴史上、類を見ないほどの美的世界が展開されたようであります。

この時代の色には、前代から継承されたものも少なくありません。上代では、種々雑多な材料によって色を製作していましたが、平安になりますと、とくに、財力のある上流の人たちは、それらの中から優れた染料を選び、それを豊富に使うことができたわけでありますし、さらに、高度の色彩感覚も磨かれ、その上、染色技術そのものも非常に進歩をとげました。これらの要因により、平安時代は非常に優れた色が生まれ、同時代の外国の色と比較しても、より高度のものであった[*2]といわれてお

＊2　上村六郎「平安時代の染色とその色彩」（服装文化　一五五号　昭52・7）

ります。

さらに平安には、上代にみられなかった色が新たに多く生まれました。例えば、染色について申しますと、上代のように、一種の染料で単一の色を出すばかりでなく、幾種かの染料を使って染め出す、いわゆる交《まぜ》（混）染が多くなり、複雑な色調が生まれました。

また織色《おりいろ》という、経糸《たて》と緯糸《よこ》とのそれぞれの色を織り合わせる工程で、複雑な色合いが生まれるようになりました。

さらに襲《かさね》（重）の色目《いろめ》といって、袷のようにして表の布の色と裏の布の色とを重ねる、（どの襲の色にも表の布、裏の布の色について諸説があります）その色と色とが醸《かも》し出す微妙な色調が、あらたに多くみられるようになりました。

とくに、襲の色目は、平安にはじめて生まれたといってもよく、例えば、「桜《さくら》」と申しますのは、表の布が白、裏の布が紅花（諸説がある）、でありますから、表裏の二枚を合わせますと、表の白に、多くは下のピンクがほのかに映じ、おそらく、桜の花びらのような色どりになるわけでしょう。また、「紅梅《こうばい》」は、表の布が紅色、裏の布が紫で、重ねますと、紫がかった紅色で、紅梅の花のような色合いになる。「卯花《うのはな》」は、初夏を代表する花でございまして、緑の若葉を背景に真っ白な花が咲く、それを模したものと思いますが、表の布が白、裏の布が青であります。「落栗《おちぐり》」は、表が濃い「蘇芳《すはう》」（紫がかった赤）、裏が「香《かう》」（茶色）で、熟して落ちた栗に似た色合い。

このように、襲の色目は、風物のうちの主に植物で（時には自然現象などもありますが）、その色どりと同じ色合いをつくり、その色合いの元《もと》になった物の名前をそのまま色の名称にしたものであります。

上代は、色彩の材料には土壌、鉱物などもありますが、植物が主で、色の名前も多くはその材料の名をつけましたので、植物名の色の名称が多かった。平安時代には材料とは関係なく、いろどりをまねた物――多くは植物――の名をそのまま、色の名にいたしましたので、色の名称のつけ方、つける理由はまったく異なりますが、やはり植物名が非常に多くみられます。

これらの平安の新しい色は、例えば、春になりまして、桜が咲けば「桜《さくら》」の襲を着る、柳が芽ぶけば「柳《やなぎ》」の衣装、躑躅が咲く頃は「躑躅《つつじ》」、夏になって卯花が咲けば「卯花《うのはな》」、五月（陰暦ですから夏）になって菖蒲が咲けば「菖蒲《さうぶ》」、田に若苗の育つ頃は、みずみずしいその緑をまねた「若苗《わかなへ》」。やがて秋から冬にむかっては、「菊《きく》」とか、「朽葉《くちば》」とか、「萩《はぎ》」とか、「紅葉《もみぢ》」とか、「女郎花《をみなへし》」とか、「落栗《おちぐり》」。さらに、「氷《こほり》」、「枯野《かれの》」などというように、季節々々にあわせるように、これらの色目の衣服を着用したようであります。

植物ではありませんが、「氷」という襲の色目は、氷のキラキラした透き通った白い色。それをまねたもので、表の布が白瑩《みがき》、裏の布が白の無紋であります。白瑩は糊張りをした布を、磨き板の上に乗せて、蛤の貝がらでこする、そうしますと、非常にツヤがでる。その布をいうのだそうです。無紋というのは、織模様のないツルッとした布で、その白と白とを重ねますと、光沢のある白ですから、ちょうど氷の美しさそのままの色目になります。これは氷の張る冬に、というわけであります。

なお、「松《まつ》」、「葡萄《えび》」、「檜皮《ひはだ》」など、大体、四季を通して着られる色目もあります。

これらの平安の新しい色目は、季節にあわせて使わなければなりませんので、『源氏物語』や『枕草子』、その他の文学作品に、「時にあひたる」とか、「折にあひたる」とか、よく記されております。季節外れの色目など、例えば、『枕草子』に「すさまじきもの　……三四月の紅梅の衣。」（二五段六四頁）、とありますように、〝すさまじ〟、つまり非常に不調和で美しくないというのであります。「紅梅《こうばい》」は、もちろん、紅梅の咲く、旧暦で二月頃までに着る色目ですのに、晩春の三月、あるいは初夏の四月に着ることなどは、以《もっ》ての外《ほか》と、清少納言は言っております。

また、同じ『枕草子』の一節（二三段　五八・五九頁）ですが、清少納言がお仕えする一条天皇の中宮定子《テイシ》が、清涼殿《せいりょうでん》（天皇のおいでになる宮殿）の中の弘徽殿《こきでん》の上《うえ》の御局《みつぼね》（皇后・中宮のひかえの室）にいらっしゃる。その御殿の縁《えん》には、大きな青磁《せいじ》の花瓶に、五尺もあるような爛漫と咲き誇る桜の枝がさしてある。

当時の高貴な女性は、御殿の奥の方においでになり、庭園の中をお歩きになることもほとんどなかったようですから、桜も、枝を折ってきてお目にかける、というような生活であったかと想像されます。欄干《らんかん》の外まで咲きこぼれる程の桜がさしてある縁側《えんがわ》へ、ある昼下がり、定子中宮の兄君の藤原伊周《コレチカ》がお出でになります。その時の衣装は、「紫」の指貫《さしぬき》をはき、「桜《さくら》」の直衣《のうし》（貴族の通常服）でありました。そして定子中宮のおそばにいる女房（女官）たちも、一番上に着る唐衣《からぎぬ》は「桜」で、それをゆったりと着すべらかしていた、と描いております。盛りの桜花にあわせた、優雅な貴公子の「桜」の直衣、美しい女官たちの「桜」の唐衣、というように、自然と人工との色彩が見事に相応じている世界が、うららかな春の一場面として描かれております。

さて、平安の人々は、色と色のかかわり、つまり、一つ一つの色ではなくさまざまな色が、かかわり合って醸しだす雰囲気に、無上の美を感じとったようであります。つまり、音楽にたとえますと、ピアノとか、バイオリンとか、ビオラといった個々の楽器の音ではなく、それらが一体となった管弦楽のようなもので、さまざまな色の融合した〝色合い〟に、平安の人々は、深い関心を抱き美を感じたと考えられます。

このことは、個人の場合でも、また、特に行事や儀式などの晴《はれ》の、大勢集まる時にも、衣装の色を主に、その場の家具、調度品、あるいは持物など、すべてにつけて、配色の効果を考えていたようです。

『栄花物語』の中の一例でありますが、皇太后宮（道長の女《むすめ》妍子《ケンシ》）主催の大饗《たいきょう》（皇后・皇太子から群臣に宴を賜う儀）のとき、

「……この女房のなりどもは、柳《やなぎ》・櫻《さくら》・山吹《やまぶき》・紅梅《こうばい》・萌黄《もえぎ》の五色をとりかはしつゝ、一人（に）三色づゝを著させ給へるなりけり。一人は一色を五ゝ、三色著たるは十五づゝ、あるは六づゝ、七づゝ、多く著たるは十八廿にてぞありける。この色〳〵を著かはしつゝ竝み居たるなりけり。」

（巻第二十四　わかばえ　一七七頁）

のように、これら五種の色目を、それぞれの女房たちに、三種類選ばせ、彼女たちはそれらを五枚ずつ、あるいは六枚ずつ、七枚ずつ重ねて着ましたので、十五枚の人、十八枚の人、二十一枚も重ねる人、というように多く着かさねたわけであります。そればかりでなく、下には小袖、袿《うちぎ》、五衣《いつつぎぬ》などを着る、さらに上には唐衣《からぎぬ》を着る、裳《も》をつける、というようなありさまですので、一人で三十枚も四十枚も着ることになり、長時間の儀式の間、座っているものですから、終わってから立つことができなくて、廊下まで車をよせてもらって、やっと乗って帰る人もあるし、局《つぼね》（自分の部屋）に退出して、物に寄りかかって横になってしまった人もいた、と書かれています。そして、

「……衣の褄《つま》重りて打出したるは、色〳〵の錦を枕冊子に作りてうち置きたらんやうなり。重りたる程一尺餘ばかり見えたり。あさましうおどろ〳〵しう、袖口は丸み出でたる程、火桶さゝやかならんを据ゑたらんと見えたり。」（巻第二十四　わかばえ　一七六・一七七頁）

とありますように、あまりたくさん着たため、褄のかさなりの厚さが、一尺程にも見え、袖口は丸くなって、ちょうど、丸火鉢を置いたのではないかと見えた、と記されております。

一例ではありますが、平安の人はさまざまな色の装束を何枚も着け、さらに、こうした人たちが四十人も五十人も大勢集まるのですから、それこそ「色〳〵の錦を」とあるように、多くの色がつくり出すハーモニーに人々は陶酔させられたのではないかと思います。

平安の人々は、こよなく自然を愛し、四季折々の風情を深く味わったようで、季節の推移には敏感で、折々に咲き誇る花々、また萌え出、そして色づく葉、あるいは、実などの、時につれてうつろい変わるのを惜しみ、何とかそのいろどりを、人工的にまねてつくり、〝かたみ〟としてとどめておきたいという気持ちがあったようで、

「さくら色に衣はふかくそめてきむ花のちりなん後のかたみに」（古今集　六六　春歌上）

とよみ、また、同じように、情熱の歌人といわれる和泉式部《イズミシキブ》も、

「さけどちる花はかひなし櫻色にころもそめきて春はすぐさむ」（和泉式部続集　上）

とよんでおります。折々の風物のいろどりをモチーフにしてそれをまね、同じような色を創作し、いわば、自然の風物のいろどりと、人工の色とが渾然と融合した美の世界に浸っていたといえるように思われます。

このような平安の世界にも、すでに、当時の優雅、華麗なこれらのさまざまな色彩を超えた無彩色の世界を希求する人がおりました。

『源氏物語』の主人公、光源氏《ヒカルゲンジ》は、臣下になり源姓となったのですが、ついには準太上天皇の位にのぼります。その時には、息子の夕霧《ユフギリ》は中納言、明石《アカシノ》姫君《ヒメギミ》は皇太子の妃。妻には最愛の紫《ムラサキ》の上《ウヘ》、ただ事情があって、兄である天皇の皇女の女三宮《ヲンナサンノミヤ》と結婚しております。このように、最も尊貴の身分になった人物、容姿も頭脳も人がらも、ほとんど非《ひ》のうちどころのない、当時の男性の理想像とみなされた人物、その四十を越えた最も円熟した年代、その人間像ですから作者の紫式部も、これ以上の人はないというほどに仕立てあげようとしたと思います。その頂点をきわめた彼が着用していたのが、「白」の着物でありました。

源氏の有名な邸宅である六条院の庭園には、折から昨夜の雪が白く降り積もり、白い梅が咲き匂っている。さらに、またチラチラと白く雪が降り添ってくる。

源氏の君は、その梅花を折り、女三宮にあてて、「中道を隔つるほどはなけれども心みだるゝ今朝のあは雪」という歌を文《ふみ》に書きます。雪をよんでおりますので、その色の「白」にちなんで、手紙の料紙の色は、もちろん「白」であります。同じ御殿に住んでいらっしゃるのですが、非常に広いところでございますので、その文を、お使いが、植物の枝、つまり文《ふみ》付《つ》け枝《えだ》につけて持って行きます。——この場合「白」の料紙に書いた文ですので、やはり白いもの、つまり白梅の枝に付けました。——その後、光君は、残りの白梅の枝を持って、庭園の雪景色、さらに降り添ってくる雪をご覧になっている。そのときの光源氏の衣装が「白」であり、いかに若々しく優美な姿であったかと、讃嘆しているのであります（若菜上　三―二五二～二五四頁）。

紫式部は、庭園の白、雪の白、梅花の白、さらに料紙の白、それらを背景にして、白の衣装を着用させて、光源氏の無上の美の容姿を具象しようと意図した、とさえ考えられるように思います。

色彩の黄金時代といわれる平安時代には、多種多様の色が出現しましたが、それらの諸色を超えた、最高の美の色として、無彩色の「白」を選んでいるといってもよいように思われます。無論、これは紫式部であったからこそ、と思われますが、式部が日本人の抱く極限の美の色を暗示しているように考えられ、注目したいと思っております。

平安時代は、自然の風物のいろどりをそのまま真似た人工的な色をつくり出し、それらに元の風物の名称をそのまま つけ、必ずその折々、季節、時には月々、日々に合わせてこれらを用いたこと、これらが主な特徴と考えられます。

これらの色は、私的な個人の場合でも、公的な大勢の〝晴《はれ》〟の場でも、一人々々の絢爛とした美しさを演出するために、あるいは儀式や行事の盛大さ、豪華な美しさを誇示するために使われた、いってみれば平安では、色は、さまざまな〝美〟を表現するために役立てられたものであったといってよいように思われます。

中　世（鎌倉・室町）

中世にはいりますと、世相は一変いたしまして、平安に権勢をほこった貴族が、四〇〇年もたちますと次第に衰退し、没落して、いわゆる武家社会の時代になります。

この時代の出発点は、源平の合戦であった、[*3]といわれておりますが、その後何回となく戦乱が繰返され、鎌倉幕府が成立いたしました後も、約三十年たちますと、承久《じょうきゅう》の変（一二二一）が起こる。また建武の中興をはさんで、南北公武の抗争が数十年にわたって繰り広げられる。さらに室町幕府の時代にも、内乱がひんぴんと起こる。なおまた、東山時代にも全国の武士が東西に分かれ、京都を主戦場として戦ったという応仁《おうにん》の乱《らん》（一四六七―七七）が勃発する。その後、間もなく戦国時代にはいりまして、いわゆる群雄割拠《ぐんゆうかっきょ》の中から織田信長が抜け出して、統一の機運が盛り上がったかと思いますと、信長は本能寺の変《へん》で亡くなります。そのあとを受けて、豊臣秀吉によって統一が実現されますが、その時代にも、文禄とか慶長の役《えき》などがおこり、関《せき》ヶ原《はら》の戦（一六〇〇）で、この時代は終わるわけであります。

このように、中世は、戦乱の時代で、政権の交替も著しく、不安な、不幸の時代であったともいえるようです。

このような情勢でしたので、時代の気風も武人的でありました。武士は、質実剛健で、常に簡素な生活を送っていると同時に、強烈な闘争意識を燃やしている。ですから、一面素朴であり、また一面張りのある堅固な気質をもっていたと思われます。

一方、この時代は戦乱にあけくれ、朝《あした》に会って元気であったものが、すでに夕方には亡くなっているということも多かったためか、現世の無常を感じ、山野に隠栖する人々が少なくなかったといわれます。ですから、俗世間の絆《きずな》を断ち、山林に入って心を澄ます、そこで、自然や人生のさまざまな事象を深く凝視し、哲学的な思索の生活を送った人々も少なくなかったようであります。

中世は、一方に血みどろの闘争が行なわれるかと思うと、また一方にはそれに反する静寂沈潜の世界がある、というように、動と静の二つの世界がみられるような気がいたします。

この時代は戦闘や騒乱をとおして、明日の運命もわからないということを体験した人々は、無常観を抱き、宗教にすがるようになったと考えられます。

＊3　「日本文学史　中世」（至文堂　昭30・11）（三頁）

このような時に、中国の五代（唐の次の時代）に発して、次の宋代に非常に盛んになりました禅宗が、中国からもたらされて、これが鎌倉武士に迎えられ、禅が広まっていきました。

こうして、一面、世を捨てて仏門に入る人々も少なくなかったとはいえ、やはり、武家政治の社会であり、戦闘の日々が繰り返された時代でありましたので、文学も、戦記文学、軍記物、すなわち、『保元《ほげん》物語』、『平治《へいぢ》物語』、『平家《へいけ》物語』、『太平記《たいへいき》』、その他に、『義経記《ぎけいき》』、『曽我《そが》物語』、など、武人の話や、戦闘の実態を描きました作品が、武士階層に多く読まれたと考えられます。特に『平家物語』などは、琵琶《びわ》法師《ほうし》によって、広く、そして長く語りつがれたといわれます。

この時代は、色も、結局、武士の鎧《よろい》や直垂《ひたたれ》の色が、新しくその主体になっていったようであります。武士の日常生活は非常に質素で地味であるはずですが、彼らにとっての晴着は、いわゆる鎧、直垂などと言ってよく、生死を分ける実戦の場につけて行くものであり、いわば、一期《いちご》の晴姿を飾るものでありますから、武士の覚悟と心意気が、それにこめられております。そのため非常に心を配って、これらを製作させたということで、つくる具足師も、依頼した侍《さむらい》の命がかけられたものですから、精魂こめてつくったようで、中世の美術工芸の粋をこらしたものが多く、その高い水準を示す鎧、甲冑《かっちゅう》、直垂などは、大切な風俗文化資料であるといわれております。[*4]

一九七二年のミュンヘンのオリンピックの文化行事の際に、日本は、甲冑を展示したところ、世界中の人々が、これらの品々の豪華さに感じ入り、大好評であったということであります。

鎧は、「赤糸《あかいと》」、「緋《ひ》」、「紅《くれなゐ》」、「黄糸《きいと》」・「紺糸《こんいと》」、「褐《かち》」、「紫《むらさき》　糸《いと》」、「黒糸《くろいと》」、「白糸《しろいと》」、「麴塵《きくぢん》」、「萌《もえ》黄《ぎ》」、「櫨《はじ》の匂《にほひ》」、「小桜《こざくら》」、「卯花《うのはな》」、その他諸種の色、及び縅《おどし》には糸でなく革《かわ》（皮）もあります。

直垂は、「赤地の錦」、「紺地の錦」、「紫地錦」、「緋《ひ》」、「茶染《ちゃぞめ》」、「褐《かち》」、「香《かう》」、「白」、「刈安《かりやす》」、「唐萌《からもえ》黄《ぎ》」、「麴塵《きくぢん》」、「朽葉《くちば》」、「枯野《かれの》」、「木蘭地《もくらんぢ》」などがあります。

これらの具足は、赤、緋、黄色、黒、白、紺、褐など、非常に強い、原色的で鮮やかな色が多くみられます。一面、平安からの流れを受けついだような「卯花」、「麹塵」、「萌黄」、「櫨の匂」、「小桜」、「枯野」、「朽葉」のような植物名をつけたものもあります。

また、直垂には、例えば、赤地、紺地、紫地等の〃錦《にしき》〃のように、贅沢で豪華な生地が使われ、また〃綾《あや》〃という優れた織物も使われております。

これらの名称をみますと、戦乱のさ中でも、あれが〃何…大将〃であるとか、それは〃何…将軍〃であるとかいうことがわかるような、目立つ原色的な単一の強烈な色と、また、いかにも出自の高さを示すような、王朝風の優雅さを漂わせる、平安貴族の着用した襲《かさね》の色目《いろめ》などと同じような傾向の色、とがみられるようであります。

なお、戦記文学には馬の毛色のことが少なからず記されております。これも、中世の特性といえるようで、他の時代の作品には、ほとんど描かれることはありません。

馬は武人たちが、日常でも乗りまわしましたし、とくに戦場では、人馬一体となって馳せまわりましたので、もっとも大切な宝物であったと思います。

『平家物語』に、鎌倉殿（源頼朝）から、梶原景季《カジハラカゲスエ》が〃する墨《すみ》〃、佐々木《ササキ》高綱《タカツナ》が〃いけずき〃という名馬を賜わって、宇治川の先陣《せんじん》あらそいをしたことが語られていることは有名であります（巻九　下―一六五・一六六・一六八頁）。この〃する墨〃は、「まことに黒かりければ、する墨とつけられたり」とあり、まっ黒の毛並の駿馬であったようです。

これは『太平記』の一節ですが、

＊4　笹間良彦「図解日本甲冑事典」（雄山閣出版株式会社　昭48・5）（一頁）

「天下久《シ》ク武家ノ一統《トウ》ト成テ、富貴ニ誇《ホコ》ル武士共ガ、爰《ココ》ヲ晴《ハレ》ト出立タレバ……中ニモ河越《カハゴエ》弾正《ノ》少弼ハ、餘リニ風情《フゼイ》ヲ好《コノン》デ、引《ヒキ》馬三十疋、**白鞍**置テ引《カ》セケルガ、**濃紫**《コキムラサキ》・**薄紅**《ウスクレナヰ》・**萌黄**《モヨギ》・**水色**《ミズイロ》・**豹文**《ヘウモン》、色々ニ馬ノ毛ヲ染《メ》テ、皆舎人《トネリ》八人ニ引《カ》セタリ。……角《カク》ヤト覚ヘテ目モ盻《アヤ》也。」（三―二七九頁）

と記されております。これをみますと、馬の毛を、たぶん、鎧や直垂などの色にあわせたり、また、自分の好みで選んだりして染めたのかもしれませんが、濃い紫や薄い紅や萌黄（うす黄緑）、水色などに染めたり、また、豹文（豹の毛のような斑色）に染めたりしたというのであります。なお、これらの馬の鞍は白鞍とあり、銀でつくった贅沢な鞍だそうです。このように、馬の毛色が克明に描写されているのも、この時代ならではの特異な点であろうと思います。

有名な平清盛は、すでに仏門に入って、浄海入道となっており、その上、戦場ではありませんのに、『平家物語』では、

「**赤地の錦**の直垂に、**黒糸威**の腹巻の**白がな物**う（ッ）たるむな板せめて、……**銀**のひる巻したる小長刀、常の枕をはなたず立られしを脇にはさみ、……」（巻二　上―一六九頁）

とあり、まっ赤な錦の直垂、まっ黒な糸で威《おど》して銀のかな物を打った腹巻《はらまき》をして、さらに、銀でひる巻をしたなぎなたを持って、とあり、赤、黒、白銀というような、非常に対比的で鮮明な色どりの具足をつけております。このような目立つ配色は、意図的ではなかったかとも思われます。また、これも、『平家物語』に描かれている、宇治川を平家が敗走するときの場面ですが、

「いかゞしたりけん、伊賀・伊勢兩國の官兵、……、水におぼれて六百余騎ぞながれける。**萌黄・火威・赤威**、いろ〳〵の鎧のうきぬしづみぬゆられけるは、神なび山の**紅葉ば**の、嶺の嵐にさそはれて、龍田河の秋の暮、いせきにかゝ（ッ）てながれもやらぬにことならず。……」（巻四　上―三一四頁）

などと名文で綴られております。

戦死した兵士たちの、「萌黄」や、火のような色の「緋」など、派手であざやかな黄緑、炎のような赤、黄赤などの色の鎧が、宇治の川面を染めて浮いたり沈んだりして流れて行く、それは、さながら、有名な神南備山の、錦のようないろどりのもみじ葉が、嵐にさそわれて、竜田川に散り流れて行くようだ、とのべているのであります。

当時は、いわゆる武骨な武家社会でございますので、とくに戦記の作品には、平安時代のような、優雅な生活を送った貴族たちの美意識はほとんどみられませんが、それでも、この例などは美的に表現しようとして比喩を効果的に使っているといってよいかもしれません。やはり、『平家物語』でありますが、

「赤地の**錦**の直垂に、**萌黄威**のよろひきて、**連銭葦毛**なる馬に、**黄**覆輪の鞍おいてのり給へり。副将軍薩摩守忠度は、**紺**地の**錦**のひたゝれに、**ひおどし**の鎧きて、**黒き**馬のふとうたくましゐに、い（ッ）かけ地の鞍をいてのり給へり。馬・鞍・鎧・甲・弓矢・太刀・刀にいたるまで、てりかゝやく程にいでたゝれたりしかば、めでたかりし見物也。」（巻五　上―三六七頁）

などとありまして、武将たちが、みずからの偉容を美しく誇示しようとして、好みの色の具足で飾り、素朴ではありますが、美的な意識がはたらいていたことを知ることができるようで、照り輝く程のいでたちで、見てすばらしく感じるものだった、と讃嘆しております。

このように、武家の戦闘の場における具足や馬の毛並などの特殊な色彩が、中世を特徴づける色であったように考えられます。

これらは、別に戦場だけでなく、武人たちの儀式や行事などの〝晴《はれ》〟の場の姿をも飾ったようであります。

『太平記』には、例えば、後光厳《ゴコウゴン》天皇が、清涼殿で和歌と音楽の会を催されたという、非常に優雅な〝中殿御会《ごかい》〟の場合にも、足利の将軍義詮以下の人々の行列は、見物する貴賤の人々の目を驚かせた、ということであります。それは、左、右に分かれ、両方ともに、直垂、腰、太刀などの豪華な色が、

「地黄蓃《カリヤス》ニ銀泥《ギンデイ》ニテ水ヲ書、金泥ニテ鶏冠木《カヘデ》ヲ書タル直垂ニ、帷《カタビラ》ハ黄ナル腰ニ白太刀ヲ帯《ハイ》タリ。」

(三―四七一頁)

のように描かれております。(黄蓃は黄色の染料、鶏冠木はもみじ)

なお、当時は戦乱の世で、勝つか負けるかの勝負の世界ですので、色にも「かち」という、藍を濃く染めた「かちん染」といわれる黒っぽい色――これは色そのものは平安時代から「かち」としてあったのですが――その「かち」を、戦に〝勝つ〟という意から縁起がよいというので、喜んで用いたといわれます。このような意味を色にもたせることは、前時代にはないことで、やはり、武人の時代の

特徴であろうかと思います。

こうした武家中心の社会の色に対して、前にも申しました世を捨てた人々の世界では、例えば、有名な『方丈記《ほうじょうき》』の作者鴨長明《カモノチヨウメイ》が書きました『無名抄《むみようしよう》』（歌論書、幽玄論は有名）に、

「たとへば、白き色の異なる匂ひもなけれど、諸の色に優れたるがごとし。萬の事極まりてかしこきは、あはくすさまじきなり。」（八九頁）

と論じております。これは和歌を色にたとえて批判したものでありますが、「白」という色は格別な美しさをもっているわけでもないけれども、他のすべての色にまさっている……といった意であります。いわゆる、〝幽玄《ゆうげん》〟と申しますか、そういう美意識から、このようなことを言ったと思いますが、現実の世相を熟知した上で、これを捨て、山林に庵を結び、心静かに想を練り、万物《ばんぶつ》の相《そう》をみきわめようとした人、そのような人々の世界では、さまざまな色をすべて捨て、色のない色、つまり無彩色の世界の「白」に究極の色というものを、そして、美の極限を見出したといえるようで、このことは忘れてはならないように思います。

近世（江戸）

近世は政治の中心が京都から江戸へ移り、江戸幕府が開かれ、徳川氏が政権を握った時代で、封建制度の確立された時期といえると思います。

当時は、身分階級も、士農工商というように、武士の階級が一番上であり、彼らには格式や尊厳が

与えられ、自負心を満足させていたようです。一般の庶民は、身分相応の規制があり、それから上に成りあがることを拒まれたということであります。[*5]

このような社会でしたので、武家は威張っておりましたが、実際は太平の世では、武力はまさかの時の備えにすぎず、必要はなくなっておりましたので、結局、当時は財力がモノを言ったように思われます。しかし、「武士は食わねど高楊枝《たかようじ》」などと申しまして、武家は、金銭の利欲に走るのを恥辱としたようで、一般にはあまり財産はなかったようであります。このような侍《さむらい》階級に対しまして、彼らに頭を押さえられておりました下の階層の人たち、とくに商人を主体とする町人たちは、おかねをもうけ、富をたくわえることに専念し、富有な町人が多く、隠然たる実力を持っていたようであります。そして、この時代はおかねさえあれば、郭《くるわ》、遊里《ゆうり》、あるいは芝居、劇場などへ行けましたので、階級、貴賤を問わないこれらの世界が、未曽有の盛況を呈したといわれております。

民衆がこのような場を社交場にして、上からの圧力から解放され、自由を味わい、抑圧された心を癒《い》やしたといえるかもしれません。

従って、歌舞伎役者、それから遊女、といった人たちが技《わざ》をきそい、容姿の美を磨き、町人たちの注目の的《まと》、あこがれの対象ともなったようであります。

色も、この時代は、いま申し上げました歌舞伎、あるいは郭の世界から流行が始まり、町人たちが喜んでこれを広《ひろ》めていったようであります。

この時代、武士の正式の衣服は上下《かみしも》で、大体服色は、「鼠色《ねずみいろ》」(ねずみの毛の色のようなグレー)か、「花色《はないろ》」(露草の花の色のような薄いブルー)であります。中頃からは、それに総体に小紋形を置いて、衽《おくみ》の左右と背の縫い目の部分に家紋《かもん》を染め、袴にも後腰《うしろこし》に一所家紋を付けました。内衣は熨斗目《のしめ》を着るのを定めとしたということであります。[*6] このように武士の公的な服は、地味な色、質素なものに統一されていたようであります。

町人たちにも制約がありますので、表向きはそれに従い、内内《うちうち》ではおかねにあかして贅沢なものを着用したようであります。

この時代の二大流行色といわれるのが「茶色《ちゃいろ》」と「鼠色《ねずみいろ》」であります。

茶道が室町時代にはじまり、次第にひろまっていって、江戸時代になりますと、一般の人々の間にも日常たしなまれ、好まれました。「茶色《ちゃいろ》」は、そのお茶の色と同じようであることにも親近感を抱いたのでしょう。「茶色」と申しますのは煎茶と挽茶の色を基調にして、その間に含まれる色を指していたようで、相当広く種々さまざまな色相の茶色があったようです。

それから、「鼠色《ねずみいろ》」、これはネズミの毛と同じような色で、ネズミはどこの家にもたくさん住んでいた動物であり、いまは、ゴキブリにとってかわられ、ほとんど見られなくなりましたが、江戸の頃は最も身近な動物であり、その灰色味を帯びたクールな色を包括的に「鼠色」といったそうであります。[*7]

「茶色」は楊梅《やまもも》皮、梅などが染料で、これらは安価であり、それと併用する藍、蘇芳なども町人階級でも入手しやすいものでありました。また、「鼠色」も、椎柴《しいしば》などで安い。そのため、倹約を奨励する幕府の政策にも合致したわけであります。また、「茶」や「鼠」などの色彩は、渋く、地味ですから、これも幕府の華美を禁ずる意向に添うというわけで、町人たちは、表向きはこれらを使い、着物や羽織の裏、下着などに派手で豪華な色のものを選んだといわれております。

この二大流行色は〝四十八茶百鼠〟といわれ、「茶」には四十八種、「鼠」には百種類もある、とい

＊5　「日本文学史　近世二」（至文堂　昭37・1　一頁）
＊6　関根正直「服制の研究」（古今書院　大正14・6）（二一四頁）
＊7　長崎巖「小袖模様雛形本にみる小袖の地色の色彩傾向」（風俗　71号　昭57・6）

われる程多かったようであります。

このような「茶」や「鼠」の盛況は、とくに皆がそれを喜んだことにもよりますが、やはり、歌舞伎役者がひろめたことにも一因があったように思われます。

流行に必要な条件としては、まず、原点となる流行のつくり手がいなければならない。次にそれを宣伝する、ひろめ手が必要である。さらに、それに追随する受け手を要する。この三つの条件がそろわなければいけないといわれます。[*8]

江戸時代は、流行のつくり手が人気役者、ひろめ手は、それを見物する観客、そして役者の取り巻き連中、ひいき筋など、それから瓦版《かわらばん》（粘土に文字、絵画などを彫刻して瓦のように焼いたものを原版として版木の代わりに用い、一枚摺《ず》りにした粗末な印刷物。江戸時代、事件の急報に用いた木版のものもいう）、浮世絵の版元（浮世絵師に人気役者の似顔を描いてもらったり、その他、遊女や町人をモデルにした美人画を描いてもらい、それを版にして売り出す）などで、受け手は、町人をはじめ一般の大衆であります。

実例を少しあげてみましょう。路考《ロカウ》（二代目瀬川菊之丞）という歌舞伎役者がおりまして、非常に美しい女形《おやま》で有名であったといわれます。その路考が好んで着たという、黄色味がかった、また黒味がかった茶という、むつかしい色ですが、それを「路考茶《ろかうちや》」といって、非常に流行いたしました。この路考につきましては、『春色梅児誉美《しゅんしょくうめごよみ》』という、人情本の中に、

「おいらんは年ごろ十八九、きりやうは故人の路考を生うつし、……衿元雪より白く、……唐更紗の額むく、黒びろうどと白茶北京毛織の平帯をしめ、……」（一五一頁）

とあり、十八、九という女ざかりの、郭《くるわ》でみがきをかけた美女でありまして、それを路考に生《いき》うつし、

と作者は表現しており、路考がすでに亡くなってからも、その女形姿の美しさが語りつがれていたとみえます。

この「**路考茶**」は、『浮世風呂《うきよぶろ》』などにも、

「わたくしはね。おつかさんにねだつてね、あのゥ**路考茶**をね、不断着にそめてもらひました。よいねへ。わたくしはネ、今着て居る**伊豫染**を不断着にいたすよ。」（一八七頁）

などとあります。また表の道を通るおかみさんを見て、

「とんだはなやかなお形《なり》さ。**路考茶**縮緬に一粒鹿子の**黒**裏で、下へ同じ一粒鹿子の**黒**の引返しを二ツ着て、**緋**縮緬の襦袢に**白**繻子の半襟で、**鼠**の厚板の帯のこり〱する九寸幅さ。」（二一六頁）

とあり、女でさえもふるいつきたくなるような美女が着ている、と記しております。ともかく、「路考茶」は、老若男女を問わず、大いにうけた色といえるようです。

また、「舛花色《ますはないろ》」というのがあり、名の由来は五代目市川団十郎が、ちょっと浅葱《あさぎ》色に渋みを加えたブルーの薄い色を、市川家のお家芸に使ったからと言われます。この色は、通人《つうじん》の間に評判になったということで、舛花の舛《ます》は、三舛というのが市川家の家紋だそうで、それをとったからというわけで、花は「花色《はないろ》」というブルーのうすい色を申します。

＊8　長崎盛輝「色の日本史」（淡交社　昭49・2）（一八〇頁）

それから、

「梅幸茶《ばいこうちゃ》」は、梅幸（初代尾上菊五郎）が好んで用いた茶色がかった薄萌黄《もえぎ》色で、彼の名をとって梅幸茶といいます。

「芝翫茶《しかんちゃ》」は、芝翫（三代目中村歌右衛門）が、好んで用いた赤味の濃い茶色で、やはり、彼の名をとってつけたもの。

「璃寛茶《りかんちゃ》」は、璃寛（嵐吉三郎）の好んで用いた藍味を含んだ濃い茶色で、彼の名をとったもの。

「岩井茶《いはゐちゃ》」は、五代目岩井半四郎が好んだ、鼠の茶がかった色で、やはり彼の名をとった色。

「団十郎茶《だんじゅうろうちゃ》」は、市川団十郎が、お家芸の〝暫《しばらく》〟で舞いに着た色であることから名づけられました。

「高麗納戸《こうらいなんど》」は、五代目高麗家（松本幸四郎）が鈴ケ森の長兵衛の合羽《カッパ》の色として、暗い納戸色（暗い青緑色）を選んだための名であろうといいます。

このように当時の人気役者にちなむ名称をもつ色が非常に多いのがこの時代の特徴の一つといえるようです。[*9]

もう一つは、色を創作した人の名前をつけた色も少なくありません。例えば、ご存じのことと思いますが、さまざまな色の模様を染め出した「友禅染《ゆうぜんぞめ》」というのがあります。これは、江戸中期の頃の京都の人で、宮崎友禅《ミヤザキユウゼン》という画工が、この捺染《なっせん》ぞめを考え出しました。それで、彼の名をとって「友禅染」というわけです。

また、「甚三紅《じんざもみ》」というのがあります。これにつきましては、西鶴《さいかく》の『日本永代蔵《にほんえいたいぐら》』に詳しく記されております。

「爰に桔梗やとて、纔《わづか》なる染物屋の夫婦、……貧より分別かはりて、「世はみな冨貴の神仏を祭る事、人のならはせなり。我は又、人の嫌へる貧乏神をまつらん」と、……「……此家につたはりし貧銭《ママ》を、二代長者の奢《おご》り人にゆづり。忽ちに繁昌《はんじょう》さすべし。……柳はみどり花は紅ゐ」と、二三度、四五度繰返し、あらたなる御霊夢《ごれいむ》。……「我染物細工なるに、くれなゐとの御告《つげ》は、正しく紅染《もみ》の事なるべし。……然れ共是は、小紅屋といふ人大分仕込して、世の自由をたしぬ。それのみ、近年砂糖染の仕出し。……」と、明暮工夫を仕出し、蘇枋木の下染、其上を酢にてむしかへし、本紅《もみ》の色にかはらぬ事を思ひ付、是を秘密《ひみつ》して染込、自ら歩行荷物して江戸に下り、……登商に奥筋の絹綿とゝのへ、……十年たゝぬうちに、千貫目余の分限とはなりぬ。」（西鶴集　下―一一三～一一六頁）

つまり、甚三郎が工夫してつくり出した「紅《もみ》」（紅色《くれなゐいろ》）なので、「甚三紅《じんざもみ》」というわけであります。「憲房染《けんぼうぞめ》」（吉岡染とも）は、慶長年間、京都の兵法指範、吉岡憲房という人が考案した黒茶色であります。これについても、西鶴の『日本永代蔵』に、

「風俗も自ら都めきて、新在家衆の衣裳をうつし、油屋絹の諸織をけんぼう染の紋付、……同じ羽織ゆたかに見えて、歴ゝとはいはでしれける。」（西鶴集　下―一四八頁）

＊9　長崎盛輝「色の日本史」（淡交社　昭49・2）（一七四～一七九頁）

とあり、また『通言総籬《つうげんそうまがき》』にも、

「仇氣屋のひとりむすこ[ゑん次郎] **黄**の無地八丈に、**けんぼう**にてとめがたの小紋をおいた上着……」（三五七頁）

とあり、しゃれた色のように思われます。

このように、工夫し、考案し、創始した人の名をとって色の名称としたのも、この時代の特徴といえるようです。

当時は、「鼠」や「茶」などの色に〝粋《いき》〟〝通《つう》〟といった、江戸的な美を感じたように考えられます。〝通〟や〝粋〟は町人階級の美意識であったようで、「垢抜《あかぬけ》して、張《はり》のある、色っぽさ」[10]を意味するようですが、その反対を〝野暮《やぼ》〟といったらしく、地方の、いわゆる、田舎侍などで、芝居も郭《くるわ》も知らないような、ごくかたい人物を野暮といい、それを、「あれは浅黄裏《あさぎうら》だ」といって、江戸子《えどっこ》は馬鹿にしたようです。つまり、彼らは、

「御國衆とみへて、**花色**小袖に**浅黄**裏を付、洗ひはげたる**黄**むくの下着、**黒**紗綾の帯に、……」

（辰巳之園　二九九頁）

とあるように、羽織や着物の裏に、「浅黄色《あさぎいろ》」（「浅葱色《あさぎいろ》」とも書き、うすい藍色）の木綿をつけていたからというのですが、それは、葱《ねぎ》の青い葉のうすいような色で、その色に、当時の人は、野暮くささを感じとったから、ということもできるようです。

さ[10]

当時の人々の、このみにかなって、渋い、地味な、「鼠」や「茶」などの系統の色が流行しましたが、前にも申しましたとおり、内々は派手で、実際には豪華な贅沢な衣装を着て、それがチラチラ見えるのをおしゃれと考えたようで、当時の人たちは、いわば、〝着倒れ〟という程、衣装におかねをかけたようです。

これは郭のお話ですが、西鶴の『好色一代女《かうしよくいちだいをんな》』に、

「野風秋の小袖䑋色《ゆるしいろ》にして惣鹿子《そうかのこ》、此辻をひとつぐ紙燭《しそく》にてこがしぬき、紅井《くれなゐ》に染し中綿、穴より見えすき、又もなき物好《ものずき》、着物ひとつに銀三貫目入けるとなり。」（西鶴集　上―三四八頁）

と記しております。太夫《たいゆ》（最上位の遊女）の位の野風の小袖が、ゆるし色（濃い紫や紅は禁色《きんじき》とされて、勅許がないと着用できないが、うすい紫や紅は誰でも着ることができた）というのですから、薄い紫か、薄い紅の色であったのでしょう。それを、全部鹿子しぼりにしてある、それだけでも大変な手間がかかり、贅沢なものですが、さらに、その総鹿子しぼりの隆起している点々一つ一つを、紙燭（こよりを油にひたし火をつけて燈火に用いるもの）で焦がして、粒々の穴をあけ、その袷の中に紅花で染めた赤い中綿を入れましたので、総鹿子の粒一つ一つの穴から、中の綿の、非常にはなやかな紅の色がすいて見えたというわけで、これ以上のものずきはいない、この値段が銀三貫目だったとありますから、金五十両にあたるようです。

この値段は他の「風流なる出立、……あの身のまはりを買ねうちにして、壱貫三百七十目が物と其

＊10　九鬼周造『「いき」の構造』（岩波書店　昭54・9）（二九頁）

道覚て中き。……此衣裳の代銀にては、南脇にて六七間口の家屋敷を求めけるに、……」（好色一代女　西鶴集　上―三九七・三九八頁）という例をみても、当時、銀三貫目の半分以下の一貫三百七十目で、六、七間《けん》口の家屋敷が買えたという程ですから、野風の着物が、どれほど奢った、高価なものであったかがわかります。

もっと凝《こ》りますと、これも郭の太夫の衣装でありますが、

「今の太夫……ことには衣裝の物ずき、……白繻子の袷に狩野の雪信に秋の野を書せ、是によせての本歌公家衆《くげしゅう》八人の銘〻書、世間の懸物にも希《まれ》也。」（好色一代男　西鶴集　上―一七八頁）

とあるように、まっ白の繻子《しゅす》（布面が滑らかで光沢がある）に、有名な狩野派の画家（狩野探幽の外姪孫）に秋の野の風景を描かせたという肉筆画の白地の着物。これには、歌人である公卿八人に、秋の野にちなんだ典拠とすべき和歌を書かせたという。懸物《かけもの》（書画を軸物に表装し、床の間や壁などにかけて飾りとしたもの）にしても珍しい貴重なものであるとのべております。また、

「女郎も衣裝つきしやれて、墨絵に源氏、紋所もちいさくならべて、袖口も黒く、裾も山道に取ぞかし。……」（好色一代男　西鶴集　上―一六九頁）

などとありまして、白の生地に、墨で絵を描くのが、いわゆる〝しゃれ〟であり、最高の気のきいた、粋な贅沢であったように思われます。

平安時代の光源氏の「白」の衣装や、中世の鴨長明の「白」礼讃など、それとはまた少し違います

が、やはり、「白」を基調として、同じく無彩色の「黒」を使った、いわば、さまざまな色を超えた世界に、江戸時代の通人、粋人は、美の極致を感じとっていたといえなくはないようです。

近代（明治・大正・昭和）

近代につきましては、私にとりまして、未開拓の時代でございますので、大体の傾向だけを付記させていただきます。

近代は、江戸から明治になってからの、ごく最近の時代のことですが、明治から大正、大正から昭和、というように、世情が移り変わるにつれて、日本の色も目まぐるしく表情を変えてまいります。色調は、明治を境にして、急激に西欧的な傾向を強めていきます。

第一に、色の材料が植物染料から化学染料へ、つまり、草木染《くさきぞめ》から化染《かせん》へ、という大変革が行なわれるわけで、草木染による複雑で微妙な、そして渋味のある深い落ち着いた色調から、化学染料による単純で鮮明で華やかな色合いへと変容していったように思われます。

そして、大正以後になりますと、外国名の新しい色が年ごとに数を増して、流行の大半を占めるようになります。こうした色彩の、いわば、欧風化は、第二次大戦の間は一時影をひそめましたが、終戦後は、海外の傾向が、直接日本の色の世界に大きな影響を与えて、欧米感覚の色が次々にとり入れられ、色の名称も、英語、フランス語、その他諸外国語のものが多くみられるようになります。日本が東洋の孤立した国としてより、世界の中の日本というような立場となり、色も、古来の日本名より外国名の方が通用するようにさえなってまいりました。

おわりに――今に生きる伝統色

上代には、多くは山野に自生していたり、あるいは、栽培されたりした植物を材料として色をつくり、その材料名をそのまま色の名称といたしました。

平安になりますと、とくに目立ちますのは風物――主に植物――のいろどりをまねた色を製作し、そのまねた元の植物の名を色の名称としたものが少なくないことであります。

中世は、原色が多いのですが、平安と同じような植物名の色も少なくありません。

江戸になりますと、屋号、姓名などをとって名称とする色がたくさんあらわれ、また似た色の動物名をとって名とした色も少なからずみられますが、全般的には、やはり染料とした植物の名をとったものが少なくないようであります。

日本の色は、上代、平安（王朝）中世、近世にわたりまして、時代の流れによってその姿にはいろいろ移り変わりがありますが、大自然の風物、主として植物の名を、なんらかの形でその名称として保ち続けているのが圧倒的に多い、といってよいように思われます。これは英語名の色、フランス語名の色[*11]と比較していえるように思われます。

次に、一応統計をとってみましたのをあげてみます。

(1) 英語名の色名の分類

概念的な色名 85　植物に関する色名 106　その他（動物、地名、自然、食物（酒《ワイン》）など）140

（『譜説日本伝統色彩考　解説』による）

(2)仏語名の色名の分類

概念的な色名68　植物に関する色名120　その他（珠玉、土、地名、動物、食物（酒《ワイン》）、自然、人名（画家）など）185

（『仏和色名辞典』による）

英語の場合は、植物の名前も多うございますが、植物以外のものの名の半分以下、フランス語の場合も、植物の名前の色が、他のさまざまな物の名を加えた数の半数以下であります。ですから、英・仏以外の国語の色名は調べておりませんので、何とも申し上げることはできませんが、植物の名を名称にするというのは、わが国の色の一傾向を示すものであり、これは、日本の特徴でもあり、その伝統を継承したあり方であろうと推察されます。

日本は、春、夏、秋、冬と、四季がはっきりしておりまして、それらの推移を明確に意識できます。また、気候も温暖で雨量も多く、草木にとっては理想郷といってよいかと存じます。また周囲を海にかこまれ、なだらかな青々とした山脈も多く、優れた風景国であるといわれております。

ヨーロッパでは、植物の名前を約三百ほど[*12]おぼえていれば専門家として通用する。日本では、牧野博士が分類されたものだけでも四千種もあるということでありまして、植物の豊富な国といえるようであります。

私たちは、この植物名を名称とする色が多いという一つの傾向を伝統として受けつぎ、今後も何かしら、自然の風物にかかわりのある美しい色の名称を考えていくことも素晴らしいのではないかと思っております。

＊11　長崎盛輝「譜説日本伝統色彩名考　解説」（京都書院　昭59・2）
山田夏子「仏和色名辞典」（Université de la Mode 1976）

＊12　伊吹卓「売れる色はなに色」（にっかん書房　昭60・8）（一六一頁）

稿中に引用した諸作品の原文は、『和泉式部集』は日本古典全書（朝日新聞社）に拠ったが、その他は、いずれも、日本古典文学大系本（岩波書店）に拠った。

小著『日本文学色彩用語集成―上代一―』、『同―上代二―』、『同―中古―』、『同―中世―』、『同―近世―』を典拠とした。

上代

大和時代

飛鳥時代　七一〇　奈良遷都　奈良時代

茜《あかね》、藍《あゐ》、垣津幡《かきつばた》、蘗《きはだ》、支子《くちなし》、桑《くはぞめ》、紅《くれなゐ》、古奈宜《こなぎ》、柴《しばぞめ》、鴨頭草《つきくさ》、土針《つちはり》、橡《つるばみ》、芽子《はぎ》、朱花《はねず》、榛《はり》、紫《むらさき》、山藍《やまあゐ》、青土《あをに》、朱《しゅ》、朱沙《しゅさ》、丹《に》、赤土《はに》、黄土《はにふ》、鴨《かも》の羽色《はいろ》など。

中古

平安時代

七九四　平安遷都

茜、藍、苅安《かりやす》、蘗、支子、紅、蘇芳《すはう》、櫨《はじ》、紫、赤朽葉《あかくちば》、青朽葉、楝《あふち》、青葉、卯花《うのはな》、梅、落栗《おちぐり》、尾花、杜若《かきつばた》、楓《かへで》、枯野《かれの》、桔梗《きちかう》、菊、朽葉《くちば》、紅梅、桜、桜萌黄《もえぎ》、菖蒲《さうぶ》、白菊、紫苑《しをん》、躑躅《つつじ》、撫子《なでしこ》、萩、藤、藤袴、松、紅葉、青紅葉、柳、山吹、若楓《わかかへで》、若苗《わかなへ》、女郎花《をみなへし》、氷《こほり》、空色、朱、丹、紺青《こんじゃう》、緑青《ろくしゃう》、など。

中世

鎌倉・室町時代

鎌倉時代	南北朝時代	室町時代	安土桃山時代
一一九二 鎌倉幕府開く	一三三六 吉野遷幸	一三九二 南北朝合一	一五七三 足利幕府滅ぶ

茜、藍、苅安、蘗、支子、紅、蘇芳、櫨《はじ》、紫、卯花、褐《かち》、香《かう》、紺、菊、紅梅、小桜《こざくら》、桜、萌黄《もえぎ》、菖蒲、紫苑、煤竹《すすたけ》、木賊《とくさ》、撫子、緋《ひ》、藤、紅葉、桃色、山吹、女郎花、カシ鳥威《とりおどし》、狐《きつね》色、山鳩色、氷襲《こほりがさね》、空色、雪の下、紺青《こんじやう》、朱、辰沙《しんしや》、丹、など。

近世

江戸時代

一六〇三 江戸幕府開く

茜、藍、紅、蘇芳、臙脂《えんじ》、支子、蘗、紫、江戸紫、京紫、木賊、藤色、萌黄、桃色、山吹、浅葱《あさぎ》、朽葉、煤竹《すすたけ》、空色、水色、玉子色、玉虫色、狐色、雀色《すずめいろ》(時《とき》)、鴇《とき》色、鳶《とび》色、鶸《ひは》色、舛花《ますはな》色、岩井茶、憲房《けんぼう》茶、焦《こげ》茶、芝翫《しかん》茶、市紅《しこう》茶、団十郎茶、梅幸茶、璃寛《りかん》茶、路考《ろかう》茶、藍鼠、梅鼠、銀鼠、桜鼠、鳩羽鼠、藤鼠、利久鼠、高麗納戸《こうらいなんど》、紺青、緑青、弁柄《べんがら》、朱、丹など。

近代

明治・大正・昭和時代

一八六八 東京遷都

小豆色、藍鼠、鶯色、鬱金《うこん》色、樺《かば》色、群青《ぐんじやう》色、焦茶、煤竹、玉子色、茶色、鴇色《ときいろ》、鼠色、鶸色、藤紫、水色、海松《みる》色、山吹色（**明治**）エメラルド、オリーブ、コバルト、桜色、退紅色、橙色、鼠色、ピンク、ローズ、若草色、若竹色（**大正**）、臙脂、オレンジ、カーキー色、グリーン、青磁、ネービーブルー、藤鼠（**昭和前期**）など。

文学にみる狐にかかわる色

はじめに

「朱」誌には、原初の稲荷の意義、稲荷神社、稲荷詣、稲荷神社と狐の関係、狐、などに関する御高論が非常に多く掲載されている。

それは、六国史などの史書関係、文学関係の、和歌・歌謡・連歌・俳諧・川柳・漢詩文・物語・日記・随筆・戯曲・小説類、さらに、古記録・公卿日記などに及ぶ多くの諸文献が調査の対象となっているようである。

文芸的な御考察も、例えば、上野辰義「狐の怪異と源氏物語」(第四十八号)、室伏信助「源氏物語とキツネたち」(第四十六号)など、その他多くの御論攷がある。

ことに狐に関しては、竹居明男「狐に関する百科事典『霊獣雑記』」(第三十九号)に詳細に列挙されている。

これら多彩な先覚の御高論の驥尾に付して、稲荷神社にちなむ狐について、私の立場なりに、主に文学作品にみられる色にかかわる狐を探ってみたい。

一、色にかかわる狐

狐

狐については、『古事記』（『古事記　祝詞』日本古典文学大系　岩波書店　昭和52・4）にはみられないが、『風土記』（『風土記』日本古典文学大系　岩波書店　昭和49・8）には、出雲国風土記の、意宇郡に、「禽獣には、則ち、鵰……熊・狼・猪・鹿・兎・狐・飛鼯・獼猴の族あり」とあり、同様に、秋鹿郡、楯縫郡、出雲郡、神門郡、仁多郡に見えている。

『万葉集』（『万葉集　四』日本古典文学大系　岩波書店　昭和51・3）には、

「長忌寸意吉麿の歌八首　鐺子《さしなべ》に湯沸《わ》かせ子ども櫟津《いちひつ》の檜橋より来む狐に浴むさむ　右の一首は、傳へて云はく、一時《あるとき》に衆集《もろもろつど》ひて宴飲《うたげ》しき。時に夜漏三更にして、狐の聲聞ゆ。爾乃《すなはち》衆諸《もろひと》興麿《おきまろ》を誘ひて曰はく、この饌具、雑器、狐の聲、川、橋等の物に関《か》けて、但《ただ》に歌を作れといへれば、聲に応へてこの歌を作りきといふ。」（一六―三八二四）

という作がある。これは、『万葉集』の中でも特殊な部立の「由縁《ゆえん》ある雑歌《ざふか》」という巻十六の中の歌であり、作者、意吉麿（興麿）の伝は未詳であるという。大勢集まった盛んな宴会で、もう午前四時にもなる暁の頃、狐の聲が聞えた。その折、皆が、作者に、饌具（膳立てに用いる器でさしなべをさす）、雑器（いろいろの器物）、狐の聲、川、橋等を一首の中によみこんだ歌を作れ、といったのでよんだ歌であるという。

（さしなべ（柄《え》と口のついた鍋）に湯を沸かしなさい集まっている皆さん、櫟津の川の檜造りの橋を渡って、〝来む〟と鳴いてくる狐に浴せてやろう。）万葉假名で「許武」と記されている「来む」が、狐の擬聲語となっている。

ちなみに、『万葉集』で狐について、その聲が主題になっていることから推しても、啼き声が、この動物の特色の一つとされているようで、以降の文学作品にもとり上げられている。

平安時代には、例えば、『今昔物語集』（『今昔物語集　四』日本古典文学大系　岩波書店　昭和48・8）に、

「女忿ニ狐ニ成テ門ヨリ走リ出デ、コウコウト鳴テ、大宮登ニ逃テ去ヌ。」（巻第二十七）、

「其ノ妻忿ニ狐ニ成テ、戸ノ開タリケルヨリ大路ニ走リ出テ、コウコウト鳴テ逃去リニケ。」（巻第二十七）、

「「狐々」ト呼ケレバ、コウコウト鳴テ出来リニケ。」（巻第二十七）、

「若キ女、童ノ見目穢気无キ立ニケル、…狐ニ成テコウコウト鳴テ走リ去リニケ。」（巻第二十七）、

「其ノ時ニ女ノ童、狐ニ成テコウコウト鳴テ逃ヌ。」（巻第二十七）

等、多くは化けた女が狐になって逃げる時「コウコウ」と鳴くとある。

中世では、例えば、『狂言集』（『狂言集　上、下』日本古典文学大系　岩波書店　昭和35・7、36・10）に、狐を知らない佐渡の百姓が、狐の鳴き聲を言え、と言われて、「ものもの」と鳴く、また「東天紅と鳴く」とある（「佐渡狐」）。また「次郎冠者…尾を出せ。主何とする。太郎冠者クンクンと言え。」（「狐塚」）とあり、クンは狐の鳴聲であるという。また、「クヮイ、クヮイ、クヮイ、クヮイ。と鳴いて、跳んで、橋がかりを通って退場する」（「釣狐」）と

もある。

近世には、『近世俳句俳文集』（『近世俳句俳文集』日本古典文学大系　岩波書店　昭和54・11）に、

「……たとへば狐狸の人らしく化て、……世にいふひとつ穴の狐なれば来ん〱といはむには、昆布に山椒の渋茶をまうけて、我も亦快々とかたらふべし。」（「知雨亭後記」）

とあり、こんこん、くわいくわいと啼くというらしい。

また、『中世近世歌謡集』（『中世近世歌謡集』日本古典文学大系　岩波書店　昭和34・1）に、「わ上郎のてぐそく、きつねのなくかこんぎれ……」（「狂言歌謡」）とあり、紺《こん》の色に鳴き聲のこんをかけている。

『浮世風呂』（『浮世風呂』日本古典文学大系　岩波書店　昭和32・9）には、

「前生で何でかあったろうよ。兎角くっついてゐたがる。……取付て離ねへなら狐《こん〱》さま。……」

のように、江戸時代にはこん、こん〱、くわい〱、と啼くと描かれている。

『万葉集』でとりあげられてから、江戸時代の作品まで、鳴き聲が生態をあらわすものの一つとされ、「狐《こんこん》さま」と言われるようになったようである。

狐の毛色

狐についての色は、上代には、『日本書紀』（『日本書紀　下』日本古典文学大系　岩波書店　昭和52・1）に、斉明天皇時代「是歳……石見国言さく、「白狐見ゆ」とまうす。」（三年）とあって、白狐が出現。

『続日本紀』（『続日本紀　前』新訂増補国史大系　吉川弘文館　昭和30・9）に、元明天皇時代「伊賀国献二玄狐一。」（和銅五年七月）（「所レ献黒狐。即合二上瑞一」）（同九月）、「東方慶雲見。遠江国献二白狐一。」（霊亀元年正月）、元正天皇時代「甲斐国献二白狐一。」（養老五年正月）、聖武天皇時代「飛騨国献二白狐白雉一。」（天平十二年正月）、桓武天皇時代「重閣門白狐見。」（延暦元年四月）、とあって、白、玄（黒）の毛色の狐が見えている。

これらは、祥瑞《しょうずい》（上代の法令（儀制令第十八）に「凡祥瑞応見……」とあり、端的に言えば自然も社会も安穏で平和で、人びとが生《せい》を謳歌できる治世に出現する不可思議なものに該当する物として、『紀』『続紀』に記載されていて、狐は、とくにその毛色が、玄（黒）（一例）、白（五例）のもの、とされた。つまり、生来の毛色でない、白、黒であることが、古来の観念と外来思想が合致した祥瑞にあたるものとされたようである（小著『増補万葉の色—その背景をさぐる—』笠間書院　平成22・3）。

なお、『延喜式』（『延喜式　中篇』新訂増補国史大系　吉川弘文館　昭和52・9）には、祥瑞の條目があり、「九尾狐。神獣也。其形赤色。或曰白色。音如二嬰児一……右上瑞」とあるが、唐の六典などに拠る、中国の影響が大きいものと考えられる。

中世では、前にもふれたが、『狂言集』の「佐渡狐」に、狐を「ついに見たこともござらぬ。」という佐渡の国の百姓に、奏者（江戸幕府関係の役で、取次役）が「詳しゅう教えてとらしよう」といって、

「総じて狐は、犬よりは少し小さい物じや。……目はたつにりんと立つて、口はくわっと耳せせまで裂けてある。……奏者尾はふうっさりと太う長うて、色は薄赤い物じや。佐渡色は薄赤うござるか。奏者折々は白いもある。佐渡白いのもござるか。奏者なかなか。」

と語っている。後に、賭祿相手の越後の百姓が、この百姓に、

「……それならば毛色は何とじや。佐渡 色は**黒い**。越後 **黒い**狐があるものか。サアサア色を言え色を言え。奏者小聲で **薄赤**。佐渡 **薄赤い**物じや。奏者 折々は**白い**もある。越後 いかさま**薄赤**うて、折々は**白い**もある。それならばぜひもないことじや。」

とあり、薄赤くて折々白いのもあるが黒い狐というのはない、ということが三者の会話から知られる。

近世には、『江戸漢詩集』（『五山文学集　江戸漢詩集』日本古典文学大系　岩波書店　昭和41・2）に

「笑ふに　堪へたり　菜種の　花盛の裡より　**狐の如き白犬**　人を　驚したるは」（「太平詩集」（愚佛））

とあって、白い犬を白狐と見て驚いたというのであろう。

『近世和歌集』（『近世和歌集』日本古典文学大系　岩波書店　昭和55・1）に、狐の毛色ではないが、「武夫《もののふ》のうらみ残れる野べとへば眞葛そよぎて過る秋風」の詞書に

「夕づく日のかげろふほどに、問ふものとてはよひ〱ごとの**狐火**のみ**青く**てらして、むなしき野べの秋也」

とあり、狐が口からはくという火（燐のもえる火か）の色が青いとされている。

俳諧の「西鶴大矢数」（『定本西鶴全集』第十一巻 下 中央公論社 昭和52・6）に、「蓬生の隣屋敷を買添て 白ひ狐か通ふ取沙汰 其やうに唯早口か謂れうか」とあり、白い狐が劫をへて通力を得たものとしてよまれている。

また、「西鶴諸国はなし巻一」（『定本西鶴全集』第三巻 中央公論社 昭和52・6）の、「狐四天王」の話の中に、本町筋の米屋の門兵衛という人が「里ばなれの 山陰を通るに しろき小狐の集りしに、何心もなく 礫うち掛しに 自然とあたり所あしく 其まゝむなしくなりぬ」と、偶然投げた石にあたって死んでしまった。その後、彼の一家が狐たちに敵《かたき》をとられ、だまされて皆が髪をそられ俄坊主にされた、そうした有様が詳しく描かれていて、白い狐にかかわる一団に、人をばかす力があることが物語られている。

また、『風来山人集』（『風来山人集』日本古典文学大系 岩波書店 昭和36・8）の「風流志道軒伝」に、作中人物の浅之進というのが、官女の閨へ夜な夜な忍んで入っていった。そのことが、全く何ものの仕業かわからず、

「扨は魑魅魍魎《ちみもうりょう》のしはざか、又は日本にてはやると聞（く）、姫路におさかべ赤手のごひ、狸のきん玉八畳敷、狐が三疋尾が七ッの類ならば、打ものわざにてかなふまじ、貴僧高僧に命じて御祈あるべしなんど、……」

とあって、赤手のごひという赤手拭稲荷（今の大阪市浪速区にある社）があげられている。直接狐の色ではないが、赤が関わって変化《へんげ》の意を示しているのかもしれない。

『上田秋成集』（『上田秋成集』日本古典文学大系 岩波書店 昭和45・12）の「春雨物語」の話に、相模国

の若者が、歌の道を学ぼうと都へのぼる。その途次、明日は都に、と思う所で宿をとりはぐれて老曽《おいそ》の杜《もり》に野宿する。恐怖を感じながら眠ろうとする時に、目一つの神、天狗、布袋《ほてい》、狐、猿、兎などの妖怪があらわれ、酒盛をして和歌を論じ、若者に都に行かずに帰れ、と教え、山伏の腋に彼をはさんで飛んで行った、というような筋で、

「あやし、こゝにくる人あり。背たかく手に矛とりて、道分したる猿田彦の神代さへおもほゆ。あとにつきて、修験の**柿染**の衣肩にむすび上（げ）て、金剛杖つき鳴（ら）したり。其跡につきて、女房の**しろき**小袖に、**赤き**袴のすそ糊こはげに、はら〳〵とふみはらゝかして歩む。檜のつまでの扇かざして、いとなつかしげなるつらを見れば、**白き狐**也。其あとに、わらはめのふつゝかに見ゆる、是も**きつね**なり。」（「目ひとつの神」）

とあって、白い小袖に赤い袴を着た女房に化けたのは白い狐であったというのである。この後にも「大なるかはらけ七つかさねて、御前におもたげに擎ぐ。**しろき狐**の女房酌まいる」とある。

『浮世床』（『浮世床』「洒落本　滑稽本　人情本」日本古典文学全集　小学館　昭和57・3）には、

「こゝに渾名を**白**と呼る、窈窕なる少女がありやす。**白**と号るはいかにとなれば、**紅粉**を粧ふこと大造だから、是にて然号来れりさ。……長「いつでも立派な衣装付よ短「さうよ。金毛織の帯が押物だ「こいつは委しい銭「**白面金**毛織九尾の娘ぢやアねへか松「男は随分化し兼めへ……」

とあり、「白面金毛九尾の狐」をもじったものという。これは、天竺・唐・日本と渡った妖狐で鳥羽上

皇の寵姫玉藻前《たまものまえ》に化けるが、陰陽師安倍泰親に看破され那須野に逃れて、三浦之介に退治され、化して殺生石となったと『下学集』その他に伝える、と解されている（『浮世床』三四六頁頭注）。白く化粧した顔に金毛織《きんもおる》の帯をしめている娘なので、面が白く金色の毛で人を化かす狐になぞらえたのであろう。

『辰巳之園』（『春色梅児譽美』日本古典文学大系　岩波書店　昭和37・8）には、

「こゝに白狐《びやっこ》の通も得し、手取手くだの上手達が、軒を並べし新道を、稲荷横町とか呼なれし……」

とあって、通《つう》も得た、つまり神通力をもって人をばかす劫を経たのを白狐《びやっこ》と云っており、遊里の世界で客を手だまにとってだます遊女たちのたとえとしている。

『近松浄瑠璃集』（『近松浄瑠璃集　上』日本古典文学大系　岩波書店　昭和33・11）の「女殺油地獄」に、

「詞ヤ珍しいお山伏。此方は見知った白稲荷殿。妹が病気祈りのためか。あの附物が。そなた衆の祈りで退いたら此の與兵衛が首賭。……」

「法印図に乗り、稲荷大明神の使者白狐の教。髪筋程も違はぬ祈り加持も薬同然。」

など、いずれも白は、病気平癒の加持祈祷にかかわる狐の毛色とされているのであろう。

また、近世には、石川一郎「古川柳と稲荷」（第四十一号）を拝読すると、『誹風柳多留』をはじめ種々の雑俳集にみられる古川柳の中に、**白い狐**、**赤い狐**、**黒い狐**がよまれていることが知られる。なお、田中貴子「稲荷神の供物おぼえがき」(第三十七号)に、白い狐。角田豊正「お稲荷さん─キツネ─芝居」(第三十七号)に白ギツネ。村山修一「稲荷社と修験道」(第三十九号)に、陰陽道において、白狐・玄(黒)狐・九尾狐(赤色)が上瑞、赤狐が中瑞とされ、玄狐献上が和銅五年に行われたと述べられている。竹居明男「狐に関する百科事典『霊獣雑記』」(第三十九号)に、白狐・玄狐・黒狐・赤狐・狐の白わきげ、黒白斑駮の狐、灰白色の狐などがあげられている。菅谷文則「日本古代の九尾の狐」(第四十三号)に、

「狐は墓室の壁画の題材として選ばれたこと。霊獣であり一種の神仙であったことが判つた。霊獣たる狐の毛色は、金、黒、紫、白であることも文献資料から明らかにすることができ、数少ない文学資料からではあるが斑文をもっていたことも知りえた」

とのべられ、中国の墓の壁画(四世紀末から五世紀中葉にかけて営まれた)の狐の色が示されている。宮家準「稲荷信仰の展開と修験」(第四十八号)には、『渓嵐拾葉集』巻一〇九では、山臥の柿衣は辰狐の色を表すとしている。」とあり、中世の伝承で伏見稲荷の上の御前は命婦で辰狐(本地文殊)であるらしいとある。以上本誌「朱」に褐載された御高論の中から狐の色をとり上げさせていただいた。

上代から近世まで、文学作品、さらにその他の諸文献をみると、上代の祥瑞にあたる狐の色以来、本来の色でない、白、玄(黒)、金などの毛色は、とくに人間との近いかかわりを意味し、多く神通力を持つものとされていたようである。

化けた人にかかわる色

『源氏物語』（『源氏物語　五』日本古典文学大系　岩波書店　昭和49・7）にも「狐の変化《へんげ》するとは昔より聞けど」（「手習」）とあり、狐は人に化けるとされているが、どのような容姿になるのか、色を中心にながめてみたい。

平安時代では、『日本霊異記』（『日本霊異記』日本古典文学大系　岩波書店　昭和42・3）の「狐を妻として子を生ま令《し》むる縁第二」に、欽明天皇の時代に、美濃国大野郡の男が、

「妻とす応《べ》き好き嬢を覓めて路を乗り行く。時に曠野の中に姝《うるわ》しき女遇へり。……」

とあって、その女と結婚し男子が生れた。ところがその妻を犬の子が咋《く》おうとして追かけて吠えるので、彼女は野干《やかん》になって籬《まがき》の上に登った。夫は、お前は子供を生んだのでけして忘れない。「毎に来りて相寐よ」といったので、夫の言葉に随って「来り寐《ネ》キ。故名づけて岐都禰とす。」と、キツネの語の由来をのべている。狐がばけた妻の姿は、

「時に彼の妻　紅《くれなゐ》の襴染の裳今の桃花《とき》の裳ぞ。を著て窈窕《サ》ビ、裳襴を引きて逝く。」

とあり、欽明朝時代としては華麗な色とされた紅色《くれなゐいろ》の裳で、現代の桃花《つき》の裳であると説明している。桃花は桃染《つきそめ》で、紅の少しうすい色を指す。紅は、『万葉集』では、若く美しい婦人の裳の色として多くよまれ、男性を魅了していたのであった。

また、前記の『今昔物語集』の、「狐、変《ヘンジテ》女形値幡磨安高語第卅八」（巻二十七）に、

「九月ノ中ノ十日許ノ程ナレバ、月極ク明キニ、夜打深更テ、宴ノ松原ノ程ニ濃キ打タル袙ニ紫菀色《シヲニ》ノ綾ノ袙重ネテ着タル女ノ童ノ前ニ行ク様躰・頭ツキ云ハム方无ク月影ニ□テ微妙《メデタ》シ」

と描かれているのは、安高という男の目にうつった若い女性の姿で、「濃キ」は、紫色にも言うが、この場面は紅の濃い色であろう。「紫菀色」という、これは青味がかったうすい紫色。こい紅とうすい紫の二枚をかさねた、いわゆる重《かさ》ね袙《あこめ》という衣装で、とくに、紫菀色は、秋咲く紫菀のその花の色合を模したもので、「九月ノ中ノ十日……」とある秋の季にぴったりの色であり、季節にあわせて優美さを競った王朝上流の女人《によにん》の衣装を、よくまねた容姿といってよい。これが、「……女忽ニ狐ニ成テ……」と狐の化けた姿であった。

いずれも、上代、平安での華やかな雅な色合の衣裳を着た美女に化けたのである。

中世には、笹間良彦「稲荷と狐と茶吉尼天」（第三十四号）に、

「一例として『源平盛衰記』巻第一「清盛行大威徳法　附行陀天並清水寺詣事」の条に……大きなる狐を追出し弓手に相付て、既に射んとしけるに狐忽ちに黄女に変じて、完爾と笑ひ立向て、……さては貴狐天王に御座にやとて馬より下りて敬屈すれば女又もとの狐と成てコウコウ鳴て失ぬ。」

とあり、御論攷を引用させていただいたが、変化した女の姿が黄であったのであろうか。上野辰義「狐

の怪異と源氏物語」（第四十八号）によると、黄は狐の色であるとのことである。

近世では、前にも記したが、『春雨物語』の「目ひとつの神」に「……女房のしろき小袖に赤き袴……」とあり、白い狐が化けた姿が描かれている。これは、「女房、わらはゝ、かん人の「こゝにとまれ」とて、いざなひ行く。」、とあって神主の命令に従っているようで、巫女のような、白い衣に緋の袴姿に化けたのであろう。

通常の狐の毛色

これまでの諸例は、外来の思想によるものなどをも含めて、主に霊的な力を持つと考えられた場合の狐にかかわる色、また、狐が化けた時の人間の姿にみる衣装の色などで、文学作品にはこれらが描かれているのが多い。

しかし、通常の狐の色そのものについてとりあげているのは、私の調べた範囲では一例しかみられない。

その一例は、前に掲げた、『狂言集』の「佐渡狐」の、「色は薄赤い物じゃ。」「折々は白いもある。」そして、「色は黒い。……黒い狐があるものか。」の件《くだり》である。これは、全く知らず見たこともない者に、狐というものの実態を説明する、という条件をふまえて描写しているとも言えそうで、体の大きさ、目、口、尾などの特徴も詳しくのべている。ただ、前記のような大切な啼き聲を教えなかったためにおこる笑いが語られている。いずれにしても狂言であることを考慮に入れなければならないが、黒いということはない。折々白いのがいる。普通は薄赤い。というのが狐の毛色とされていたのであろう。これ以外に例のないことは、古来から誰もが狐を知っており、あらためて作品にその毛色を示す必要がなかったためとも考えられる。

二、〝狐色〟

文学作品に、〝狐色〟という色彩の名称、つまり色名が中世以降にみられる。狐という一動物名が、その色合だけを抽出され、狐そのものから昇華され、〝狐色《きつねいろ》〟という普遍的な色名となった、と言えそうである。

日本の色の傾向

我が国の色は、上古から、ほぼ輸入による合成染料を使用し始めた明治の初期になるまで、植物を材料とした染め色が主流となっている。

従って、日本の色の名称には、命名の由来に相違はあっても、通時的にみて植物名をつけた色名が圧倒的に多い（小著『文学にみる日本の色』（朝日選書）朝日新聞社　１９９４・２）。

動物名の色名

こうした傾向の中で、主として江戸時代になると、大衆の生活に関係の深い卑近な色、つまり、その一つとして、周辺の身近な動物の名をとった色名が文学作品に少なからずみられるようになる。もとより植物の名をつけた色名が最も多いことに変りはないが。

例えば、近世では、

あかとび〔あか鳶〕（鳶色の赤黒みがある色）、うぐひす〔鶯〕（鶯の羽色のような暗い萌黄色）、うぐひすちゃ〔鶯茶〕（褐色味のオリーブ色）、からす〔烏〕（黒い色）、からすばいろ〔烏羽色〕（青味のある黒色〕、くろとび〔黒鳶〕（暗い赤褐色を更に暗くした色）、こほろぎ〔蟋蟀〕（黒褐色）、しやうじやう〔猩猩〕（朱紅色）、しやうじやうひ〔猩猩緋〕（緋色の濃い色）、しやぐま〔赤熊〕（赤く染めた白熊の毛）、すずめいろ〔雀色〕（赭色、茶褐色）、たまごいろ〔玉子色〕（暖味の明るい黄色、地玉子の殻の淡褐色をさすこともある）、たまむしいろ〔玉虫色〕（光線の具合で緑色や紫色に見える色）、ときいろ〔鴇色〕（暖味の淡紅色）、とびいろ〔鳶色〕（暗い赤褐色）、とりのこいろ〔鳥の子色〕（ごく淡い灰味の黄色）、ねずみいろ〔鼠色〕（グレー、藍気を含んだ灰色）、ひはいろ〔鶸色〕（冴えた緑黄色）、ひはちゃ〔鶸茶〕（緑味のにぶい黄色）、ふじねずみ〔藤鼠〕（鈍い赤紫色）、べにとび〔紅鳶〕（紅色がかった濃い赤褐色）、やまばといろ〔山鳩色〕（青味のある黄色）

などがそれである（小著『日本文学色彩用語集成―近世―』笠間書院　平成18・2）。

これらも、南蛮渡来の「しやうじやうひ」が、ケルメスという動物染料を使っているのみで、すべて植物染料といってよく、ただその色合が、各々の動物の色に似ているところから命名された色名である。

なお、さかのぼって、中世にも、「こほろぎ」「やまばといろ」などが文学作品にみえている。

〝狐色〟

〝狐色〟は、前記の動物名をとった色名の中に含まれるもので、これは、近世以前の室町頃からの狂言の中にみえている。

〝狐色〟は、「狐の背の毛色に似た黄褐色をいう。……狐色という名称はこの時代の染色関係の文献にも、流行の記事にも見当らない（長崎盛輝『譜説日本伝統色彩考　解説』京都書院　昭和59・2）。」とあり、「薄い焦茶色」（広辞苑）ともある。江戸時代、多くの染物関係の文献が出たようであるが、それらの中にはみられないという。つまり、染料を使って染めた色の名ではなく、〝狐色〟の着物といったように、布などの色としては使われていないようである。

動物名の色が前記のように、殆どみられない中世に、この〝狐色〟が作品に描かれているのである。それは、度々あげる『狂言集』の、「栗焼」に、主が貰った栗を、大勢の来客に御馳走として出すために、太郎冠者の発案で焼栗にする。太郎冠者は、栗の先を切り取って台所の火で焼く。焼いた後、一つ一つ手に取り皮をむく。その動作の中で、

「さてもさても、焼いたれば、ひとしおみごとになった。これは上々の**狐色**じゃ。ハハア、これはちと片焦げが致いた。……」

「みどもは　このようなみごとな栗を、ついに　食うたことがござらぬ。……さいわい　これに小さな**狐色**がござる。これはお客へは出されまい。これを一つ食うてみよう。……今度はこの大きな**狐色**を食うてやろう。口に入れる《》さてもさても　これはうまいことじゃ。……」

のように〝狐色〟が出てくる。片焦《かたこげ》のない焼いた栗の皮をむいた、その実の色を指している。当時、〝狐色〟と言えば誰にでもわかる具体的な色であったのであろう。

狂言は、多く無名の人物によって日常身近に起るような出来事が、当時の口語で演ぜられるものであるという（『狂言集　上』の「解説」三頁など）。

〝狐色〟は、大衆の庶民的日常生活の中の、とくに食物にかかわる色として口語で登場しているのである。

近世の作品では、前記の『浮世床』に、

「菓子うり紅毛ようかん本ようかん。最中まんぢゆに羽二重もち……亀「ヲイ〳〵菓子を買べい……」
亀コウこりや何だかしうり「狸餅」亀「ヱ狐色《きつねいろ》だぜ……」」

とあり、餅菓子の狸餅の色合が〝狐色だと言っている。菓子売は、「高く組あげたる菓子箱をかたにかつぎて売来る。此菓子売江戸に四五人あるゆゑ方角によりて人物違へり。」とあり、それぞれの町を売歩き、此所に来たのであろう。この場面は、世間の噂話やニュースの供給源であったという髪結床《かみゆいどこ》が舞台であり、登場人物も、すてき亀という「すてきすてき」という口ぐせの男、じゃんこ熊といういさみの男など、髪結床などにたむろする町人たちである。とくに作者の式亭三馬は卑近な江戸庶民の生活を写実的に描いた、という。

〝狐色〟は狸餅の狸に対して言ったのであろうが、狸餅は暗に遊廓をさしているという。狸の灰褐色をまねた餅かどうか、その色については不勉強でわからないが、ともかく食物の色に関して〝狐色〟はみえていて、後期の江戸の庶民の会話の中に生きているのである。

なお、近世の俳諧に、『色の手帖』（尚学図書編　小学館　昭和62・4）によれば、「犬子集―四・蘭「黄葉するらんきくや実狐色（重頼）」とあり、蘭の実の色とされているようである。

以上は、私の調査対象とした近世までの文学作品にみられる〝狐色〟であり、それ以降については未調査なので、『色の手帖』から引用させていただくと、

「思出の記〈徳富盧花〉一〇・一「大学校内の楓樹の早狐色になるを見る頃に到て」（1901）」

「三四郎〈夏目漱石〉二「大学の池の縁で逢った女の、顔の色ばかり考へてゐた。―其色は薄く餅

を焦した様な狐色（キツネイロ）であった」（1908）」
「土〈長塚節〉二六「おつぎは手桶の底の凍った握飯を焼趾の炭に火を起して狐色に焼いて」（1910）」
「明暗〈夏目漱石〉六〇「下女が皿の上に狐色（キツネイロ）に焦げたトーストを持って来た」（1916）」
「埋葬〈立原正秋〉四「鴨はきつね色に焼きあがっていた」（1971）」
「地を潤すもの〈曽野綾子〉八・一「三枚にひらいた大魚をキツネ色になるまで、から揚げしているのである」（1976）」

の例が示されている。楓の葉の色の他は、薄く餅を焦したような色、握飯の焼いた色、トーストの焦げた色、鴨の肉の焼きあがった色、魚のから揚げの色で、食物、料理関係の色が殆どだと、言えそうである。

近世以降は、動物名をとった色名は減少し、現今では、前記の近世の動物名の色名の中の、玉虫色くらいが残っているだけで、絶滅しかかっている。

こうした傾向の中で、明治以降もみられ、只今でも、私のごく狭い生活範囲の中ではあるが〝狐色〟は生きている。例えば、テレビの番組などで、折々、「お豆腐のあげもの」、「冷凍を油であげたコロッケ」、「もやしのかきあげ」、「いろいろの材料の揚物」、「ピラフ」、「チャーハン」等々が、こんがり〝狐色〟に、と放送されている。食品の袋などにも、みじん切りのパセリをまぜた御飯の丸めたのにパン粉の衣をつけ一八〇度程度の油で揚げ、こんがり〝きつね色〟になったら出来上り、などと説明されている。つまり、食物が程よく焼ける「こんがり」の状態の色を〝狐色〟と表現しており、このことは〝狐色〟が誰にでも通用する色名と考えられているからであろう。

なお、周辺の人たちにたずねても〝狐色〟という言葉は知っていると言われる。ただ、衣・食・住のうち、主として食関係の色に使われているようである。当初の〝狐色〟が、焼栗の実の色を表現していた、その伝統が、おのずからふまえられているのかもしれない。

おわりに

自然環境の後退によって、周辺の動物の種類も少なくなり、人々の動物への関心も薄れていったためと考えられるが、さまざまな動物の色合を見て、それに似た色に親しみをこめてその名をつけた色名が失なわれかけている、こうした現今の傾向にもかかわらず、〝狐色〟は主に食品関係の色彩を示す用語として我々の生活の中に生きている。

『風土記』(『風土記』日本古典文学大系　岩波書店　昭和49・8)の「逸文　山城国」の、伊奈利社(存疑)の条に、

「風土記に曰はく、伊奈利《いなり》と称ふは、秦中家忌寸等が遠つ祖、伊侶具の秦公、稲梁《いね》を積みて富み裕ひき。乃ち、餅《もちひ》を用ちて的《いくは》と為ししかば、白き鳥と化成《な》りて飛び翔りて山の峯に居り、伊禰奈利《いねなり》生《お》ひき。遂に社の名と為しき。」

とあり、伊奈利社(伏見稲荷大社)の由来がのべられている。

弓の的にした餅が白い鳥と化成《な》り、その白い鳥が稲と化したという。類似の伝承は、「逸文　豊後国」の、餅の的(存疑)にもみえる。

「…餅《もちひ》ヲク、リテ、的《まと》ニシテイケルホドニ、ソノ餅《もちひ》、白キ鳥ニナリテトビサリニケリ。」

とあって、弓の的にした餅が白い鳥になる、というのである。

なお、「豊後国風土記」には、景行天皇の代に、

「……明くる日の味爽に、忽ちに白き鳥あり、北より飛び来たりて、此の村に翔り集ひき。……鳥、餅《もちひ》と化為《な》り、片時が間に、更《また》、芋草《いも》数千許株《いくちもと》と化《な》りき。」

とあって、白い鳥が餅に化為《な》り、更に多くの里芋に化《な》ったとある。また、「豊後国風土記」の速見郡の田野の条には、

「……大きに奢り、已《すで》に富みて、餅《もちひ》を作《も》ちて的《いくは》と為しき。時に、餅《もちひ》、白き鳥と化《な》りて、発《た》ちて南に飛びき。」

とあり、弓の的にした餅が白い鳥と化って、飛んでいったという。

これらは、霊性があるとされる白い鳥と、餅《もちひ》、芋《い》草《も》（里芋）、伊《い》禰《ね》（稲）といった食糧との霊的なかかわりが伝承されているようである。

これら一連の説話の中に、伏見稲荷大社があること、古来からその使者が狐とされていること、その狐の毛色の〝狐色《きつねいろ》〟が主に食物にかかわる色名であること、等、すべて深い由縁があるように感じ

られる。

色をとおして稲荷神社にかかわる一端を垣間見させていただいた。

『万葉』の歌人大伴家持——色に魅せられた越中守時代

『万葉集』は約一二〇〇年ほども昔の、遠い〳〵上代に編纂されたものであるが、その作品の一つ一つをよんでゆくと、現代の私達にも深い共感をよびおこさせ、『万葉集』は現今の我々の中に脈々と生き続けている、と言えそうで、そうした点、偉大な、そして貴重な文化遺産ということができるようである。

これは、『万葉』の、有名・無名の多くの作者達が、それぞれの人生で、その時、その時の純粋な思いを、そして感動を、率直に歌い上げ、人間の本当の姿が歌に結晶されているから、上代とか、現代とかいった時間などは超越して、直接、私達の心にひびくものがあるのであろう。

＊

『万葉集』は約四五〇〇首から成っている。これらは、男も女も、老人も若者も、地方の人も都の人も、また身分も、天皇から乞食まで、といったように、実に様々な人々のよんだ歌の集成である。作者のわからない歌も相当な数にのぼるが、それは別として、作者名のわかる約五五〇人程のよんだそれぞれ何首かの歌が、この集にのせられている。これは、平均すれば一人四、五首になり、中には一首だけというのも少なくない。こうした中で、実に、一人で四八〇首もの歌を『万葉集』にのこしたのが、大伴家持である。

家持の歌についての評価は、大きく言って時代によってもちがうし、また個人々々の好みによってもいろ〳〵であるが、周知のとおり、家持は『万葉集』を編纂した、編者としては一番有力な候補とされているし、このように、最も多い作品を『万葉』にのこしていることなど、いずれにしても、『万葉集』に第一に関係の深い歌人といえるようである。

家持の歌の中で歌作の年代のはっきりしているもので一番はじめの歌は、彼がまだ少年時代の十七才の頃よんだ、

「振放《ふりさ》けて若月《みかづき》見れば一目見し人の眉引《まよびき》念《おも》ほゆるかも」（六―九九四）

という作である。若月は新月、眉引は眉墨で画いた眉で、淡くかかっている夕月を仰いで、自分が一目だけ見た美しい女性の眉を思う。家持の多感な美しいものを慕いあこがれる気持がよく表現されている。現実にみているみか月の清らかな形と、あえかな人への記憶と、その映像が見事にかさなり一つになる、何とも言えない杳々《ようよう》とした情感が漂っている。家持は歌を作る、その出発点で、このように、美しいものをあこがれる気持、そして目でみる感覚をとおしての繊細《こまやか》な感性を示しているが、これは一《ひと》つの基本の線として、彼の生涯の歌を貫いてゆくように思われる。

このように目にうつる美的な物に心を動かされた彼にとっては、様々な物のいろどり、色彩も彼の心を強く捉えたものの一つであったろうと推測される。

『万葉集』の、前述の五五〇余人の作者達のうちでは、何も色彩に関係のない歌ばかりよんでいる人

が四〇〇人以上もあり、何かしら色彩をよみこんでいる歌を作った百十余人も、その作品の中で、十首以上の色彩にかかわる歌をよんだのは大歌人と言われる柿本人麿（人麻呂作＝二三首、人麿歌集＝四二首）と、家持の叔母であり、後に姑になった大伴坂上郎女（一二首）の二人きりである。しかし、大伴家持は、六四首もの歌に赤、紅、緑、青、黒、白、等の色彩語を（八一語も）よみこんでいる。父である、大伴旅人が僅か四首に、四例の色彩語しかよみこんでいないのと対照的で、父と子との歌の上での関係など考えてみると興味深いものがある。このように、彼には全体に色彩ゆたかな作品が多いが、特にそれが、高岡を中心の越中守時代に集中しているのである。

*

家持の歌は彼の歌作年代を五期に分けて考えるのが通例のようで、第一期は先にあげた若月の歌をつくる以前の少年時代約十六年間（この間は〇首）、第二期は若月の歌を作った時から越中守になり、国守として赴任してくる前の約十三年間（この間に一六二首）、第三期は越中守赴任から奈良の京《みやこ》へ帰るまでの満五ヶ年間（この間に二二五首）、第四期は奈良の京へ帰ってから『万葉集』最後の歌と言われる歌をよんだ、天平宝字三年正月までの満八ヶ年間（この間は九一首）、第五期はそのあと死ぬまでの満二十七ヶ年間（この間は〇首）である。

この五期のうち、第三期の越中守時代が最も短い期間でありながら、一番多くの歌をつくっている。前記のように一期も五期もよまず、二期、四期には平均一年に十一首か十二首であるのにくらべ、越中守時代は五十五首という、比較にならぬ程の歌をよんだ充実した時期となっている。

このように、歌を作ろうとする意欲が一番さかんであったと推察される時期であっただけに、美しいものへのあこがれも一層高まりをみせ、家持独特の感性あふれる色彩豊かな歌が、他の時期にくらべて、この越中時代に最も多く、四九例の色彩関係の用語がよみこまれている。特にこの期には歌を作る時に、色という感覚的なものを捉え、これを意欲的に表現しようとしたと推察される。

「　英遠《あを》の浦に行きし日に作る歌一首
英遠の浦に寄する白波いや増しに立ち重《し》き寄せ来東風《あゆ》をいたみかも」（一八―四〇九三）
（英遠の浦に寄せる白波は益々増して、立って、重なって、寄せてくるよ。東風が烈しいからであろうか。）

北陸の海岸にその地特有の季節風が吹いて、真っ白な波が次から次と立ち、かさなってよせてくる。その波の躍動する白さ、当時の都である奈良にいた彼にとっては、北の海のこの景に新鮮な美を感じ詠んだものと思われる。海岸にしぶきを上げてよせてくる波の白さに家持の清らかな美への感動がわきおこったのであろう。

「六日、布勢《ふせ》の水海に遊覧して作る歌一首　短歌を并せたり
思ふどち　丈夫《ますらをのこ》の　木《こ》の暗《くれ》の　繁き思ひを　見明め　情《こころ》遣らむと　布勢の海に　小《を》船連《つら》並め　眞《ま》櫂《かい》懸《か》け　い漕《こ》ぎ廻《めぐ》れば　乎布の浦に　霞たなびき　垂姫に　藤波咲きて　濱清く　白波騒き　しくしくに　恋は益《まさ》れど　今日のみに　飽き足らめやも　斯くしこそ　いや毎年《としごと》に　春花の　繁き盛りに　秋の葉の　黄色《もみた》ふ時に　あり通ひ　見つつ賞美《しの》はめ　この布勢の海を」（一九―四一八七）
（親しい仲間、ますらお達の心にしきりに湧く物思いを、よい景色を見て、晴らそうと、布勢の湖に小舟を連ね、櫂をつけて漕ぎめぐると、乎布の浦には霞がたなびき、垂姫の崎には藤が咲いていて、浜辺は清らかに、白浪

がさわいで、この美しい景色に対する憧れは頻りにつのってくるけれども、しかし今日だけの遊びで満足されるものであろうか、そうではない。このようにして益々毎年毎年、春の花の咲く盛りに、秋の葉の黄葉する時に、続けて此処に通って来て、眺望しつつも賞讃しよう。この布勢の海を。）

国庁の部下達と一緒に晩春（四月六日）の藤の花の盛りの頃に、布勢の湖に遊んでよんだもので、乎布の浦には春霞がたなびいて、いかにも春らしい美しい光景を呈しているし、近くの垂姫には藤がさかりで美しい紫の花房が一面に咲きみちていて、清らかな海岸には波が真白に打ちよせている。霞のかかった遠景のほのかないろどり、紫と白の清らかで優雅な近景のいろどり。この勝景に家持は「今日のみに飽き足らめやも」今日だけでこの風光のよさに満足できようか、毎年、春の花、秋の黄葉の時にいつも通って来て「賞美《しの》はめ」と賞讃している。

そして又、

「　十二日、布勢の水海に遊覧し、多祜《たこ》の湾《うら》に船泊てして、藤の花を望み見て各〻懐《おもひ》を述べて作る歌四首

藤波の影なす海の底清み沈著《しづ》く石をも珠とそわが見る」（一九―四一九九）」

（藤の花が影をうつしている海の水が透明で、底に沈んで着いている石をも、私は珠《たま》であるかと見ることだ）

岸の木立に絡んで藤の花が海の上へ差し出て咲きひろがっている所に船を留め、船上から水面をながめた景で、多祜の湾の水がいかに清らかに澄んでいるかが想像されるが、その水の面に藤の花房の紫の色（白かもしれぬ）が映じている。それによって水底の石までが宝石のように美しく見えるという。

藤の花の色が透明な清らかな水に映じて生ずる清らかな色彩美の情感があふれるような作である。

「　砺波《となみ》郡の雄神川《をかみがは》の辺にして作る歌一首
雄神川紅にほふ少女《をとめ》らし葦附《あしつき》水松の類採ると瀬に立たすらし」（一七―四〇二一）
（雄神川が紅色《くれなゐいろ》に美しく染まっている。若い娘達が葦附を採《と》るというので、浅瀬に立っているらしい。）

村の娘達であろうか。川へ入って葦附を採っているのを見ての歌であるが、都の貴公子としては葦附を採るということが珍しく、それに惹《ひ》かれてよんだとも思われるが、若い女性達の長い裳の赤い紅色が川面に映えて、まるで川が染まったようになっている。清らかな水にうつるはなやかないろどりの美しさに、家持の歌作の意欲がわきおこったと思われる。紅色の赤い裳は当時の男性達にとって若い女性の美しさを感じさせるに最もふさわしいものであったようで、他の歌人の作ではあるけれども、夢にまで恋人のこの裳の色を見る、と歌われている。

「　天平勝宝二年三月一日の暮《ゆふべ》に、春の苑の桃李《ももすもも》の花を眺矚《なが》めて作る歌二首
春の苑紅にほふ桃の花下照る道に出で立つ少女《をとめ》　（一九―四一三九）
わが園の李《すもも》の花か庭に降るはだれのいまだ残りたるかも」　（一九―四一四〇）
（春の庭園は紅に美しく輝いている。桃の花の色が紅色に映える中の小道に出で立つ少女《をとめ》の姿よ）
（あれは、わが家の庭の李の花が散っているのであろうか。それともはらはらと降った薄雪がまだ庭の面に残っているのだろうか。）

どこと地名はあげていないので彼の国司の館での作であろう。家持三十四才頃のもの。あとの歌は、国司の館は二上山続きで雪が春になってもまだ長く残る所であったのであろう。庭園に残るしろぐ〵とした雪の色に興をそそられて詠じたものであろう。むらがって咲く丈の高い李の、青白い花びらが一ぱい庭に散り敷いているのを、まだ消え残った雪かしら、とその白さをなぞらえている。北国の、三月一日という季節感が、春の李《すもも》と、冬の雪、その同じ白さをとおして家持の心に感動をよびおこさせたのであろう。

前の作は、春の庭園一面に桃の花が咲き匂っている。その紅が映発して、照り輝くような花の下の小径《こみち》にうるわしい少女《をとめ》が立っている。華麗な桃の花と艶麗《あでやか》な女性。人と自然の美が「紅にほふ」という色彩美によって、あますところなく描写されている。始めに記した少年の日の杳《ほの》かな美への憧れの心が、今、壮年になって、都ではない越中国において、絵画そのもののような、色彩による美しさを歌い上げるまでになったのであった。淡い新月によそえられたあえかな美女と、映発するような照り輝くばかりの桃の花にふさわしい妖艶な美女と、その美の質はちがってきたかもしれないが、美しいものへのあこがれ、そして物の美しさを、色彩に感ずる、繊細なそして鋭い感性は、少年の日も壮年の越中時代も変わりはない。が、一層それは感じ易くなり、一層それは円熟して行ったようである。

ともかく、『万葉集』の中でたぐいも無いと言われる程の視覚的な美の詠唱が紅という色彩をとおしてこの越中国において彼の作に生まれたのである。

＊

家持が彼の目にふれる様々の物の色彩の美しさに心惹《ひ》かれ、これを歌い上げたことは、これらの例からも充分知られるが、例えば、越中の二上山をよむのに、ただ二上山とよむだけではなく、

「桃の花　紅色に　にほひたる　面輪《おもわ》のうちに　青柳《あをやぎ》の　細き眉根を　咲《ゑ》みまがり　朝影見つつ
少女らが　手に取り持たる　眞澄鏡《まそかがみ》　二上山に　……」（一九―四一九二）
（桃の花の紅色のような、あたりに美しく映発する顔の中に、青い柳の葉のような細い眉を曲げて笑って、その朝の顔に見入りながら少女達が手にもっている鏡の蓋《フタ》、そのフタと同じ音のフタ上山に……）

のように、鏡の蓋のフタと二上山のフタとをかけて歌い上げ、鏡に見入って我とわが顔に見ほれてほほ笑む、朝の女性の顔の美しさを、桃の花と柳の、紅色と青とで、その頬の色、眉の色を描きあげている。つまり二上山とは直接関係もないものを詠んで、二上山をよびおこす序としている。とは言え、この序によって二上山の美しさを暗示しようとしているような気がする。家持はこのように、直接そのものをえがくのに必要でない部分にも、技巧的に美しい色彩をとりあげており、どれ程、色彩に意欲的であったかが、知られるようである。

　とくに家持は、ある二人の人物、特にその〝人となり〟〝人がら〟を示すのに、その性情をのべるのではなく、ただ二種類の色をとり上げ、これで（端的に）暗示する、という方法をとっている作がある。これらの色の性質は、家持によって、よく捉えられており、家持は人のあり方を色のあり方におきかえてみせているのである。つまり人間性をあらわすのに色彩を使おうとする、いわば、色彩への積極的な関心があったと言えるように思われる。

　その一首は

「紅《くれなゐ》は移ろふものそ橡《つるばみ》の馴《な》れにし衣《きぬ》になほ若《し》かめやも」（一八―四一〇九）

である。この歌については、小著等に詳しくのべているので、省かせていただくが、この作は紅と橡という二種の色のあり方を一見詠じているように思われる。

紅は家持が「桃の花紅色ににほひたる面輪のうちに……」（一九―四一九二）、同じく「春の苑紅にほふ桃の花……」（一九―四一三九）と詠《よ》んでいるように、桃の花の華やかな濃いピンクの絢爛としたいろどり、それが紅の色であって、当時、法令によると、公式の服の色として、「凡服色。白。黄丹。紫。……紅。……」と決められ、十九種の服色のうち上位から六番目という、身分の高い人の袍の色に該当する。

橡は、どこにでも落ちているようなクヌギの実のドングリなどで染めた紺黒色とも黒色ともいわれ、ごく地味な映えない色であり、『令《りやう》』の「衣服令第十九」によると「凡服色。……紅《くれのあゐ》。……橡《つるばみ》墨《すみぞめ》。」とあり、最下位の身分の、奴婢《ぬひ》の公式の服色とされていた。

この一首は、紅は「移ろふ」つまり褪色しやすいものだ、橡染の長く着古しても色の変らぬ衣に及ぼうか、及ぶはずはない、というのである。

国守としての家持が、部下の行為を反省させようとした作で、そうした事情は詞書に詳細に記されている。ここではこの一首に直接かかわることだけをのべるが、家持の部下である尾張少咋《をくひ》という夫を、奈良でいつまでも変らず思い続けるであろう長くつれそった糟糠《そうこう》の古妻、それを橡で、そして、宴席などでその若さと美貌で多くの男性を魅惑し、次々と心変りして行くであろう、少咋の今の恋人の遊行女婦、それを紅で、暗示させたのがこの歌であつた。

老妻と遊女、この二人の生きざまの表現に相応するものとして、紅と橡という対蹠的な質の二色をとり上げ、いわば、人間の性格の型を、色をとり上げてその性質によって暗喩しようとした。こうしたことからも家持の越中守時代の色への緊密な思いが汲みとれる、と言えるのではないかと思うのである。

越中時代の家持は、こうした例からも、色彩を視覚の面からばかりでなく、色のもつ心理的な面にまで立ち入り、それを和歌の世界に形象し得たということがうかがえる。

＊

以上のように、色彩を意欲的に捉え、感覚的な美しさをこれによってしきりに詠じたばかりでなく、最後に掲げた部下をさとす一首のように、色彩の性格まで見きわめているという、家持の感性が最も高められていたのが、越中の国の国司としてであったと、結論づけられるようである。

参照

小著『古典文学における色彩』（笠間書院　昭和54年5月）

小著『増補版　万葉の色――その背景をさぐる――』（笠間書院　二〇一〇・三）

心の豊かさを求めて

紙上によると、十一年十一月二十九日の現内閣の閣議で、新額面紙幣となる二千円札の図柄と様式が報告され、その紙幣の裏側は、紫式部の肖像画（紫式部日記絵巻による）と、その作品『源氏物語』の主人公光源氏と冷泉院が会う場面（源氏物語絵巻による）、という構図であるという。

各国々にとって紙幣の図柄は、世界的にも誇れる、いわば、その国を代表し象徴するものが選ばれるのであろう。

ユネスコが選定した世界の偉人の中で、日本人としてただ一人選ばれたという紫式部、世界文学の奇蹟とよばれる『源氏物語』がとり上げられたことは、戦後、日本的なものが荒廃し五十余年をへたが、今、我が国の伝統的なすぐれた感性・情緒、そして芸術性、といった心の豊かさに憧れをいだき、次の世紀に向ってそれを表現したかったからではないかと私なりに推測している。

この傑作は、高度の文化の花開いた王朝時代に生きた紫式部という、宮廷に仕える女性によって創作された。

当時は、〝色の黄金時代〟と賞賛されるほど、優麗典雅なさまざまの色合いが、衣服を、家具を、持ち物をいろどり、そのハーモニーの美の世界に上流の王朝人は陶酔した。

とくに注目したいのは、その多くが、山野や庭園の草木の、花・葉・実などの色をまねた、染色《そめいろ》、織色《おりいろ》（経糸と緯糸で織る）、襲色《かさねのいろ》（表の布と裏の布を重ねる）であり、それらの色は、模倣した植物名をそのままとって、色の名称としていることである。

さらに、例えば、早春、紅梅が咲けば、**紅梅襲**《こうばいがさね》の衣装を着、几帳《きちょう》の帷《とばり》も**紅梅色**、そして手紙も**紅梅色**の料紙に書き、それを**紅梅**の折枝に付けて使者によって相手方に届けさせる、といったように、大自然の草木の色、そのままの人工的な色合《いろあい》で身辺を飾り、その季節々々の美しい植物と渾然一体となって生きようとした、と言っても過言ではない。

現今、あまりにもおそまきながら、環境問題が重視されはじめ、樹木にかかわる「みどりの日」という祝日も設けられ、年々植樹祭も行われている。最近の新聞に、「緑・花文化の知識認定試験」が来年三月から毎年一回行われることになったとあり、これは、日本文化に深い影響のある草木や花を、もっと愛してもらおうという意図からであるという。

さて、今年、世紀初頭からの流行色が、世界中から集まったデザイナーによって、パリ・コレクションを中心に決められたが、その際、日本の知名の方はもとより、多くの若いデザイナーの創造性豊かなセンスが光ったといわれている。

このような企画を契機に、紫式部の生きた我が国の〝色の黄金時代〟に思いをはせ、一〇〇〇余年前の当時の色のあり方を見つめ、参考にして、日本的な色を、率先して世界に紹介し、ひろめていって欲しい、と切願している。

平安の書《しょ》と料紙の色

「この平安朝の国文学と草假名を看終って、後の時代のそれに及べば、恰も光明の室より離れて、黄昏の巷に入るが如し。ことにその草假名に於いては、優美婉柔、高雅秀麗、群を抜き類を絶す。……平安朝の草假名は、ただに書界に於ける光明たるのみならず、国文学と並んで、文化史上の太陽なり」（八頁）

これは、かなの名手尾上《おのえ》柴舟《さいしゅう》（八郎）（一八七六―一九五七）の『平安朝時代の草假名の研究』の一節である。

平安朝（七九四～一一九二年）は、前の時代に先進国の中国から溢れるほど流入してきた外来文化を次第に吸収して、豊かな地盤に新しい日本的な文化の種子がまかれ、それが美しく開花した時代である。

この時代は、中国からの借物であった漢字からかなが考案され、この新しい国字で自由に日本語を書き記すことができるようになり、『源氏物語』や『枕草子』のような世界に誇れる輝かしい大傑作、珠玉のような名作が多くうまれたのである。

当時は貴族政治が行われ、ほとんど戦火のない平和で豊かな生活が長く続いたとも言えるようで、多くの人々の感覚や感性が洗練され、美に対する意識も非常に発達したと考えられ、日本の史上、最も優麗、典雅な美の文化が咲き誇ったようである。

このような素晴らしい文化をつくりあげた平安の人たちには、それなりに高い学識、教養が要求されたが、その一つに書《しょ》の習得があったようである。

平安中頃の一條天皇の皇后に仕えた清少納言の随筆『枕草子』に、村上天皇のお后となった芳子という方が、まだ姫君であった頃、父の左大臣が「ひとつには御手《おんて》をならひ給へ」（二三段）と、習字の勉強をすすめており、当時は、和歌と音楽とこの書道が基礎的な学問であった話が記されている。清少納言も「うらやましげなるもの……手よく書き、歌よく詠みて」（一五八段）と、うらやましいと思うもの、として、達筆で和歌が上手であることをあげている。『源氏物語』に、

「よろづの事、むかしには劣りざまに、浅くなりゆく、世の末なれど、仮名のみなん、今の世は、いと、際なく、かしこくなりにたる」（梅枝）

とあって、今の世の中は末世で、すべての事が昔より劣ってきているが、かなだけは、まったく際限もない発達をとげたものだ、と述べている。

平安時代は、日本人が発明した日本の文字であるかなの、かな書きも極度に上達したようで、その書もすぐれていることがのぞまれたようである。

書体について、『源氏物語』に、理想の人と言われる主人公光源氏《ひかるげんじ》の筆蹟が描写されているが、唐《から》（中国渡来）の紙の素晴らしいのには草《そう》（万葉《まんよう》がなの草体）で、高麗《こま》（朝鮮渡来）の紙のきめが細かく柔らかで親しみのある紙質で、その色など派手でなくて優雅なのには「おほどかなる女手《おんなで》」（ゆったりとした平がな）で、「こゝの紙屋《かんや》の色紙」（日本の紙屋院の色紙）の花やかな色のには「みだれたる草」（奔放な

草《そう》がな）の和歌を、というように、書体が料紙ともあわせられているようであるが、とくに平安は紙の色が重要な役割をはたしていたことが注目される。

『枕草子』に、

「薄様《うすよう》色紙は、白き。むらさき。赤き。刈安染。青きもよし。」（一本一二段）

と、清少納言が薄様（鳥の子紙のうすく漉《す》いたもの）の紙の、このみの色をあげている。紙の色彩だけを一章段として記しているのは、それだけ重要視されている証拠で、当時の人たちの紙の色への関心の深さをうかがわせる。

平安の文学作品に描かれている紙の色の種類は、

赤　赤紫　＊葵《あおい》　青　青摺《ずり》　＊卯花《うのはな》　＊梅　香《こう》　刈安染《かりやすぞめ》　黄　＊胡桃《くるみ》色　紅《くれない》　黒　＊紅梅《こうばい》　＊
氷《こおり》　白　蘇芳《すおう》　＊青苔《せいたい》　空《そら》色　＊菖蒲《しょうぶ》　鈍《にび》　＊萩　花色《はないろ》　＊縹《はなだ》　檜皮《ひわだ》　＊松　緑　紫　＊紅葉《もみじ》
＊柳《やなぎ》

など、＊印の襲《かさね》（重）（表の紙と裏の紙の色が重なって生じる複雑な色合の名称）も含めて三十種に及んでいる。当時は紙も布同様にこのように染められたのである。

平安は〝色彩の黄金時代〟といわれている。巨額の富を擁した貴族たちが、高価なすぐれた染料・顔料を多く集め、さらに染色技術も高度な発達をとげた上に、前にもふれた貴族たちの素晴らしい感覚、感性、美への意識などを基盤にして、世界的にも比類のない優麗な色彩文化が生まれたのである。

布地はもとより、紙も＊印のような、例えば春は紅梅、夏は卯花、秋は萩、冬は氷など、季節季節の、主として植物の――時には他の風物もあるが――美しい色どりをまねた染紙がつくられたのであって、その名称には、多く、まねた植物の名がそのまま付けられている。

当時の人たちは、自然の推移に敏感に応じ、四季折々に美しく咲き、萌え、色づく植物の花・葉の色どりと同じような、染色（二種以上の混《まぜ》染もある）、織《おり》色（経糸の色と緯糸の色を織った色）、襲《かさね》の色（表の布の色と裏の布の色とをかさねた色合）をつくり、主に、それを衣服に仕立てて、それぞれの季節にあわせて着用した。とくに、これを十二単衣《ひとえ》どころではなく、多い時には二十枚も着重ねたという。

「衣の褄重りて打出したるは、色〳〵の錦を枕冊子に作りてうち置きたらんやうなり。重りたる程一尺余ばかり見えたり。……この女房のなりどもは、**柳・桜・山吹・紅梅・萌黄**の五色をとりかはしつゝ、一人（に）三色づゝを着させ給へるなりけり。……多く着たるは十八廿にてぞありける」（巻第二十四　わかばえ）

と、当時の『栄花《えいが》物語』（歴史的物語）に、皇大后宮の侍女たちの衣裳の様子が描かれ、春の季節の、柳・桜・山吹・紅梅・萌黄《もえぎ》の五種の襲《かさね》を十八枚も二十枚も重ね、褄《つま》の部分の色の重なりは、美しい色の料紙をたくさん重ねて綴《と》じた帳面の端の色どりを見るようだというのである。

『源氏物語』にも、

「**紅梅**にやあらん、濃き薄き、さま〴〵に、あまた重なりたるけぢめ、花やかに、草子のつまのやうに見えて」（若菜上）

のように、紅梅であろうか、その濃い色から薄い色へ次々に重なった衣の袖口や裾の色の変化が華麗で、それは幾枚もの色の紙を重ねた綴《とじ》本の切口のように見える、と光源氏の正夫人女三宮《おんなさんのみや》の服装を表現している。

このように、たくさん着重ねた褄や袖口のさまざまな色の美しさは、色の紙を厚く重ねた帳面などの切口を見るようだと譬えられていることによって、紙にもどれほど多くの色の種類があったかがわかるようである。

「延喜の帝の、古今和歌集を、唐の浅縹の紙をつぎて、おなじ色の濃きこもんの綺の表紙、おなじき玉の軸、緂のから組の紐など、なまめかしくて」（梅枝）

と、『源氏物語』に描かれている醍醐天皇のお書きになった巻物は、うすい縹《はなだ》色（ブルー）の料紙を次々に継《つ》いだもので、表紙は濃い同色の地模様のやはり縹色の錦、その軸も同色の玉《ぎょく》であるという。すべて同系統の配色で統一されている。これは、平安時代には、衣服でも、持物でも、調度でも、建物でも、というように、すべての物の色と色との関係が重視され、人々はその配色から生まれる情趣にこの上ない感動をおぼえていたようである。

当時、現代の郵便や電話、それ以上に日常欠かせないものが消息《しょうそこ(く)》（文通）であった。さまざまな美しい色の料紙に、墨を濃くうすく、ちらし書きなど、個性をうちこみ、趣向をこらして和歌や文《ふみ》を書き、これを庭園の、その折々の趣のある草木の枝を折って、それに付けて使者に相手の邸宅まで届けさせたのであった。『源氏物語』（野分）に、夕霧《ゆうぎり》（光源氏の子息）が紫色の料紙に和歌などを書き、それを野分《のわき》（台風）の後の庭の、そそけた萱《かや》に付けたのを見て、侍女たちは、「昔物語に出てくる恋文の名人だった交野《かたの》の少將は、文の紙の色に、付ける枝の色をそろえたものでございますのに」（野分）と申し上げたとある。

このことによっても料紙の色と結びつける草木は同色系統にするのが教養ある人々の慣習になっていたことがうかがえる。


「まづ、御文たてまつり給ふ。「……あなかしこや、く〳〵」と、点がちにて、……青き色紙ひとかさねに、いと草がちに、怒れる手の、そのすぢとも見えず、たゞよひたる書きざま、「し」もじながに、わりなく故ばめり。くだりの程、端ざまに筋かひて、倒れぬべく見ゆるを、……撫子の花につけたり。」（常夏）

これは『源氏物語』に登場する近江君《おうみのきみ》という女性が、目上の方への消息に、青い紙を二枚重ねて書き、それを撫子《なでしこ》の花に付けてさし上げたという。彼女の筆蹟は、くり返しの点（〻）を多く使い、変体がなをやたらに書き、いかつい文字が誰の書風によるとも分らずあいまいで、「し」の字を長く引いて、いやに気どって由緒あり気である。行《ぎょう》の具合など、端の方に斜になり更に曲って、倒れそうに見える。その筆もいかにも下手でやたらに思わせぶりにしゃれていて悪趣味だ、と評している。紙の青と撫子の花の赤という、正反対の配色。つまり、まったくの異色の取りあわせというのは、その人物がいかに無教養であるかということを示すためのもので、近江君の人間像を暗示するために重要な役目もはたしているのである。

また、『源氏物語』には、

「宮の御かたに、御文たてまつれ給ふ。……白き紙に、中道を隔つるほどはなけれども心みだるゝ今朝のあは雪、梅につけ給へり。……白き御衣どもを着給ひて、花をまさぐり給ひつゝ、友待つ雪の　ほのかに残れる上に、うち散りそふ空を、ながめ給へり。」（若菜上）

と、光源氏が女三宮へ消息をする場面が描かれている。朝の雪をよんだ和歌を、雪の色と同じ白の料紙に書き、さらに同色の白梅の枝に消息を付けて使者に持たせてやるのである。源氏は白一色の着物を重ね、白梅の枝の残りを持ち、消え残る庭園の雪の上にさらに降り添う雪を眺めている、という。消息はもとより、人物も自然もすべてが同じ白一色の世界を現出させている。

文にはその折の風物をしたため、それにあわせて紙も枝も同色を選ぶという、隅から隅までゆき届いた配慮がなされ、自身の服色までもあわせているとさえ考えられる。これは、光源氏がいかに理想的な人物であったかを暗示するためのものでもあろう。彼は、筆も、女手《おんなで》でも、草《そう》でも、見る者が感涙を流し、見あきることもない、というほどの素晴らしい名手であるという（梅枝）。

書は、書体によって紙質を選び、その内容にあわせて色も選択すべきで、巻物であればその表紙も軸も同色系統でそろえる。消息であれば、その季節の風物をよんだ和歌などにあわせてその色の料紙に書き、さらにその風物と同じか、紙の色と同じ色の草木の枝に付けて相手に贈った。

時には、文の内容の風物の色どりと同じ色の衣服を着用し、相手方の使者へのお礼にも同色の服をかずけることもあった。

書は、ただ単なる書にとどまらず、こうした、きわめて微妙な色彩との関連により、平安ならではの、優雅華麗な美の極致を創造する役割をも果たしているのである。

平安のかなと平安の色彩との渾然と融合した書の芸術は、史上類を見ない素晴らしい国風文化が生み出したもので、いつの世代にも私たちは、この時代に源泉を求め、これを典型として学ぶべきであろうと考えるのである。

光源氏の衣装——王朝の服色を背景に

元日に、テレビの「華麗なる王朝絵巻」を見た方も多かったことであろう。お正月の番組としてこれが組まれたことに、私は意義を感じたのであった。優雅に展開される王朝絵巻のきらびやかな色彩の饗宴に、私は感動した。これは、日本人誰もが抱いている日本の伝統への郷愁、その美への憧憬がそうさせたのであったろう。王朝の色彩世界こそ、日本的美の象徴とも言うべきものであろう、と私は私なりにひそかに思ったのであった。

『源氏物語』の生まれた王朝時代は、前代の外来文化が醇化され、日本文化の花が絢爛と咲き誇った時代であり、宮廷の人々や貴族達は、四季の花々の色美しく咲き匂う庭園の豪奢な邸宅に、様々の色合の華麗な衣装を身にまとい、妍《けん》をきそって生きていたようである。

こうしたことは『源氏物語』をはじめ、多くの物語や女流日記などに、つぶさに描かれており、私達に限りない典雅優麗な夢を抱かせてくれる。

はじめに、これらの作品をとおして、そこに描写されている当時の色彩、特に服色についてのべてみたい。『枕草子』に、

「汗衫《かざみ》は　春は**躑躅《つつじ》**。**桜**。夏は**青朽葉《あをくちば》**。**朽葉**。」（一本　九段）

とある。これは一例にすぎないが、物語などには、紅梅、柳、山吹、菖蒲、若苗、撫子、菊、紅葉、椿、枯野など、一見、植物かと思われる名称が多く見える。これらは、いずれも王朝になって一度に一三〇余種も作品の中に見られるようになったもので、いわば、王朝を代表する独創的な色目の名称である。

例えば、「紅梅《こうばい》」は、植物の紅梅の色を真似た、表の布も裏の布も紅《くれない》色の襲《かさね》の色目。「山吹《やまぶき》」はその花の色と同じような経《たて》糸紅、緯《よこ》糸黄の織色の名称。「朽葉《くちば》」は朽ちた葉の色を模した黄味の多い茶の染色名であると言われている（諸説があり、どの色も決定的ではないが）。いずれも自然界の植物などに似かよった色彩を人工的に染《そ》め、織《お》り、襲《かさね》てつくり、それを同じ名で呼んでいるのである。

『枕草子』（二三段）に、一条天皇のお后《きさき》のおいでになるお部屋の廊下に、瓶《かめ》にさした桜が咲きこぼれている、そこへ兄君が「桜《さくら》」の直衣《のうし》を着てお出でになる。女官達も御簾《みす》の中で「桜」の唐衣《からぎぬ》を皆着用している。そうした場面が描かれているが、このように、桜の満開の季節には、それにあわせて「桜」の直衣や唐衣などを着るのであって、これと同様、紅梅が咲けば「紅梅《こうばい》」の、紅葉の頃には「紅葉《もみぢ》」の色目の衣装を着用する、というのが当時の上流社会の慣習であった。

大自然の、咲き乱れる花、萌え・色づき・朽ちる葉などの色合に応ずる同色の衣服を、季節々々、折々に着用しながら生活していたと言えるようである。

これらの衣装は、儀式や行事などの場合は、特に何枚もかさねたようで、ちょうど何種類もの色の沢山の紙を綴じて作った色見本《いろみほん》のように見える、とその重なりを形容している。

「衣の褄《つま》重りて打出したるは、色〳〵の錦を枕冊子に作りてうち置きたらんやうなり。……重りたる程一尺余ばかり見えたり。……袖口は丸み出でたる程、火桶ささやかならんを据ゑたらんと見えたり。……この女房のなりどもは、柳・桜・山吹・紅梅・萌黄《もえぎ》の五色をとりかはしつつ、一人に三色づつを着させ給へるなりけり。一人は一色を五つ、三色着たるは十五づつ、あるは六づつ七づつ、多く着たるは十八二十にてぞありける。」（巻第二十四　わかばえ）

これは『栄花物語』に描かれている、ある行事の一場面である。行事に列席している女官達が、「柳《やなぎ》」「桜」といった春の衣裳を十五枚、十八枚、二十枚とかさねて着ており、それらの褄の部分の重《かさな》りは、豪華な色々の錦で作った厚い帳面のようであり、袖口の部分は小さな丸火鉢を置いたように見える程厚くかさなっていると言うのである。

多くの女人《にょにん》達が十枚、二十枚と様々な色・色の衣裳をかさねながら居ならぶのであるから、さながら万花《ばんか》、千葉《せんよう》の彩《いろどり》の、目もあやな色彩の世界がそこには現出したことであろう。

こうした配色の世界は衣装のみに限らず、建物から、調度、持物、身につける物にも及び、例えば、『栄花物語』（巻第六　かがやく藤壺）などには、五月五日には、軒に菖蒲を隙間もない程葺き、部屋の中の女人達が身をかくす几帳《きちょう》も「菖蒲《しやうぶ》」の色目の布を垂らし、侍女達は「菖蒲」や「楝《あふち》」の色目の唐衣や表着《うわぎ》を着る、と記されている。

つまり、五月五日の菖蒲の節句にあわせて、菖蒲の色にちなんだ色目の調度や衣裳が選ばれているのであり、さらに楝は、紫色の花が、必ず五月五日に咲くと言われるので、その花にちなんだ「楝」の色目の衣裳もこの日着用されているのである。

また、特に、男女の中の思いを通わせる消息はもとより、用事を伝える手紙の類は、例えば、紅梅を詠んだ和歌を、「紅梅色」の薄様《うすよう》などの美しい料紙に書き、庭前の紅梅の枝を折って、それに手紙を付けて使者に持たせてやる。相手の方では、その使者に「紅梅」の衣類などをお礼に持たせる、といった具合なのである。

このように、当時は、様々の美しい花々や葉を模《も》した色の衣裳を幾重ともなく重ねて、目もあやな美を競《きそ》ったばかりでなく、調度や文《ふみ》を書く料紙の類に至るまで、相互の配色に心をくばったのであって、色・色の絢爛とした美の世界の中に貴人達は息づいていたと言えるようである。

王朝はこうした色彩に贅《ぜい》をつくした色見本のような世界であり、我々はその華麗さに幻惑される、というのがこの時代への通念のようである。しかし、こうした世界の中に、これらと異なった、と言うか、超えたというか、そうした美で私を捉える一場面がある。

「宮の御かたに、御文たてまつれ給ふ。……白き紙に、中道を隔つるほどはなけれども心みだるる今朝のあは雪　梅につけ給へり……白き御衣どもを着給ひて、花をまさぐり給ひつつ、友待つ雪の、ほのかに残れる上に、うち散りそふ空を、ながめ給へり。……夢にも、かかる、人の親にて、おもき位と見え給はず、わかうなまめかしき御さまなり。」（若菜上）

これは、『源氏物語』に描かれている、光源氏を中心にした一場面である。

淡雪の降り敷《し》いた庭に、まだちらちらと空から雪が散りそってくる。さかりの白梅は馥郁とした匂をただよわせて咲きほこっている。そこには、光源氏が、「白襲《しらかさね》」であろうか、白いお召物を着て、白い料紙に書いた手紙をその白梅の技に付けて、女三宮《おんなさんのみや》のもとへ使者に持たせておやりになる。そして、残った白梅を手に持ち、雪の白く散り添う空をながめていらっしゃる、というのである。

その文《ふみ》の内容は、雪を中心に自分の思いをよせて詠じたものであった。女三宮という皇女を妻とし、位も準太上天皇という、天皇の御位を下りた方に準ずる尊号を受け、夕霧という中納言や、明石姫君という皇太子妃の親であり、四十の賀をすませた、いわば光源氏にとっては、最も登りつめた重々《おもおも》しい、人間として完成した年代の姿である。

それが、大自然の雪の白さ、庭前の梅花の白、文《ふみ》の料紙の白、その文付枝《ふみつけえだ》の梅の花の白、また、光源氏の手に持つ梅花の白、そうした白一色の中に「**白**」の衣装を身にまとった姿で描かれているのである。いわば、白色のみの世界がこの一局面に凝集されている。

ちなみに、光源氏はこの後、最愛の妻である紫の上の死による喪の、「**墨染**《すみぞめ》」の衣で描かれるだけで終るのであって、つまり、この場面が平時の光源氏の、服色によって描かれた最後の場面であり、言いかえれば、彼のための衣装の行きついた頂点であったかもしれない。

作者紫式部は、この光源氏の姿を、いかにも若々しく優艶な御様子であると讃美している。

川端康成が、これ程の作品は今後も絶対に出ないであろうといった、王朝文化の匂を結集したロンの最高傑作『源氏物語』、その不世出の文芸の、天才的作家紫式部の磨き上げられた感性によってつくり上げられた絶世の美男光源氏の、四十という人間として最も円熟した年代、準太上天皇という最も高貴な身分の姿が、ただ白一色の服装によって描き出されているのである。

そして、これはただ単に白である、というのではない。当時の、百花繚乱の色彩の世界の中での白一色なのである。つまり、この白色は、複雑多様な配色を構成している様々な色の、すべてを捨象した上での単一の色であり、すべての色彩を超えた上での極限の色である。様々な色・色を捨てて捨てて最後に到達した究極の色が、最も単純な一色の、そして色彩とも言えない、無彩色の「**白**」であった。

当時の常套的な色合の世界をふみこえ離脱して紫式部が到達し発見したのが、すべての物が一色に凝集された「白」の世界であった。

色彩の氾濫している現代、そして、色と色とのかかわりが忘れられているような今、私達は、王朝の、あの色見本のような多種多様の色彩の中から、つきつめて、つきつめて、最もシンプルな、無彩色の白一色を捉えた紫式部の美への意識を指針として考えてみるべきではないか。もう一度、この美の極致として描き出されている光源氏の「白」一色の衣装の姿を原点として、私達はここに立ちかえってみるべきではあるまいか、とひそかに思うのである。

『源氏物語』の色

――『枕草子』にもふれて

平安時代と多彩な色の誕生

『源氏物語』の生まれた平安の時代は、文学の歴史の上では、桓武天皇が平安に遷都されて以降、後鳥羽天皇に至るまでを申しますが、この間にみられる、物語や日記、随筆などの文学作品は三十以上にものぼります。

平安は、日本のさまざまな文化が花開いた時代といわれ、これらの作品をとおして、その一つとして、染色関係に意がそそがれ、日本的な多彩な色が誕生した時代、ということができるのではないかと思われます。と申しますのも、公的《こうてき》にも、中務省《なかつかさしょう》、という役所の中に、縫殿寮《ぬいどののつかさ》があり、また、大蔵省の中に織部司《おりべのつかさ》があります。それから、その中務省の中の内蔵寮《くらのつかさ》には、染作所があり、それに染《せん》戸《こ》が属し、専門の染手が配属されていて、多いときには数百人もいたとか申します。官庁で染物、織物、縫物等を扱っていたことをみましても、非常に重視されていたことがうかがえます。

また、醍醐天皇の勅命で『延喜式』(平安中期の律令の細則。五〇巻)が編纂されますが、これには禁中の年中行事をはじめ、さまざまな非常に詳細な公的なことが記載されております。その中に、今申しました縫殿寮に関する記事(巻十四)がありまして、さらに布類を染める、それに必要な用度品が非常に詳しく記述されている「雑染用度」、という項目があります。

平安時代は、上代からの位色(正式の服の袍の色)に関する規制がきびしく行なわれるようになり、天皇が黄櫨《こうろ》、皇太子が黄丹《おうだん》というように着衣の色も決定されておりましたので、規定通りの一定の色にするためもあったと思いますが、公的な色、位に関する服色等は、その染料、生地、それから染めるのに必要な媒染剤、さらに顕色剤など、また染料は多く煮て染めますので、燃料としての薪、これらいずれの物についても、数量が詳細に記録されております。常に規定の色が染められるように、「雑染用度」という項目をつくり、公的にすべてを記録したものと考えられます。このことからも服色が非常に重要視されたことが知られます。

それから私的《してき》にも、上流の貴族や豪族などには、家庭内に染殿とか、縫殿とか、擣殿《うち》などが設《もう》けられていたようです。

『源氏物語』より前の時代の作品ですが、『宇津保物語《うつほ》』（吹上（上））を見ますと、身分は低いのですが大富豪で、娘をお妃に差し上げてあるといった或る豪族の邸宅には、織物のところ、染殿、それから擣物のところ（これは衣《きぬ》を槌で打って、艶を出したりするところ）、張物のところ、縫物のところ、糸のところなど、それぞれ専門の所があり、それに専属の女房、侍女たちが二〇人とか一〇人とか、五〇人とか、非常に多くいて、織ったり、染めたり、打ったり、張ったり、縫ったり、糸をつくったりしております。

とくに染殿では、「大きなる鼎《かなえ》立てて染草いろいろに煮る」とあり、それをそれぞれの人が盥《たらい》に分けて、「手ごとに物ども染めたり」とあります。次にそれを水槽で「染め草洗へり」と、染めたものを水で洗うことが記され、張物のところなどは、垣をめぐらしてない大きな所で乾燥させるのでしょう。いろいろのものを張っている、とあります。この例からもわかりますように、自邸でも専門の人たちに、盛んに染物などをさせていたようです。

それから、『源氏物語』「野分巻」に、花散里は、染物が上手だ、とありますし、清少納言も、自分で、絞り染めなどをしたとき、でき上がったのを、早く見たいと、『枕草子』（一五九段）に書いております。宮仕えをしていても、ちょっと実家に帰ったときなど、染物をして楽しんだのではないかと想像されます。『蜻蛉日記　下』の作者も、夫が、自分が染めた、はなやかな桜襲《さくらかさね》を着たということを記しています。

このように、各家庭でも盛んに染め物をいたしました。当時は私的にも公的にも、こうしたことが盛んだったようです。

平安時代は、染料になる植物の、紅《くれない》であるとか、藍《あい》であるとか、それから紫《むらさき》などを税金の一部として官庁に納めているようです。これは宮廷をはじめ、公的な場で、これらを染色の材料として使うのに必要だったためと思われます。

次に申し上げたいのは、上代は、大体一種類の植物染料を使って、染める単一染が主でありましたが、平安になりますと二、三種類の染料を使ったいわゆる混《まぜ》（交）染《ぞめ》が行なわれるようになります。また、経《たて》の糸と緯《よこ》の糸の違った色を織る、いわゆる織色《おりいろ》も工夫されてまいります。

それからとくに盛んなのが襲《かさね》の色。これは平安時代に生まれた色合と言ってよいようで、表の布と裏の布と、それぞれ異なった色を、重ね合わせた色合いを申します。また、上着と下着とを重ねた場合の配色や、何枚もの衣装を着重ね、そして全体の総合的な色も襲の色といったように思われます。

平安時代は、混（交）染、織色、それから襲の色などが生れ、さらにそれらを重ねますので、複合的な色調になることは申し上げるまでもありません。これは衣服に限らず、几帳の帷《とばり》とか、それから敷物などさまざまな調度などにも使われました。とくに、文《ふみ》を書く料紙などは種々の色に染めたものが多かったようです。

ただこれらはみな、貴族社会でのお話で、物語や随筆などの作品に描かれている上流の人たちの生活環境でのことであり、例えば、『今昔物語集』にみられる庶民の生活などには、色は、ほとんど描かれていない、ということを申しそえておきます。

王朝の色の特徴の一つは、その季節々々の植物の彩《いろどり》をまねて、染めたり織ったり襲にしたりした、その人工の色に、まねた草木の名前をそのままとって色の名称としていることです。例えば、卯花《うのはな》、杜若《かきつばた》、楓《かえで》、落栗、枯野、などがその一例であります。

また、一方、染料とした植物の名称をそのまま色の名としているのは、例えば、茜《あかね》、藍《あい》、刈安《かりやす》、黄《き》蘗《はだ》、支子《くちなし》、紅《くれない》、蘇芳《すおう》、櫨《はじ》、紫などがそれで、これは上代から平安時代に伝統的に伝わり、一層さかんになってきております。

しかし、赤朽葉《あかくちば》とか青朽葉《あおくちば》とか、そういう色の名称は、例えば、赤朽葉で染めた色ではなくて、朽葉が落ちて、ちょっと赤みを帯びた色、それが、秋を思わせて、すばらしいと感じて、そのいろどりをまねて染料などを種々工夫して合わせてつくった色のようであります。そして色をまねた赤朽葉をそのまま色の名称としてつけております。

このように染料とした植物の名をそのままつけた色の名、それに、色彩をまねた植物名をつけた色の名称、どちらにいたしましても、植物の名を名称とした色が非常に多くみられます。

中に、氷襲《こおりがさね》とか空色などがございますが、氷襲は白光の氷をまねたものと思いますが、表の布が白瑩《みがき》、これは、絹などを磨いてつくった艶《つや》のある布、裏の布は白の無紋《むもん》、それを重ねたのが氷襲。これは氷の張ったころに着用するということです。空色は晴れた空の薄いブルーに似せた色、多分藍の薄染めかと思います。こうした自然の美しさをまねた色もあります。

色の材料としては、こうした植物の染料ばかりでなく、朱とか丹とか紺青《こんじょう》、緑青《ろくしょう》といった、いわゆる顔料もあるわけですが、平安時代はこれらを使った衣装の色などはありませんので、文学作品には、物品の色などとして僅かにみられるにすぎません。

とくにこの時代は、というか、平安になってから以降の時代を含めて、衣服は季節々々の風物のいろどりをまねた色合を着るということが、不文律のようになっておりました。ですから、四季に、折々に、それから、月々に、日々に、時々に、というように、自然の色合に準じて衣装の色も変わっていったと言えますし、同時に、調度や文《ふみ》の手紙の色なども一緒にそれに合わせていったといってよいようです。

一つの例ですが、『栄花物語』によりますと、五月五日のこと、紫式部がお仕えしていた彰子《しようし》中宮の御殿で、多分藤壺の御殿だったと思いますけれども、その屋根に菖蒲を葺《ふ》き、それから、菖蒲を輿《こし》に乗せて、彰子のいらっしゃるお部屋に運び、そして「菖蒲《しやうぶ》の三重の御木丁《みきちやう》共薄物にて立て渡されたるに」（巻第六　かがやく藤壺）とあり、几帳《きちょう》も菖蒲重ねの色の帷《とばり》を掛けて、ずっと立てならべてある。それから女房たちの衣裳の色合も菖蒲や楝《あふち》襲の表《うわ》着、唐衣などを着用していると、その有様が描かれています。また、楝は「楝の花いとをかし。……かならず五月五日にあふもをかし」と清少納言が『枕草子』（三七段）の中で言っており、五月五日に必ず咲くという、そういう紫色の花だそうです。楝や菖蒲の色合の衣裳、それから几帳も菖蒲、というように何もかも五月五日という日に、その色合をそろえてあわせているといってよい。軒には本当の菖蒲の草がすき間もない程葺《ふ》かれている、というような自然（菖蒲草）と人工（菖蒲がさねの衣服）との色合を、五月五日という折にあわせて一体にさせる、そのことに無上の情趣美を感じとっていたように思われます。「をかしう折知りたるやうに見ゆるに、……」と、讃美しています。

このように、平安時代は色の種類も非常に多くなりましたし、衣装はもとよりですが、料紙、また、調度、道具などの類までも季節というか、時々に、ぜいたくな色調を合わせるようになります。

平安時代は、とくに色によせる情感とか美意識などをあらわす言葉が多くみられるようになります。

上代では「きよし」とか「さやけし」、「照る」、「光る」、「匂ふ」など、僅かでしたけれども、平安時代になりますと、急速に用語がふえてまいります。色の美をあらわす用語だけでも四〇種近くにも及びます。例えば「うつくし」「けだかし」「なまめかし」「はなやか」等々。

平安時代は、一つ一つのもののあり方を、美醜の観点から捉える、ということさえ言えるかもしれません。現代は、ただ、「すごーい」「すごーい」と言っているだけで。日本の言葉も伝統的なものが衰えて貧しくなり、消滅してしまうのではないかというように感じられてなりません。

『源氏物語』と衣装の色合

『源氏物語』の中に見られる色は大体八〇種くらいありますが、紫式部は、それらの色で何を形容しているかと申しますと、その約八〇％が衣服でございます。で、当時衣服は、女性は、袿《うちぎ》、小袿《こうちぎ》、細長《ほそなが》、唐衣《からぎぬ》など、男の人は直衣《なおし》とか下襲《したがさね》などで、どれも大体形が決まっておりますので、衣装は色が主体になるといってもよろしいかと思います。生地などもあまり種類がございませんようで、大体絹のものが主と思われますので、結局、衣装はその色合が中心になるのではないかと考えられます。

紫式部は『源氏物語』に多くの人物を登場させております。それぞれの人物を表現するのに、紫式部は、「末摘花巻」に、「着たまへるものどもをさへ、いひたつるも、物いひさがなきやうなれど、むかし物語にも、人の御装束をこそは、まづいひためれ。」と述べております。つまり、着物のことをあれこれ口うるさく言うのも何だけれど、やはり昔の物語でも、その人物をあらわすときには、まず第一に衣裳のことを述べているようです、といっております。

そういう趣旨もあってか、「着たまへるものども」といわれる衣服が、色の八〇種の中の八〇％を占めるほど描かれております。

それでは、今申し上げた衣裳の色を式部はどう取り上げているか、二、三、例を挙げてお話し申し上げましょう。

これは、ほかの諸作品（大体三五種類ほど）を眺めてまいりましたけれども、『源氏物語』は非常に『源氏物語』的な衣装の色の扱いをしているのが多いように考えられます。

「玉鬘巻」に、主人公でありますた光源氏が、自分の最も身近な人たちに、お正月の晴れ着をそれぞれに手紙を添えて贈る、という場面が詳しく描かれておりますが、これが端的な一例と言えるような気がいたします。

光源氏と最愛の妻でありますす紫の上とが、お正月の衣裳を、源氏と最もかかわりのある女の方たちに贈る。その相手の方々は紫の上はもちろんですが、花散里、明石の上、それから明石の上と光源氏との間に生まれました明石の姫君（後に東宮と結婚し、それからたくさん男のお子さんを生んで、そして中宮になられる方）のまだ、七歳ぐらいの幼ないとき、その明石の姫君にも贈っている。それから空蟬、これは夫の伊予介が亡くなりましてから引き取って、もう尼さんになっておりますので、精神的なお世話だけだと思いますが、空蟬にも贈っています。また末摘花。これは後でお話し申し上げます。それに玉鬘。これは、頭中将という光源氏の親友で、光源氏の正妻でありました葵の上の兄に当たる方と、夕顔という、非常にはかなくて、物《もの》の怪《け》で亡くなってしまう、その夕顔との間に生まれた玉鬘という方、後に、光源氏が引き取ってお世話をなさる。

今申し上げました方たちに光源氏が、暮《くれ》に、お正月用の晴着を贈る。それで、光源氏と紫の上の部屋に、自邸の打殿や御櫛笥《みくしげ》殿で、砧《きぬた》で打ったり、織ったり、染めたり、縫い上げたりした、非常にすばらしい衣裳の数々がはこびこまれ、二人の前にならべられる。それを、光源氏が自分に非常に深い関係のある女の方々それぞれに贈る。

この場面で、衣裳の色というものをどのように描こうとしたか、作者の意図が暗示されていると言ってもよいように思われます。

紫の上は、いろいろの衣装を見て、「いづれも、劣り勝るけぢめも見えぬ物どもなめるを。着給はん人の御かたちに、思ひよそへつつ、たてまつれ給へかし。着たる物の、人ざまに似ぬは、ひがくしうもありかし。」と源氏に言っております。どのお衣裳もすばらしくて、どれがいいとか悪いとか言えませんけれども、ぜひ、それをお召しになる人の容貌に合わせながらおあげになってください、着たものが人柄に合わないのは大変見苦しいことですから、と光源氏に話します。

すると、光源氏は、紫の上の心底を見抜いていて、「つれなくて、人のかたち推しはからんの御心なめりな。」、あなたは何にも知らないふりをしていて、衣裳をとおして、それとなく贈られる人の、姿や形、そういうようなものを推しはかろうとするおつもりなのですね、と言う。

ここで色を主体とする衣服がどのように人物造形に使われるのか、というようなことがはっきり推量できるように思います。

「おなじ日、みな着給ふべく、御消息聞こえめぐらし給ふ。げに、似げついたる見んの御心なりけり。」と、源氏は、お正月の何日というように決めて、その同じ日に、皆がこの贈った衣裳を着ているところを、それぞれ訪問して、「似げついたる」、どれほどその人柄に似合っているか、それを見ようという心づもりなのである、と述べております。

前にも申し上げたとおり、衣服は形や生地は大体決まっておりますので、結局は服色が焦点になると言ってよいかと思います。

光源氏が、まず紫の上に、「いづれをかはとおぼす」、あなたは、どれを御自分に、と思いますか、というように、紫の上に、一番最初に一番よいものを選ばせようという気もあったかと思いますけれども、そうたずねます。すると、紫の上は、「それも、鏡にては、いかでか。」私が選ぶとおっしゃっても、鏡に映る形を見たのではどうして決められましょうか。どうかあなたが選んでください、とはずかしそうに言う。これは、夫が自分に対してどういう衣裳を選ぶだろうか。それによって夫が自分をどう見ているか、ということを推しはかろうとしたのだろうと思います。

それで紫の上には、「紅梅の、いと、いたく文浮きたるに、葡萄染の御小袿、今様色のすぐれたるは、この御料。」とあり、光源氏が選んだのを見ますと、紅梅《こうばい》というのは、いわゆる初春の紅梅の花の色をまねた少し紫味の紅の色合で、それが「いと、いたく紋浮きたる」ですから、大そう模様が浮いたように見える浮き紋の織物の表着。それに「葡萄染の御小袿」、葡萄染《えびぞめ》は、葡萄（えび）でブドウのような色で、ちょっと赤みを帯びた紫色。今様色《いまよういろ》は、『源氏物語』と、たしか『宇津保物語』『栄花物語』に見えており、いろいろな説がありますが、今風の色というような、現代風な色、伝統的というよりは、この時代に新しく生まれた色と考えてもよいのでは、と思います。これは大体、紅花で染めました紅の薄いピンクのような色を指すように言われております。これらが紫の上の衣裳。

次からは、一人一人言っておりますと時間がかかりますので、紫の上が非常に気をもんでいる人だけをちょっと御紹介しておきます。

玉鬘という、頭中将と夕顔との娘ですが、光源氏が非常に愛したけれど、すぐ亡くなってしまった夕顔の形見ですので、その玉鬘に愛情を注ぎ、養女のようにして源氏の手元に引き取っております。ですからとくに紫の上にとっては玉鬘に対する夫の態度や気持が非常に気がかりです。その玉鬘へどのようなのを贈るかと見ておりますと、「くもりなく赤き、山吹の花の細長」で、「くもりなく赤き」といって、濁ったり暗かったりするのではなくて、非常に鮮明な赤い色。それが表着。それから「山吹の花の細長」というのは、山吹は、山吹の花の色をまねた濃い黄色のやや赤味をおびた色で、当時は非常に目立つ色と感じられておりました。その細長。これらを見ますと、上に輝くような黄色の細長。表着の下に鮮明な赤。といった鮮やかな、華やかな対照的な色の衣装を、源氏は玉鬘に選びます。

それから明石の上、明石入道の娘で、身分は低いのですけれども、二人の間に明石の姫君が生まれております。紫の上には、お子さんがないものですから、明石の上に対しては、非常に関心が深く、気がかりなようです。源氏は明石の上を、明石にある実家から連れてきて、今は六条院の御殿に住まわせております。で、明石の上にはどのようなのが選ばれたか、「梅の折枝、蝶、鳥、飛びちがひ、唐めきたる白き浮文に、濃きが、つややかなる具して、」とあり、白地ですけれども、梅の折枝の模様に、蝶だの鳥だのが飛び交っている、その模様が浮き織になっている唐風の白い表着、「濃きが」これは紫か紅か、どちらかはっきりわかりませんが、多くは紫ではないかといわれておりますので、紫といたしますと、その光沢のある下襲。源氏は、明石の上には、白と、それから艶のある紫という、非常に気高い上品な美しさの感じられる服色を選びます。

この他、花散里、空蝉、末摘花、明石の姫君など、いろいろな方々に、それぞれ選んだ色合の衣装を贈ります。

「初音巻」に詳しくのべられておりますように、お正月になりますと、源氏は、玉鬘のところへ年始にいらっしゃる。「山吹にもてはやし給へる御かたちなど、いと花やかに、「ここぞ曇れる」と見ゆるところなく、隈《くま》なく匂ひきらきらしく、見まほしきさまぞし給へる」という、贈った衣裳を着飾った容姿。それは隅から隅まで陰気だと思われるところがなくて、非常に花やいで、華麗で、いつまでも見ていたいと思われる様子だった。

衣裳の色の、「くもりなく赤き」がそのまま玉鬘の「ここぞ曇れる」と見ゆるところなくにぴったり合っている。そして赤い色と山吹の黄、その配色が、玉鬘の非常に華やかで、どこもかしこも映発するように美しい、というのに一体になっている、と言ってよいように思われます。

これは後に、「野分巻」に、源氏の息子の夕霧が、台風の後に、野分見舞のため、源氏がお世話をしている女の方々の所をたずねます。玉鬘のお部屋に行って、ちらっとかいま見ますと、「八重山吹の咲きみだれたるさかりに、露のかかれる夕映ぞ、ふと、思ひいでらるゝ」というような印象の方だったとあります。八重咲きの山吹の花が咲き乱れ、それに夕暮の赤光《しゃくこう》が差していて、その花の上に露が置いている。ちょうどそのような方だと夕霧が感じたとあります。

源氏は、次に、明石の上を訪ねますと、住まい全体が、お香のかおりなどが風に吹き匂わされていて、いかにも気高く感じられる。そして、明石の上の様子は「しろきにけざやかなる髪のかかりの、すこし、さばらかなるほどに薄らぎにけるも、いとどなまめかしさ添ひて、」と、描かれております。非常に高雅な感じのする部屋に、贈った白い衣裳、それに黒髪のかかり具合が少しばらりとしている程度にうすくなっているのも、「なまめかしさ添ひて、懐しければ、」と、優艶な美しさが加わってなつかしい、と評しております。

それで、衣裳の色目の、「おもひやりけだかきを」というのと、明石の上の白の衣裳に黒髪、下に着た濃い艶のある紫、それらがぴったり一致している。

明石の上は多くいろいろの場面で描写されておりますけれども、身分は低いといいながら、非常に利口な方で、心構えも態度も心の奥底が深いと思われるような様子で行き届いている。それで気高くて、何となく全体の様子が優雅で、そして、決して出すぎずにつつましくしている。結局、源氏との間に姫君も生まれておりますので、心の中は、だれにも負けないという気持ちはあったかと思います。非常に気位の高い人と思われますが、表面は、いかにもつつましく、一歩下がったような態度の方で、このような明石の上のために源氏が選んだ晴れ着の色合はぴったり、と思われます。

それから紫の上自身には、前に申し上げましたとおりの色合のものを源氏が選んでおあげになった。『源氏物語』の中で、紫の上の衣裳の色合が描かれているのは、あまり多くなくて、六例ほどしかございません。
それを見ますと、始めは「若紫巻」に、童女の頃の白と山吹、その後はおばあさまが亡くなったので、喪服の鈍色《にび》、グレーとも言える色を着ております。「若菜　下の巻」の女楽《おんながく》の場では葡萄染《えびぞめ》、それから薄い蘇芳《すほう》の細長を着ている。これらは葡萄染も、蘇芳も、季節と関係なく着られる服色です。それから白ももちろんです。「**紅・紫・山吹**の、地のかぎり織れる御小袿」という衣装が「紅葉賀巻」に描かれておりますけれども、このうち、紅も紫もべつに季節は選ばない。全例をみますと、紫の上は、季節を選ばない服色と、それから紅梅、これは十二月の終ぐらいから一月、二月に着る、いわゆる早春にふさわしい色合。それから山吹と桜の服色で描かれております。山吹もそれが咲く春の季節に着用する服色。それから桜はもとより桜の咲く春に着用する色合です。

それで、紫の上は、いつでも着られる色合、あとは、全部春の季節の服色だけで描かれているといってよいように思われます。さらに、紫の上に仕えている童《わらわ》、これは、主人である紫の上の意向でどのような服の色にもなるわけですけれども、童が出てくる場面では、いつの季節でも着られる色と、桜、山吹の服色、つまり春のものだけで、夏、秋、冬の季節の衣服の色合は着ておりません。

紫の上は、六条院の中の辰巳《たつみ》の区画に源氏と一緒に住んでおりますが、そこは、紫の上の好みで、春にふさわしい草木が多く植えられた庭園が趣深く造られております。作中で、紫の上を春のおとど、それから春の御前《おまえ》、春の上、などとよび、この庭園を「名だたる春の御前」、有名な紫の上の庭園と呼んでいる、とあります。

またお香のことですが、香合《こうあわせ》のときなども、それぞれの人たちが、いろいろ自分で練ってつくり、それで聞香というのでしょうか、みんなで、お香を聞く遊びがあります。「梅枝巻」によりますと、紫の上の自作のお香は梅花《ばいか》という、梅の花という春のものです。

後に、「御法巻」によりますと、紫の上は、亡くなる直前に、源氏の孫ですが、最も愛している明石中宮の皇子の匂宮に、何を頼んだかといいますと、自分の今住んでいるこの二条院の、紅梅と桜をよろしくね。それで「花の折〳〵に、心とゞめて、もてあそび給へ。さるべからむ折は、仏にも奉り給へ。」と、最愛の孫に、自分が非常に大切にしている紅梅、桜、それを大事にして、そして折があったら仏になった私にも手向けてください、というように言い置いております。「幻巻」によりますと、後に遺言どおり、匂宮は紅梅を非常に大切に見守ります。桜も、何とかして散らしたくないから、木のまわりに几帳を立てて、帷《とばり》をあげなければ風も吹きよらないだろうなどと、かわいらしいことを言う場面も出てまいります。

光源氏は紫の上に先立たれた後は、もう本当に衰えるばかりですけれども、春の季節の山吹とか、梅の木々のあたりをそぞろ歩きして、紫の上を思い起こす。遺《のこ》された人たちをとおしても、非常に紫の上は春と深いかかわりがあることがうかがえます。

これはまだ〳〵生前の紫の上のことですが、「野分巻」に、前にも申しましたように、夕霧が台風の後、被害があったかどうか、建物や室々を見まわっている場面が描かれております。その時のことですが、紫の上の室も風の吹き荒れた後なので、室内も屏風がたたんであったり、また妻戸があいていたりして、その隙間から室の中まで見とおせて、夕霧に紫の上の姿がちらっと見えました。その様子を「気高く、清らに、さと匂ふ心ちして、春のあけぼのの霞の間より、おもしろきかば桜の咲きみだれたるを見る心地す。」と描いております。紫の上の美しさは夕霧にとって、春の明け方の霞の間から樺桜が咲き乱れているのを見るような気がした、桜に例えても言いきれないほどすぐれた、またとないような珍しいほどのすばらしい方と思った、と言うのであり、この場合も春の桜にたとえられております。

また、女楽《おんながく》という、女の人たちが集まって音楽の演奏をする場面でも、「若菜　下の巻」によりますと、紫の上は、桜にたとえられ、明石の上は花橘に、明石女御は、藤に、女三の宮は、柳にたとえられております。

このように紫の上は六条院の春の御殿に住んで、春の御前《おまえ》とか、春の上とか呼ばれ、その容姿は、いつの季節でも着られる色合、それに山吹と桜、そして源氏の選んだ紅梅というように、いずれも春の季の衣装を着用して描かれております。そして、死後のことまで、庭園の桜や、紅梅を孫に頼んだように、紫の上の全体像が、春の象徴とでも言えるような気がいたします。

このようにみてきますと、『源氏物語』では、人物の容貌から人柄から行動から、すべてを象徴するためのものとして衣装の色が注意深く選ばれているように推測されます。

さらに「着なし給へる人からなるべし」（「初音巻」）のように、それは、服色も着用する人柄によっていろいろになる。すばらしい色合でもその人柄が悪いと美しく見えないし、着る方がすぐれていると美しくみえる、というような意の、非常に象徴的に、個々の人物の服色を描いていると言えるようで、このような作者の作品造型の意図が、他の諸作品とちがう『源氏物語』の一つの特徴ではないか、これこそ『源氏物語』のすばらしさの一面であろうとひそかに思っております。

王朝の代表的な色——紫と紅

平安時代には衣服の色で何が代表的であったかと申しますと、紫と、紅ではないかと思います。上代の法令をみますと、親王、諸王、諸臣、などで高位の人の正式の袍の色は紫です。上代の養老令（『律令』）に「凡服色　白。黄丹。紫。蘇芳。緋。紅。……」（衣服令　第十九　服色条）のように制定されていて、紫は、天皇、皇太子の服色に次いでの服色でありました。

このようなことから、伝統的に紫は身分の高い人たちの服色とされておりました。ただ平安時代になりますと、一条天皇中頃から、黒の服色になりましたけれども、これは、紫を濃く染めますと黒くなるといわれておりますことから、黒になったのではないかと推測されますが。ともかく尊貴な色とされ、だれもが自由に着ることはできない、いわゆる禁色《きんじき》とされました。

それから、中国の影響と思いますけれども、漢詩文の中で、皇室に関連のある言葉が、紫宮、紫微、紫殿、紫閣など紫のついた言葉が多くみられます。『古事記』の序文にも出てまいりますが、和銅年代に皇居のことを紫宸、と言っており、今も紫宸殿という建物が文化遺産とされていると思います。ともかく尊貴な色とされていたようです。

また、紅は、前に申し上げました法令によりますと、古代から紫の次に蘇芳、緋、紅とありまして、これも相当高位の服色だったと思います。もともと紅は日本の原産ではなく、呉から渡来した藍（植物染料の総称とされています）というので、呉《くれ》の藍《あい》、くれないと名付けられたということですが、応神天皇の時代に兵庫県の揖保郡の山にこの紅草が生えたということが、播磨国の『風土記《ふどき》』に記載されていて、上代から日本に深く入り込んでおります。

紅は醍醐天皇の延喜年代、深い（濃い）紅は禁じてほしい、という趣旨の奏議が、『政治要略』（巻六十七　糾弾雑事）に「請レ禁二深紅衣服一奏議善」と載せられております。

それで、紅は非常に高価で、絹一疋を染めるのに紅花が二〇斤も必要で、それは銭二〇貫文に相当する。これは、上流貴族とか庶民のではなくて、中流階級の人の家の、二軒分の財産にあたる、それほど高価だということであります。さらに、女性一人が着用するのに必要な絹の量が五、六疋かかる。絹は一疋、二疋と数えます。それで女一人の紅染の衣装の値段は十家終身の蓄え、一〇軒の家の一生の財産に相当する。これほど高価だから、濃い紅を着ないように禁じてほしい、ということが『政治要略』の「男女衣服幷資用雑物」の中に記載されています。ですから非常に高価であったと思います。紅は今申し上げましたように、禁じてほしい、と言われるくらいお金がかかるぜいたくの代表のようなもの、一方の紫は尊貴の代表みたいなもの。それでこの二つの色を『源氏物語』では、どのように扱っているかを少しお話できたらと思います。

これはちょっと間に入れるお話ですが、紫式部が、清少納言をどのように思っていたかということを申し上げてみようかと存じます。

正暦でしょうか、元年に一条天皇が元服なさいまして、定子《ていし》が入内《じゅだい》なさる。定子は、藤原道隆の娘であり、少し天皇よりお年上だということですが、非常に一条天皇に愛された方です。

清少納言は、はっきりいたしませんけれども、正暦四年に出仕したということになっていて、多分冬だったろうといわれております。それは、定子がちょっと袖から手を出していらっしゃるのが紅梅色だった（一八四段）と清少納言は言っております。寒くて、ちょっと紫がかった赤い色になっていたのを紅梅色の御手だといったのでしょう。

その後、長徳元年には父君の道隆が亡くなります。そのあと、その兄弟の道兼、道綱がおりますが、道兼も亡くなり、結局道長に権勢が移っていくことになります。

長保三年、『源氏物語』がそろそろ書き始められたかというころには、もう『枕草子』が、長保三年八月ごろまでの間にすべて修正されて、巻末に作者による跋文がつけられ、八月ごろまでに完成してしまっているということです。よくわかりませんけれども、『源氏物語』を書く前あたりに、紫式部は恐らく、『枕草子』を見たかもしれないと言われております。

定子皇后が亡くなられる前に、道隆の弟の、道長の娘であります彰子《しょうし》が中宮として入内されます。『栄花物語』（巻第六　かがやく藤壺と、巻第七　とりべ野）によりますと、この間に藤原道隆が亡くなりました後の、非常に悲劇的な状況が詳しく描かれており、後年は皇后定子という方は悲劇的な生涯を送られたと思われます。

しかし『枕草子』には、そうした面は、記されておらず、皇后様の明るい、華やかな、活発な御様子がいきいきと描かれております。

それで、一条天皇のお妃としての定子（中宮から皇后）にお仕えしたのが清少納言。それから大分遅れますけれども、同じ天皇のお妃になられた彰子（女御から中宮）にお仕えしたのが紫式部。

『枕草子』には、清少納言が躍如として活躍した有様が描かれております。そして、彼女は、定子中宮のお美しさを、すばらしいといっても、こんな方がいらっしゃるのかしら、夢をみているようだなどと、しきりにほめております。

紫式部は、この清少納言の様子を、噂でも細かく聞いて知っていたのではないか、評判を聞いていたのではないかと推測されます。

彼女の書きました『紫式部日記』の中の消息文といわれる部分を見ますと、「清少納言こそ、したり顔にいみじう侍りける人。さばかりさかしだち、真字書きちらして侍るほども、よく見れば、まだいとたへぬことおほかり。かく、人にことならむと思ひこのめる人は、かならず見劣りし、行くすゑうたてのみ侍れば、艶になりぬる人は、いとすごうすゞろなる折も、もののあはれにすゝみ、をかしきことも見すぐさぬほどに、おのずから、さるまじくあだなるさまにもなるに侍るべし。そのあだになりぬる人のはて、いかでかはよく侍らむ。」と、痛烈に批判しております。

これは、消息文とされるので、人には見られないものとして書いたのかとも思いますが。

清少納言という人は非常に高慢ちきな顔をしていて、大変な女だ、りこうぶっていて、「真字書きちらして侍るほども」、漢学の才をひけらかしているけれども、よく見れば、「まだいとたへぬことおほかり」、よく見ると、まあ、何ともそれに合わないことが随分多いことです。それでこういうふうに他人と違って特色を発揮しようとするのが好きな人は「かならず見劣りし、行くすゑうたてのみ侍れば」、まあ、行く先、ろくでもないことになるばかりで、それから特に、「もののあはれにすゝみ」情趣本意になった人は索漠とした、何ともない折でも情趣を感じとって風情を見すごさないようにするうちに、自然とどうも感心しない、軽薄なようにもなるのでしょう。「そのあだになりぬる人のはて、いかでかはよく侍らむ」、そういうような人の行く末はどうしていいことがございましょう。

このように、清少納言のことを、よくまあこんなにひどく言えたと思うほど悪く言っております。色と関係のないことを申し上げましたけれども、当時の紫とそれから紅、それを『枕草子』ではどのように扱っているか、というのも、あまりにも紫式部は反発するものですから、調べてみました。

紫に寄せて――『枕草子』の「めでたきもの」

紫につきましては、「めでたきもの」（八八段）という章段の中に、「花も絲も紙もすべて、なにもなにも、**むらさき**なるものはめでたくこそあれ。**むらさき**の花の中には、かきつばたぞすこしにくき。六位の宿直姿のをかしきも、**むらさき**のゆゑなり。」とのべております。

「めでたし」というのは、今、私たちがおめでたいというのとは少し違いまして、いろいろな美しさをみんな包含したような情感を言っているように思われます。艶《えん》だとか、清いとか、華《はな》やかだとか、皆ふくめたような総合的な美、今、簡単に「すごーい」というのと同じような感じではないかと思います。

それから「馬は」（五〇段）、「野は」（一六九段）、「雲は」（二五五段）とか、「扇の骨は」（二八五段）、「織物は」（一本一〇段）、「薄様色紙は」（一本一二段）などという、そういう章段の中で、馬も、紫の毛の馬がいいというのでしょうか、それから野も、雲も、それから扇の骨も、織物も、薄様色紙も、紫のものがいい、男性のはきますズボンですけれども、指貫《さしぬき》も濃い紫がいい、というように言っております。

これをみますと清少納言は、紫は物体のいろどりを示すもの、色彩そのものを意味する、つまり、ものの色として主体的にとり上げているように思われます。

紅に寄せて――『枕草子』の一条天皇中宮定子

紅の方は、作品の中に多くみられますが、それは定子中宮に集中していると言ってもよいくらいです。作者のお仕えしている定子。その美しさを、これでもか、これでもか、というように紅の衣装を着用した場面に描いております。

前にも申し上げたように、寒さで手の色の変わったのまで、美しい紅梅の花のような薄紅梅色だといってほめております。宮仕えに出たころは、これ程美しい方が現実にこの世にいらっしゃるのだろうか、目の覚めるような気がするというようなことも言っております。

その後も、「宮は、しろき御衣どもにくれなゐの唐綾《からあや》をぞ上《うへ》にたてまつりたる。御髪のかからせ給へるなど、絵にかきたるをこそかかることは見しに、うつつにはまだ知らぬを、夢の心地ぞする」(一八四段)。

下に白いお召《め》し物をかさね、上に紅の、唐綾ですから、舶来の織物を着ていらっしゃる。それに黒髪がかかっているのなど、絵にかいたのはみたことがあるが、実際には、このような美しさはまだみたことがない。本当に夢をみているような気がする、と讃美しております。

その後、道隆が法興院《ほこいん》の積善寺《さくぜんじ》というお寺で一切経供養をする。その法会の場に到着なさった定子は、正式の衣装で、裳をつけて、唐衣を着ていらっしゃる。「くれなゐの御衣どもよろしからむやは。中に唐綾の柳の御衣《ぞ》、葡萄染の五重がさねの織物に赤色の唐の御衣、地摺の唐の薄物に、象眼重ねたる御裳などたてまつりて」（二七八段）とあり、この場面でも、並ひととおりでないほどの紅の着物、それから柳襲であるとか、葡萄《えび》染の五重《いつへ》がさねであるとか、それから上に赤色《あかいろ》（赤い色ではなくて、赤白《あかしら》橡《つるばみ》で黄に赤味を加えた色）の唐衣も着て、地摺の舶来の薄絹に、色糸や金泥などで縁取りした裳をつけていらっしゃる。たいそうお立派ですばらしいなどと申し上げても、言葉に出してはもう世間並みでしかない、何て言いあらわしていいかわからないほどであった、と記している。

この場でも定子は紅の並ひととおりでないほどの御衣を着ていらっしゃる、とあります。

また、妹の原子《げんし》という方が三条天皇の東宮時代に妃になられて、定子に会いにおいでになる場面で、原子が、「いとうつくしげに、絵にかいたるやうにてゐさせ給へるに、」と大層可愛らしくきれいでいらっしゃると言っております。定子は、「御けしきのくれなゐの御衣にひかりあはせ給へる、たぐひはいかでかと見えさせ給ふ。」（一〇四段）、とあり、原子も絵にかいたような姿でいらっしゃるけれども、姉君の定子は、その御様子が紅の着物に光り合うようで、やはり比べるもののないほどのすばらしさにお見えになった、と讃嘆しております。

次は弘徽殿《こきでん》の上《うえ》の御局《みつぼね》で、殿上人や女官たちが笛を吹いたり、琴や琵琶を弾いたり、一日中合奏をして楽しんだ日のこと。灯ともしごろになりまして、定子の部屋の戸のあいているところから、中をみますと、中宮さまは琵琶を立てて持っていらっしゃる。そして「くれなゐの御衣《ぞ》どもの、いふも世のつねなる袿《うちぎ》、また、張りたるどもなどをあまた奉りて、いとくろうつややかなる琵琶に、御袖を打ちかけて、とらへさせ給へるだにめでたきに、そばより、御額《ひたひ》の程の、いみじうしろうめでたくけざやかにて、はづれさせ給へるは、たとふべきかたぞなきや。」（九四段）、と描いております。紅のとても言葉ではあらわせないほど美しい袿、光沢を出した衣を何枚も着重ねていらっしゃって、たいそう黒くつやつやとした琵琶に紅の袖をうちかけていらっしゃる、それだけでも素晴らしいのに、抱えていらっしゃる琵琶のわきから、真っ白な額がくっきり見えるのは、何にたとえようもないほどである。灯火に照らされた衣裳の紅と、磨き上げられた名器の黒と、それからお顔の額の白という、そういう無上に美しい配色の場面を記しております。

このように、紅は、清少納言が讃美してやまない定子の美をあらわす衣装の色として、『枕草子』の中に幾度か描かれております。

以上のように、紅は清少納言にとっては、あくまでも色彩をあらわすものとして、人物の容姿を描く材料となっているのではないかと思われます。

紫に寄せて──『源氏物語』の女人の理想像

前に申し上げましたが、平安時代の代表的な色とも言えるのが紫と紅ではないかと考えられます。清少納言によれば、紅は、定子の才色兼備の美しいお姿を描くのに衣装の色としてとりあげられております。それから紫は、紫であれば何でも美しいというように、さまざまな物の色彩として扱っております。

紫式部は、『源氏物語』をみますと、申し上げるまでもなく光源氏を男の主人公として描いております。彼が生涯、慕ったり、あこがれたり、愛したりした人。

まずその一人は、光源氏の生母である桐壺更衣《きりつぼのこうい》という方。これは時の天皇、光源氏の父君に溺愛されたすばらしい方。あまり愛されすぎて、他のお妃方から非常にやきもちをやかれ、いじめを受けまして、精神的にもストレスがたまり、病がちになり、光源氏がうまれてしばらくたちましてから亡くなります。こうしたお話は「桐壺巻」に詳しく書かれております。

これを、天皇は非常に嘆かれて、政務もそっちのけ、御自分の生活も悲しみで何もおできにならないくらい。中国の玄宗《げんそう》皇帝と楊貴妃《ようきひ》との悲劇を描いた白楽天《はくらくてん》の詩がありますが、その例をとって「桐壺巻」に天皇の悲嘆の有り様がのべられております。

桐壺更衣が天皇にどれほど愛されたか、すばらしい方だったかが想像されます。あまり嘆かれるものですから、周りで非常に憂慮いたしまして、桐壺更衣にそっくりの方がいらっしゃる、桐壺更衣は大納言の娘で、身分はあまり高くなかったのですが、その生き写しという方は、先の帝の皇女で、四の宮である。その方が桐壺更衣にそっくり、といううわさを侍女の口から天皇がお聞きになりまして、似ているのだったら自分のもとに来てほしいということを、お頼みになります。

姫宮は、父君の先の帝はもう亡くなられ、皇后もやがてお亡くなりになり、御両親がなく、直接後見してくださる方がないということで、四の宮は入内《じゅだい》なさいます。そうしますと、皇女ということもあって身分が非常に高い。そのうえ、お若く、すばらしい方ということで、天皇が非常に愛されるようになる。それが、藤壺中宮と申し上げる方だと、記されております。

光源氏は、母君に非常によく似た方、そしてさらにお若くて身分が高いということで、ものすごくあこがれます。天皇も、まだ光源氏が幼いころは、藤壺中宮のところにおいでになるときは、一緒に連れておいでになる。ですから光源氏は御様子もよく知ることができて、ますますあこがれます。

光源氏は藤壺中宮を慕って慕っておりましたが、「若紫巻」によりますと、わらは病《やみ》とかいう病気になりまして、治療のため北山に出かけます。そこの僧房で、非常にかわいい姫君を見つける。それが後の紫の上で、彼は自分で引き取って、教育し、そして生涯最愛の妻として共にくらします。紫の上は、藤壺中宮の兄、兵部卿宮の姫君。ですから藤壺からは姪に当たります。

光源氏は生母でありますす桐壺更衣、それから、父君のお妃、つまり継母に当たる藤壺中宮、その姪に当たる紫の上。光源氏の生涯、慕い、あこがれ、愛し続けた人、重ねて申し上げますが、それが桐壺更衣、藤壺中宮、紫の上と言えるかと思います。

宮中には後宮が淑景舎とか飛香舎とか、いろいろありまして、淑景舎のことを桐壺と言い、飛香舎を藤壺といっております。中庭に桐が植えられているので桐壺。壺は中庭のこと。中庭に藤が植えられていたので藤壺という。あとは梅壺、それから梨壺、それから雷《かんなり》の壺、こちらは雷がおちた木が中庭にあるというので雷の壺というのだそうです。

桐壺更衣は、桐壺の御殿、藤壺中宮は藤壺。桐壺の庭の桐は、紫の花が咲きます。藤壺の庭の藤の花も紫。それから、紫の上の紫は、ゆかりの色と言われて、『古今集』（八六七番）に、「紫のひともと故にむさし野の草はみながら哀れとぞ見る」とあり、これは『古今和歌六帖』にも同じような歌が取られていて、当時の人は、だれでも知っている。また『伊勢物語』（四十一）にも「紫の色こき時はめもはるに野なる草木ぞわかれざりける　武蔵野の心なるべし。」とよまれております。武蔵野に紫草が一本生えている、だから武蔵野の草はみんなそのゆかりで、いとしい気持ちがするといった意で、そういう意味から紫の色をゆかりの色といわれるようになったと言うことです。

それで結局、亡くなった母として慕い続けた桐壺更衣、それからあこがれ続けた藤壺、ついに二人の間に後の冷泉天皇がお生まれになるという。そのため、藤壺も光源氏も一生、夫、父である天皇への罪の意識という、非常に暗い気持ちを持ち続けていく。二人の間には、だれも知らないそういう秘事がありました。

かさねて申し上げますと、その母桐壺更衣が桐の紫、敬慕する藤壺中宮の藤が紫、それから生涯の愛妻紫の上が紫草の紫、のように紫が象徴的に光源氏の生涯をささえている気がいたします。

前に申し上げた『枕草子』が、何であっても、そのいろどりが紫の色であればよい、という、紫を視覚だけの対象として捉えている、それとは異って、暗示的とでもいうのでしょうか、紫が『源氏物語』という作品の構想の中に組み込まれている。紫を、いろどり、色彩、そのものを意味するもの、というより、象徴的と言えるかどうかわかりませんが、物語の構想の中で底流となって生き続けているようにさえ考えられます。

それから後世、すぐれた評論集といわれる『無名草子《むみょうぞうし》』という、大体『源氏物語』から二〇〇年ぐらい後の、物語の人物や構想を批判し批評している、作品ですが、それを見ますと、『源氏物語』の中で、此の若き人、「めでたき女は、誰々か侍る」という中に、桐壺の更衣、藤壺の宮、葵の上、「さらなり」として紫の上が挙げられております。『枕草子』のお話の時申し上げましたが「めでたき」は、いろいろな美を含んだ、最上のほめことばとして使われておりますが、『無名草子』でもこの三人はめでたき人と言っております。

『紫式部日記』の中で、藤原公任が、「このわたりにわかむらさきやさぶらふ」と言うと、紫式部は、光源氏のような人もいないのに、何で若紫がいるだろうか、などとのべておりまして、もう当時、『源氏物語』の中の紫の上の評判が高かったように考えられます。

また、後の、『更級日記《さらしなにっき》』を見ますと、『源氏物語』のことを日記の後の方で「紫の物語」〔初瀬〕と言っております。そして、作者の菅原孝標女《たかすえのむすめ》は、『源氏物語』のうわさを聞いて、読みたくてたまらない、と思っていたら『源氏物語』の五十余巻を手に入れることができた。彼女は、「一の巻よりして、人もまじらず、木ちやうの内にうち臥《ふ》してひき出でつつ見る心地、后《きさき》のくらひも何にかはせむ、昼は日ぐらし、夜は目のさめたるかぎり、火を近くともして、これを見るよりほかの事なければ」〔物語〕、とよみふけり、「后のくらひも何にかはせむ」、この読むうれしさ、喜びはもうお后になるよりすばらしいと言っております。だんだんに「紫の物語」とも言われるようになっているのは、紫の上が光源氏に添い遂げ、物語の女主人公とも考えられるからかもしれません。

それから紫式部という女房名は、始めは、藤原から出た人なので、藤、それから父親が式部丞《しきぶのじょう》であったため、藤式部《とうしきぶ》といったようで、『栄花物語』には藤式部で登場しております。先程申し上げました、『紫式部日記』の中で藤原公任、これはもう和歌、漢詩、管弦の才を全部兼備していると言われたすばらしい大納言、その人が「わかむらさきやさぶらふ」と言ったことなどがあったからかもしれませんが、物語の主人公の紫の上の名前を作者に結びつけ、また前述のように藤の花は紫であることもふまえて、紫式部というようになったと言われております。

このようにみてまいりますと、紫は、物語全体に浸透し、そして光源氏の生涯を通して、暗に中心的なものであった、作者がそういうものとして取り上げているのではないかとさえ推察されます。

紅に寄せて――『源氏物語』の末摘花の姫君

一方の紅は、『源氏物語』の中では、どのようにあつかわれているかと考えてみますと、この物語には「末摘花《すゑつむはな》」という巻がございます。

この巻の「末摘花」というのは、前《さき》の天皇のお子さんである常陸宮《ひたちのみや》という親王の姫君の呼称になっております。親王の姫君ですが、その父君はもう亡くなっています。ご兄妹の兄君もお坊さんになっている。父君もいらっしゃらないし、兄君も、世渡りなどのおできにならないようなお坊さん。親王家の宮邸が残ってはいるが、非常に荒れるにまかせており、そこに住んでいらっしゃる、そういう姫君がおいでになる、という話を光源氏が聞いて、彼も若かったので、廃屋にいる高貴な姫君というのは、一体どのようなものなのであろう。すばらしい方がひっそりと住んでいらっしゃるのでは、などといろいろ想像したように思われます。

「末摘花巻」には、姫君に仕えている大輔《たいふ》の命婦《みょうぶ》という女房がいて、命婦がお姫様はとても琴がお上手だ、という話をする。当時は音楽がさかんで、姫君や貴公子たちは、必須科目のように勉強しなくてはならないもので、管弦が上手だ、ということはすばらしいと考えられておりました。光源氏が関心をもち心ひかれるようになったところに、親友の、頭中将もこれに非常に興味を持つ。それで、源氏は頭中将と張り合うようにして姫君に会おうといたします。

大輔の命婦の手引きで光源氏の方が先に姫君のもとに行くようになります。始め、会ったときに、ああ、何だか、様子がおかしいなと思ったのですけれども、暗闇のようなところで男が女に逢うわけですから、まあ、それなりに、頭中将よりも自分が先に姫君を得たというような喜びがあったかもしれません。

おかしい、変だと思いながら光源氏は姫君のもとへ通《かよ》っていく。その様子が「末摘花巻」に詳しく描かれております。

一夜泊った雪の降った朝、「こっちへ出ていらっしゃい」と明るい表に面した室に誘って、出てきた姫君を見たところ、それを作者は、非常に細かく描いております。

「まづ、居丈の高う、を背長《せなが》にみえ給ふに、「さればよ」と、胸つぶれぬ。うちつぎて、「あな、かたは」と見ゆる物は、御鼻なりけり。ふと、目ぞとまる。普賢菩薩《ふげんぼさつ》の乗物とおぼゆ。あさましう高うのびらかに、さきの方すこし垂《た》りて、色づきたる事、ことの外に、うたてあり。色は雪はづかしく白うて、真青《さを》に、……」というように。姫君の肌の色、顔の形、それから体格、詳細に挙げまして、今まで見たこともないような、珍しいほどの醜さだ。

また後の「蓬生巻」にも述べてありますけれども、「ただ「山人の、赤き木の実ひとつを、顔にはなたぬ」と見え給ふ。御そば目などは、おぼろげの人の、見たてまつり許すべきにもあらずかし。くはしくはきこえじ。いとほしう、物言ひさがなき様なり。」と、あまり詳しく言うと、気の毒でたまらないから、もう語れない、というほどの醜さだ、というわけでありました。

姫君の鼻が普賢菩薩の乗り物というのは象で、象の上に仏様が乗っていらっしゃいます。つまり、その象の鼻のようで、「あさましう高うのびらかに、さきの方すこし垂りて、色づきたる事、ことの外に、うたてあり。」、その色づいているのが「山人の、赤き木の実ひとつを、顔にはなたぬ」という、その赤い色だったわけです。それで源氏はもう愕然とするわけです。

この物語の読者たちも、「末摘花」というその巻名から、何か廃屋に住んでいらっしゃって光源氏が通っていくというので、末摘花という紅花の染色の紅色が象徴するような美しい華麗な、定子中宮のような方を想像していたかもしれません。源氏が非常にびっくりするのを見て読者は、まあ、いい気味だと思ったかどうかわかりませんけれども、非常におもしろく感じたと思います。

末摘花というのは紅花の別名ですが、現今でも最上川近辺では紅花が非常に盛んに栽培されており、花屋さんでも季節によりますがよくみかけます。花は少し黄色みがかっておりますけれども、赤い。これが華麗な、濃いピンクの赤い色の染料になります。

赤い花と、赤い鼻と、かけて姫君の鼻の赤いのを意味したのが末摘花というわけです。読者が末摘花の紅色から美しい姫君を想像していたとしたらこれほどひどい醜女とは、とびっくりしたでしょうし、ともかく源氏がもう本当に驚いた。

その上、住居は、父宮も亡くなられて後見する人もいないということで、もとのままの古い御所で、何もかもすべてが古い。「御調度どもも、いと古体《こたい》に、なれたるが、昔様にてうるはしきを、」(蓬生巻)のように、昔風のもの、いろいろの調度、衣の箱でも鏡台でも、みんな「古体なる」で、くり返し、昔風の古めかしい調度や何やかやすべての物を描いております。

それで兄君のお坊さんも、「いと鼻赤き、御兄《せうと》なりけり。」(「初音巻」)で、「世になきふるめき人」というように古めかしい。ですから、兄君も姫君自身も、ともに鼻が赤く、その性格、生活も非常に時代に遅れて合わない方だった、と作者はそれを強調しております。

その上、邸宅も庭園もすべて荒廃しておりまして、「蓬生巻」には、「しげき蓬《よもぎ》は、軒を、争ひて生《お》ひのぼる。」とあり、庭は全然手入れもしておりませんので、蓬などという野草が競争するようにどんどんのびて高く茂っている。それから建物も、野分《のわき》の後などは、廊下など倒れてしまい、板葺《いたぶき》もみんなはがれて飛んでいってしまい、柱の骨だけがわずかに残っている。それを、整理し、修理する下男《げなん》たちもいない。それで狐や木霊《こだま》が跳梁して、泥棒、盗人さえも、こんなところに入ってもしようがないといって寄ってこない。しまいには牛や馬を飼っている牧童たちが入ってきて、庭で放し飼いにしている、というのであります。

「末摘花巻」から一〇年後の「蓬生巻」のことまで一緒にお話しいたしましたけれども、このような生活ぶりをとおして末摘花の人物像を描き出しております。

このように見てまいりますと、前に述べました紅という色によせる当時の人々の、思い、見方、つまり非常に美しい、今めかしい、現代風である、高価で非常にぜいたくなものであるという、それを全部くつがえしたような人間像、紅の染料である末摘花のような赤い、そして象のような鼻、その他のさまぐ〵な醜い容姿、昔風の古めかしい性格、時世にあわぬ貧窮の生活等々を、作者は造形しております。

これはべつに、作者が、紅がこうだったけれど、この人はこうだ、などとも言っておりませんが、色の方からのあくまでも推察ですが、これでもか、これでもか、というように、末摘花という人物が、

「末摘花《すゑつむはな》」という植物を染料とする「紅《くれなゐ》」という色の評価を低くしよう、しようとした構想をたてたのではないかとさえ想像されます。

末摘花の姫君は、万事につけて古体、つまり今様風でないという。でも、末摘花、つまり紅花を染料とする紅の薄い色は、「今様色《いまやういろ》」とも言われていたようで、現代風の色とされていたようです。

何度も申し上げますように、紅が非常に高価で、美しいということは言うまでもないのですが、それを名とした末摘花の姫君は、例えば文《ふみ》なども、「むらさきの紙の、年へにければ、灰おくれ、ふるめいたるに、」（末摘花巻）何年もたって紫の色（媒染剤として灰を入れて染める）がすっかり変わってしまったような古ぼけた料紙を使う。それから侍女たちも何人かおりますけれど、それが「白き衣《きぬ》の、いひしらず煤《すす》けたるに」と、白であった服が着ふるして、煤けたような、言いようのない汚れきった色になっている。それから末摘花自身も、「ゆるし色の、わりなう上白《うはしら》みたる一襲《ひとかさね》」というように、ゆるし色というのは薄い紫とか薄い紅を指すといわれていますが、それの「上白みたる」、もう表面が白っぽくなってしまったようなものを着ている。どれも「末摘花巻」に詳しくのべられております。

前にちょっと申し上げたことですが、玉鬘という、光源氏の養女になっている非常に美しい人がおります。その方がはじめて裳を着る裳着の式のときに、末摘花は「青鈍《あをにび》の細長一襲《かさね》、落栗とかや、何とかや、昔の人のめでたうしける袷の袴一具、むらさきのしらきり見ゆる、霰地の御小袿」（行幸巻）、という衣服を贈った。

成人のお祝の儀式ですばらしい美しい人に贈るというのに、青鈍という、ごく地味で、尼さんなども着る青みがかったグレーの着物、それから「落栗とかや、何とかや」という、この落栗は、『源氏物語』（「行幸巻」）だけに一回見られるきりの服色で、落栗のような色かもしれません。「昔の人のめでたうしける」で、昔の人がいいといった、つまり流行おくれの色の袴、それに「むらさきのしらきり見ゆる」、これも紫の、もう白っぽく色が変わったようなあられ模様の小袿。これらを御祝儀にあげるというので、源氏は恥ずかしくて困ってしまいます。

お祝いにあげるのにふさわしいかどうか、古いとか、流行遅れとか、彼女の常識では判断できないということを示しているように思います。

それから源氏への贈り物も、「今やう色の、え許すまじく艶なうふるめきたる」（「末摘花巻」）とありまして、今様色といわれる、現代風の色、多分紅の薄い色と解釈されておりますが、その色の「え許すまじく艶なうふるめきたる」、耐えきれないくらい光沢もなく、古くさくなったのを源氏にあげ、源氏が「あさましい」というように思ってこれらを見たとあります。

例えば衣装の色に絞ってみましても、光源氏が情けないとか、どうしようもないと思うような、非常に古い、時代遅れの色、そして古くなって汚らしい色、それが彼女を描くのに使われております。ともかく、紅の染料である「末摘花」を姫君の名としながら、「紅」の評価とは、対照的な人物を描いて、それを光源氏にかかわらせるに必要な一人として、物語構想の中に溶け込ませている、と推察しております。

作者が何で、このような醜くて、古くて、何を言ってもあまりわからないような古体の姫君を大切にとりあげるかと申しますと、周囲の者から何を言われても、父宮の御所にずっと住み続けている。源氏が須磨、明石に行くわけですが、その長い間、源氏を頼みにし、信じて待ち続けている。源氏の方は末摘花のことなど忘れてしまったようで、須磨、明石から帰ってまいりましても、なかなか思い出さず彼女のところには行きませんでした。

あるとき、偶然、その屋敷の前を通りかかって、「かかる繁きなかに、なに心地して、過ぐし給ふらむ。今まで訪はざりけるよ。」（「蓬生巻」）と、一〇年ほどたちましてから末摘花を訪ねます。前にも申しましたが、狐などが跳梁したり、泥棒も、もう必要ないといって入らなかったり、牧童が牛を飼ったり馬を飼ったりする。そうした忘れはてた住居、衣、食の日々の生活にも困ったような状態になっております。そして、叔母に当たる人が娘の侍女にしようと思って誘いますが、それも断る。本当に貧窮の底の日常で、廃屋とも言える所にずっと源氏を信じて待ち続けていた。このことを源氏は非常に感動したように思われます。

　それからは、本当に彼女に対し不思議なくらい厚いもて扱いをするようになりました。絶対信じたものは信じ続けるという心情、彼女のいわゆる不変性を源氏が重視したためと推察されます。

　当時は、前にもお話しいたしましたとおり、一条天皇の後宮も、定子中宮の父君が亡くなって、その後、兄君も配流になる。それから、母君の貴子もそれらの悲しみのあげく亡くなる。それから後に、父の道隆と仲のよくなかった弟の道長が内覧《ないらん》の宣旨《せんじ》を受けて、権力をもつようになる。道長の女、つまり紫式部がお仕えした彰子《しょうし》が入内するという、そのような目前の宮廷の有様を見て、紫式部はこの世の盛衰を感じ、一層深く考えるようになっていったのではないかと思います。

　もともと彼女は、清少納言と違いまして、世の無常を感じやすかったように思いますが、現に、定子と彰子の、一条後宮のありさま、それにつれまして、宮廷のいろいろな上達部とか殿上人とかいう、人々の動き、栄えていたものが衰え、衰えていたものが盛んになったりする、そうした世の中の流転《るてん》という、その「常なし」を強く感じとったのではないかと思います。

　紅という色は、『万葉集』にも、「紅は移ろふものそ」と歌われておりまして、紅は華麗な色ですけれども、現今の化学染料と違いまして、植物染料の、末摘花、つまり紅の花で染めたものですから、色が変わってしまったり、褪色したりいたします。それで「紅は移ろふ」という色の性格と、この末摘花の姫君の、生涯源氏を慕って、信頼していた「移ろはぬ」、不変の心情を対比させ、暗に物語の中に示したようにも推測されます。

以上、当時色として最も代表的な「紫」と「紅」とを、とりあげてみましたが、清少納言は、紫は、物象のいろどり、つまり、ものの色としてとり扱い、その視覚的な面からとらえております。そして、「紅」は、とくに、才色兼備で、容貌も美しいし、才知に長《た》けているし、行動力もある、そして清少納言と話し合うことのできるような中宮様。その方が最も好まれて着用された衣裳の色として、主にとりあげております。

これに対しまして紫式部は、「紅」は、色彩として描くだけというよりは、作品の中に組み込んで、男主人公光源氏という人物を象徴するものの一つとして扱っていて、表面に出さず、物語構想の中に溶け込ませているということが推察されます。姫君の呼称が末摘花であり、これは紅の染料でもあることから姫君に対してみんなが期待していたろう、そのことをくつがえす、反紅的な人物を登場させる。特に、申し上げましたとおり、紅は、はなやかで美しいが、さめて色が変わる。それを名としながら姫君の末摘花は全く変わらない。才知もないマイナスの点ばかりのような姫君でも、たった一つ、源氏を信じきってかわらない、つまり不変であるという点で、源氏は心中高く、彼女を評価したと推測されます。

平安時代は平安だった、と言われますが、とくに上層階級では精神的な葛藤のようなもの、それから地位をうるまでの争いが激しかった。それで紫式部の仕えました彰子中宮の父君の道長は、道隆という、兄に当たる、定子中宮の父君の葬儀にも行かない。以前のことですが、定子が中宮になられたときに、中宮太夫になれといわれたのに嫌だと言ったり、反発することが多かったようです。

このように、一条天皇の宮廷で、道長は兄の道隆に反発していたと言ってもよいかもしれませんし、そして紫式部も清少納言のことを『紫式部日記』の中で酷評しているとさえ思われます。

当時の代表的といわれた色を例にとったのですが、『枕草子』では色彩そのものとして、具体的に表現しております。『源氏物語』では色を構想の中に組み入れ抽象的とも言える扱いをしております。つけ加えることになりますが、色に関しては、『枕草子』は非常におもしろうございます。寒いとか暑いとか、そういう寒暖の感覚までも、色から感じとったりしております。それから光の関係ですが、夜の、灯火の光で見ると、いいとか、だめだとか。ともかく非常に色彩感覚のすぐれている作者で、現代でもこうした色の感覚を、作品の中にそれを主体として描く人はあまりいないのではないか、と想像されます。

とくに『源氏物語』は川端康成が、今後も、これほどの作品は出ないだろうと言われたとの事ですが、平安時代の『枕草子』も、なかなか又生まれないような、すばらしい作品ではなかったか、と色の面からもひそかに思っております。

それから『枕草子』には公卿や殿上人、それ以下の階級の男性などの、服装の色が多くみられます。紫式部の夫になります、藤原宣孝のことも描いております。

当時は、盛んにお公卿さんでも何でも、吉野山の金峰山という修験道の霊地に御嶽詣《みたけもうで》に行き、そこで精進する、御嶽精進《みたけさうじ》というのがあって、それで皆そこにお参りにいきました。『枕草子』（一一九段）によりますと、宣孝は、まだ右衛門《ゑもん》の佐《すけ》だったのですけれども、御嶽詣するには「こよなくやつれてのみこそまうづと知りたれ」のように粗末な服で参詣するものだと聞いているというように、当時言われていたらしいのですが、宣孝は、そんなことはつまらない習慣だ、きよい着物を着てお参りするのに何のさわりがあろうか、必ず御嶽の神様が粗末な格好でお参りしろとおっしゃっているわけではあるまいと言って、三月に、「むらさきのいと濃き指貫《さしぬき》」、をはいて、「しろき襖《あを》」、白い狩衣みたいなものを着て、それから「山吹のいみじうおどろおどろしきなど着て」。山吹の花に似た色で、「おどろおどろしき」、仰山な色を着て、お参りに行った。それから宣孝の息子の隆光、後に紫式部の継子になるわけですが、紫式部とあまり年が違わない。その隆光には、「**青色**の襖《あを》、**くれなゐ**の衣《きぬ》、すりもどろかしたる水干《すいかん》といふ袴を着せて、うちつづきまうでたりけるを」とあり、青色、これは山鳩色ともいって、青くて黄色いような、山鳩のような色をした狩衣、紅の衣、それから藍などで模様を摺った水干袴、それをはいて宣孝のあとに続いて登った。登る人もあるし、下って帰る人も、みんなが驚いてあきれた。粗末な服装で拝みにいかなければ、と言っているのに、親子で派手な格好で登ったので。

それで、罰が当るかと思ったらば、宣孝はしばらくたちましてから、筑前守が亡くなって、その後任に推薦された。だから出世したわけです。

それで、清少納言は、彼が言ったことに違いはなかったと評判されたことだった、と書いております。清少納言は宣孝たちの悪口を言っているわけではありません。この例は、後に紫式部とかかわる人物で、興味がありますので、男性の服装の一例として、とり上げましたが、前にも申し上げましたように、清少納言は男性の服色を多く描写しております。

これに対しまして、『紫式部日記』には、全然、といってよい程これがみられません。宮中ではお産はできないしきたりですので、彰子中宮は、実家の土御門殿に帰ってお産をなさる。そのため土御門邸にはそれこそ、上達部、殿上人、それ以下の身分の人々が大勢詰めている。ですから父君の道長であろうと、藤原公任であろうと、だれであっても、みんなさまざまな直衣などを着て集まっていると思われますけれども、『紫式部日記』には、そうした描写はみあたりません。

ただ一例、「宮のしもべ、**みどり**の衣の上に、**白き**当色《たうじき》きて御湯まゐる」（九月十一日の條）とありまして、皇子《みこ》がお生まれになって、産湯を使うときに、中宮職の下級の職員が緑の袍の上に白を着用して奉仕しました、と記しております。緑の袍は六位の官人の服。白き当色《たうじき》は、お産の儀式のときは、衣服から調度などまで全部白になります。宮のしもべの六位を示す服色の「緑」と、お産の儀式のための着衣の「白」と、ただこの一例だけです。

それから、これは日記ということになっておりますので、何月何日に何があって、というように記され、多くの男性も登場してきております。そしてとくに、遠くではなくて、大勢がごっちゃになって、見てびっくりするくらい近くに男性たちが混じっている場合も、しばしばだったようです。それでも式部は、衣服の色合などについては全く記しておりません。これは思いすごしかもしれませんが、『枕草子』とは対蹠的で、おもしろいと思っております。

紫式部の自画像、清少納言の自画像

最後にもう一つ付け加えさせていただきますが、紫式部が何を着ていたか、自分の着物のことを書いております。『紫式部日記』（正月十五日の条）に、「二の宮の御五十日《おんいか》は、正月十五日」とあり、彰子中宮の二番目の宮敦良親王の誕生から五〇日目のお祝いがあり、その儀式に紫式部は、「紅梅に萌黄、柳の唐衣、裳の摺目などいまめかしければ、取りも代へつべくぞわかやかなる」と、自分が実際に着用した衣装を書きとどめております。旧暦の正月ですから春ですので、紅梅、それから萌黄《もえぎ》、それに柳、どれも春に着用する服の色合です。紅梅は、表の布が紅、裏の布が紫で、紅梅の花のような色の襲《かさね》、それから萌黄（葱）は、草や芽の萌え出るときの色で、表の布が萌葱で、裏の布が花色の襲。そして柳は、柳の葉の出始めるころの色合で、表の布が白磨《みが》きで、裏の布が青という、どの色合も、正月十五日ですから、春の季節を代表する植物の、紅梅、柳、萌黄（葱）をまねた装束で、儀式に女房としてお仕えしていたわけです。

それが、「取りも代へつべくぞわかやかなる」と、あまり派手なので恥ずかしかったといっており、彼女の性格がうかがえるように思われます。本当に彼女が着ていたものなので、この自画像をとおして、千年も前の、派手ではずかしかったという彼女に会えたような気がいたします。

清少納言は、自分の着物のことを二例記しておりますが、一例は、桜、葡萄染、紅、白、薄色などの色合の直衣、指貫などの素晴らしい衣装の、頭中将と御簾《みす》ごしに会っている場面ですが、清少納言は自分の姿を、前年に定子中宮の父君が亡くなられて、服喪中でしたので「あるかなきかなる薄鈍《うすにび》、あはひも見えぬうは衣などばかり、あまたあれど、つゆのはえも見えぬに、おはしまさねば裳も着ず、袿すがたにてゐたるこそ、物ぞこなひにてくちをしけれ。」（『枕草子』八三段）とのべております。服喪中ですので、薄いグレーの着物、下に重ねるのもそれに準じた色のもののようですから、「絵にかき、物語のめでたきことにいひたる」、という程の素晴らしい美男子が御簾の外にいる美しい情景もぶちこわしになってしまって残念だ。本当に「物ぞこなひにてくちをしけれ」とのべているとおりだったと思います。以前、積善寺《さくぜんじ》供養当日の、「赤色《あか》に桜《さくら》の五重の衣《きぬ》」（二七八段）という、はなやかな正装を着用していた場を、どのように思いおこしているか、見ばえもしない服装が残念だったと言っている時の彼女の心情にふれたような気がいたします。

紫式部は祝儀の場、清少納言は喪中の場をとりあげましたが、対蹠的な二人のあり方が不思議におもえます。

稲荷と、「白」と鳥

平成二年の十一月十二日、即位礼の儀に先だって、まず、天皇が即位礼を行うことを神前に奉告される賢所《かしこどころ》大前の儀が、宮中三殿の賢所でとり行なわれた。その重要な神事に、天皇は「白」、そして皇后も同じく「白」の装束を着用されていたのを、私たちはテレビをとおして拝観することができた。

さらに、その後の二十二日の夜から翌未明にかけての、最も重い祭祀の大嘗祭《だいじょうさい》が、新たに設けられた白木造りの大嘗宮を包む闇の中で、ただ、かすかな脂燭の光に照らされて、その秘儀が進められたということであり、私達は、天皇の御祭服の「白」がほのかに浮かび上って見えるのをとおして、遙かな古代への思い、ともいえるものを、あらためて感じたのであった。なお、この祭祀にも、皇后は「白」の装束で帳殿に控えて居られたという。

この大嘗祭は大嘗会《え》とも称し、即位の始めに行なわれる大礼で、即位後、新穀《しんこく》をもって天祖を始め天神地祇を祭られる大祀で、天武天皇以来、代毎に行なう式を大嘗、年毎に行なう儀を新嘗と称し、悠紀殿《ゆき》、主基殿《すき》二棟の神殿が設けられている大嘗宮で行なわれるということである（河鰭実英『有職故実』塙書房　昭和51・7　一七三頁）。

このような最も重い祭祀に、天皇が奉仕される場合、その祭服が「白」であることは、古来から守られてきた伝統と考えられる。

神事祭祀にかかわる「白」

上代の法令の中に「衣服令」という衣服に関する制が規定されていて、それによると、

「凡服色は、白、黄丹、紫、……黄、……橡墨、此の如き属は、当色以下、各兼ねて服すること得」（『律令』（日本思想大系）岩波書店　一九七七・十二　三五四頁）

とあり、服色の種類が序列に従ってならべられている。「白」が一位におかれ、次が「黄丹《おうだん》」であるが、この色は、「皇太子の礼服　礼服の冠。黄丹の衣」（『律令』三五一頁）とあるように、皇太子の礼服の色と定められている。「白」はその上位にあることから、天皇の服色と考えられる。

つまり、上代の法令の上で、天皇の正式の服の色は「白」と推測される。

この「白」の服は、例えば、『風土記《ふどき》』をみると、崇神《すじん》天皇の御世に、大坂山（大和から河内に越える要路の山）の頂《いただき》に、「白細《たへ》の大御《み》服《ぞき》服まして、白桙《ほこ》の御杖《つゑ》取りまし、識《さと》し賜ふ命《みこと》は、」（常陸国香島郡六七頁）とあって、「白」い服を着、「白」い桙を杖として現われた神が、私を祭ったなら、国の大小を問わず全部、汝《いまし》（崇神天皇）が統治できるようにしてあげようと託宣された。そこで天皇が、神意をよく聞きしることのできる者に、この事を問い正《ただ》されたところ、これは、「鹿島《かしま》の国に坐《いま》す天つ大御神の擧《さ》教《と》しましし事なり」と答えたというのである。つまり、鹿島神宮の「香島《かしま》の天《あめ》の大神《おほかみ》」が、「白」一色の姿で出現されたわけで、「白」の服は、神に関わる色でもあったようである。

「白」という色は、『祝詞《のりと》』には、例えば、「御年《みとし》の皇神《すめかみ》の前に**白き**馬・**白き**猪・**白き**鶏、種種の色物を備へまつりて、」（祈年祭《としごひ》三八七頁）とあるように、農作物の豊作を祈願する祭の時、御年の皇神（穀

物のみのりを司《つかさど》る神）に、馬や猪や鶏の「白」色のものを備え、捧げることがのべられている。

また、例えば、『祝詞』の「出雲国造神賀詞《いづものくにのみやつこかむよごと》」という、出雲の国の造が朝廷に出て、出雲の神からの祝いの言葉を述べている中に、「天の下を知ろしめさむ事の志《しるし》のため、白鵠《しらみどり》の生御調《いきみつぎ》の玩物《もてあそび》と、倭《し》文《づ》の大御心もたしに」（四五七頁）とあり、出雲の神と天皇との間の奉り物に、「白」い鵠（こうのとり）がとりあげられている。

あるいは、『古事記』には、

「……「能美《のみ》の御幣《みまひ》の物を献らむ。……」とまをして、布を白き犬に繋《か》け、鈴を著けて、……犬の縄を取らしめて献上りき。」（三〇九頁）

とあり、天皇への幣物を「白」い犬を使って献上している。

このように、神事、祭祀の、捧げ物、天皇への御調、贈物、これらに関わる物が「白」であることには注目される。

伝承にみられる「化」という現象と「白」

我国の古来からの伝承の中には、神秘的、不可思議な事象がしばしば語られていて、それは、『古事記』や『日本書紀』、あるいは『風土記』などに載せられている神話、歴史伝説、遊離説話などにみることができる。

その事象の中で、最も顕著なものの一つが、「化」という、或る物象が、全く異質の他の物象に変る現象である。

一、二例をあげてみると、黒い御縵《かづら》（鬘）が「化」して蒲子《えびかつらのみ》（蒲陶）が生《な》る（『古事記』六五五頁）。玄櫛《くろくし》が竹林《たかはら》に「化成《な》」る（『日本書紀』上一六八頁）。

　これらは神代の出来事であるが、そればかりでなく、神武天皇以降の歴史の中でも、例えば、坂（足柄《あしがら》）の神が「白」き鹿《か》に「化《な》」る（『古事記』二一五頁）。美和大物主神《みわのおほものぬしのかみ》が、丹塗矢《にぬりや》に「化《な》」り、さらにそれが壮夫《をとこ》に「成《な》」る（同書一六一、一六三頁）。赤玉が嬢子《をとめ》に「化《な》」る（同書二五五、二五七頁）。川嶋の社の神が「白」き鹿に「化為《な》」る（『風土記』四四三頁）。こういった事象が度々おこっている。

この、現実にはあり得ない、何とも不思議な事件に関わる物は、それ自体は、縵《かつら》（鬘）、蒲子（蒲陶）、櫛、竹林、鹿、矢、玉、壮夫、嬢子など、いずれもごく通常見られる現実的な物である。

　それでは、このような当前《あたりまえ》の物でありながら、それが「化」という、つまり化《ば》けるとも言える不可思議な現象をおこす、というのには、何か、異常な点がなくてはならないはずであろう。これ等の物を見ると、その多くが、色彩で形容されていることに気づく。これは、普通の物でありながら、「化」をひきおこす特異な性格をその物に持たせるために、色彩を示す必要があったからとも考えることができそうである。小著（『増補版　万葉の色――その背景をさぐる――』笠間書院　二〇一〇・三）に述べてあるので、ここでは略すが、このような超現実的な事象に関わる物の色を見ると、赤（二例）・丹（二例）。黒（三例）・玄（一例）。青（二例）。黄（一例）。それに、五色《ごしき》（二例）で、これ等の色は、いずれもそれぞれの物の本来の色ではない、つまりその物にとっては異常な色である。

　とくに、きわめて多いのが「白」であり、「白」鳥、八尋《やひろ》「白」智鳥、「白」犬（狗）、「白」鹿、「白」猪、そして、「白」石、「白」水など、その例は二十余を数える。これ等には動物が圧倒的に多く、おそらく生来の毛色がその色素欠乏のため「白」色になったものらしく、現代では、これは誰でも知っていることとなので、格別、不思議とは思わない。しかし上代の人達にとっては、まことに奇異に思われたようで、「化」という不可思議な事がおこるのも、それが「白」であるから、というように結びつけて考えたのではないかと推測される。

このように、超現実的な、いわば神秘的な、霊的な、一種の原始宗教上の呪的とも言える事象がおこる場合、それに関わる物には、「白」が圧倒的に多い。言いかえれば、物が「白」であることによって、このような事柄が引きおこされる、と当時の人達に信じられていたからといってもよさそうである。

外来の祥瑞《しやうずい》と、我が国の祥瑞と「白」

我国は、早くから、半島、大陸との交流が盛んで、神功《じんぐう》皇后が新羅《しらぎ》へ遠征されたり、推古天皇時代には、隋《ずい》へ遣《けん》隋使が派遣されたりして、さまざまな文物が流入してきたことは周知のとおりである。我国の神代からの伝承に見られるこのような、「白」への心情は、やがて上代の人びとが、外来の思想を容易に受け入れる基盤にもなったようである。というのは、中国の思想・観念に「祥瑞《しやうずい》」と称せられる事柄がある。

孝徳天皇（五九七？ 六五四）の時代に、穴戸《あなと》（長門国）に「白」雉《きじ》が出現したというのでこれを天皇に献上した。朝廷では、この事を、当時の外国（中国・朝鮮）通《つう》に問い正したところ、中国では、王者が仁聖で明君であると、自然の災害もなく、国がよく治まって太平であり国民も喜ぶ。こういう時に、「白」雉が現われる、と答えた。このような有識者の意見を聞いて、朝廷では、これを「祥瑞」とみなし、「白《はく》」雉《ち》元年二月十五日に、「白」雉を輿に乗せ、左・右大臣、百官人、それに、百済《くだら》、高麗《こま》、新羅《しらぎ》の人達、全員が皇居の中庭に参集し、天皇は皇太子（後の天智天皇）と共に「白」雉を御覧になった。その儀式は、さながら重要な典例の「元会儀《むつきのついたちのよそほひ》」（賀正礼）のように、盛大に行なわれた。そして、とくに、大赦《たいしゃ》を行ない、さらに、その時の大化という年号を「白《はく》」雉《ち》（六五〇年）と改元するという、国をあげての慶事となった（『日本書紀』下三一二～六頁）。

この「祥瑞《しやうずい》」（『唐六典』巻四　尚書礼部「凡祥瑞応見……祥瑞貢献」）については、令に規定が載せられており、「儀制令」（『律令』三四五頁）には、これに該当する物の判定規準、その物の取扱い方、また、大瑞《だいずい》及び上瑞《じやうずい》以下の順位をつけて、大瑞の時はすぐ奏上するように、ということ等が決められており、国家にとって重要な事柄であったようである。これは、中国の思想でいう「天」という絶対者が見ていて、政治が「天」の意に適《かな》うと判断した時、それを人間に知らせるために出現させるものであるということで、いわば、神の判定であり、動かし難い神聖なもの、というべきである。従って、「祥瑞」は、天皇の善政、太平の世の何よりの証《あかし》として、為政者は、これを広く国民に知らせようと努めたようである。

「祥瑞」は、外来の思想・道徳、あるいは政治等に関わるものであったが、我国では、これを受け入れ、孝徳朝以降、国家的慶事となった。

各時代の政情により、また「祥瑞」の段階（大、上、中、下）によって相違はあるが、この物を発見した者はいうまでもなく、その物が出現した地域を管轄する役人、その地域の人たち、さらに広く国民全般にも恩典が与えられ、褒賞、位階の昇進、免税、罪人の恩赦などが行なわれ、さらに元号が改められることも度々であった。従って、「祥瑞」に該当するような珍稀、異常な物の出現を望むあまり、なかには、蹄を牛のように刻んだ偽《にせ》の奇形の馬を献じ、そのことが明るみに出て罰せられたこと（『続日本後紀』後四〇四頁）があった程である。

それでは、この『祥瑞《しやうずい》』に該当する物とは、どのような物象なのか。令の「儀制令」には「凡祥瑞応見。若麟鳳亀竜《りんふうくゐりう》之類。……」（『律令』三四五頁）とあり、亀の他は我国では見ることも出来ない空想的ともいえる物で、『延喜式』（平安中期の律令の細則）には、具体的に多種多様の物象名と、その形状が記されているが、それらの一四五種のうちの大半は、実に不思議な物象である（『宋書』巻二十八の志第十八符瑞中及び巻二十九の志第十九符瑞下に掲げてある物を典拠にしているようである）。これは、令も、『延喜式』も、いずれも中国の「祥瑞」に当る物を典拠としたわけであるから、本家の中国の「祥瑞」に当る物というのは、超現実的な奇異なものばかり、といっても過言ではない。しかしそれに対して、我国で現実に『日本書紀』や『続日本紀』等の史書に記載されている「祥瑞」とみなされた物は、物自体はごく普通の平凡な物である。それが、「祥瑞」と認められたのは、僅かな奇形の他は、殆どが、その物にとっては異常な色であることであった。

詳細は小著（『増補版 万葉の色』の中の「万葉のしるしの背景――上代の祥瑞について――」の論）を御参照いただきたいが、上代の我国において「祥瑞」とされた物は、その色が、「白」（六九例）、赤関係（十二例）、黒関係（一例）、その他、五色《ごしき》、七色などの物である。我国では、中国の諸典籍に拠っている「儀制令」や、『延喜式』に載せられている空想上の物ともいえるような非現実的なものは、おそらく出現不可能と考えたのであろう。そこで、稀には奇形もあるが、その物として異常な色である場合は、出来る限り「祥瑞」と認めようとしたのではないかと推測される。

霊魂が「白」い鳥と化《な》る

前記のように、孝徳朝に、「白」雉が出現したのを、「祥瑞」とし、この慶事によって大化という年号を「白《はく》」雉《ち》と改元したのであって、これが「祥瑞改元」の始めとなったわけである。

元号については、『古事類苑』（一八六九〜一九一四年刊。神宮司庁編。百科全集、本文一〇〇〇巻。古代〜近世）の、「天部」、「才時部三」に詳細に記され、また、森鷗外の論（「元号考」（鷗外全集　第二十巻）一六五頁以下に詳しく論じられている）にも、その命名の典拠などが掲げられ、鷗外は、これについて相当熱心であったということである。

我国では、年号は、孝徳天皇の大化に始まり、その後、度々改められた。『古事類苑』には、「改元ニハ、代始改元、祥瑞改元、災異改元、革命改元、革令改元等ノ別アリ」（年号上）（一五五頁）とあり、これらの理由で改元されたという。そして、中世になると、一天皇の時代に七八度も改元され、短い時は一年にも及ばず改元されたこともあり、また、それとは逆に、三十余年にわたって改元されないこともあったといわれ、一皇一元の制は、明治改元の詔に始まるということである。

明治、大正、昭和という年号は、いずれも一皇一元の制に当り、今、私たちは、平成という年号の代に生きているわけである。

元号の始めの、大化について、前記の森鷗外の「元号考」には、その出典として、書（大誥）、孟子、荀子、呂氏春秋、漢書、忠経、潜夫論、晋書、宋書、北史、陸機、魏明帝、魏志、などの漢籍があげてある。明治から今日の平成まではこれと同様、元号は、漢籍の字句の中から選んでいるわけである。

坂本博士は、

「年号を建てることは大化に始まり、奈良時代の終りの天応に至るまで、都合十七の年号が行われた。改元の時は、大体天皇の代変りに合うけれど、直接の動機はそれに優先して祥瑞の出現におかれた。……祥瑞によって改元することは、祥瑞に象徴された政治の成功を信じ、神の加護を感謝するとともに、その喜びを天下にわかとうとするものである」（『日本古代史の基礎的研究　上　文献篇』東京大学出版会　一九六四・五　三九四、三九五頁）

と述べられている。

この、自然界の奇異の現象の出現を、教化政治の成功の象徴と見る「祥瑞」思想が、我国にも容易に受け入れられたであろうことは、元来、我国では、前記のように、神話、伝説、説話などにみられる「化」のような事象が、神代から屢々起っていたこと、そして、霊性神性を持たなくては不可能のような超現実的な事象を引き起す物が、主として、動物の、とくにその物生来の色ではない、「白」色であったこと、これ等のことが基盤になったものと推察される。

このように、原始から、呪的、霊的な力を持つと信じられていた物を、外来の奇妙な空想的ともいえる物、つまり「祥瑞」に該当する物としての条件にあてはめることは、ごく自然の成行《なりゆき》であったろう。結果的に殆ど同一傾向のものであるといってよく、我国の、古来のままの感情にも違和感を持たれずに肯定されたようである。

具体的のことは、小著（『増補版 万葉の色』の中の「色の霊力――「化」という事象を一例として――」の論）にのべてあるので略すが、「祥瑞《しやうずい》」に当ると認められた物には、とくに動物が多く、それは、雉、鷰《つばめ》、鷹、雁、鵄《ふくろう》、鴿《はと》、烏、巫鳥、雀、茅鵄《とび》、山鶏、鳩。それに、狐、鹿、亀、鼠、鼈《すつぽん》、蛾、蝙蝠などであり、これらが、いずれも「白」色で出現した場合、「祥瑞」として扱われているのである。

勿論、この他自然現象としての、「七色相交」とか、「五色」とか、「本朱末黄稍具五色」のような雲。植物の、「白」の椿の花。鉱石の、「白」の馬瑙《めのう》。これらも「祥瑞」とされているが、ごく僅かである。

このように、我国古来の心情と、外来思想とが合体したような、我国なりの「祥瑞」に関わる物象には、圧倒的に、物としては動物、とくに鳥類が多く、さらに、その「白」色のもので占められているる、といっても過言ではない。

それは、その種類が多様であるばかりでなく、同種の鳥が何回も出現しているのである。例えば、「白」雉は十二回、「白」鳥は十回、「白」鷰は六回、「白」鳩は五回、「白」雀は四回というように。

国家にとっても最も重い改元がとり行なわれた、その始めは「白」雉、いわば、鳥であり、「白」色ののもの出現によったわけである。

鳥と「白」の霊力

鳥が霊的な力を持つことは、例えば、『古事記』によると、東征の後、倭建命《やまとたけるのみこと》が崩じられるが、その霊は、

「是に八尋《やひろ》白智鳥《ちどり》に化《な》りて……」（景行天皇時代　二二三頁）

のように、大きな白い鳥に「化《な》」られる。このことは、『日本書紀』にも、

「時に日本武尊、白鳥と化《な》りたまひて、陵より出で、倭国を指して飛びたまふ」（上三一〇、三一一頁）

とある。また、天武天皇時代（六七三～六八六）に「雌鶏、雄に化《な》れり」（『日本書紀』下四二二頁）とあり、聖武《しょうむ》天皇時代（七〇一～七五六）にも、

「従二楯波池一。飄風忽来。吹二折南苑樹二株一。即化成レ雉。」（『続日本紀』前一一〇頁）

という記事がある。つまり、死後の霊魂が「白」い鳥に「化《な》」り、あるいは、雌《めす》の鶏が雄《おす》の鶏に「化《な》」ったり、また、つむじ風で吹き折られた二本の樹が雉に「成《な》」ったり、こうした話が史書に載せられている。『風土記』には、

「宇武加比賣命《うむかひめのみこと》、法吉鳥《ほほきどり》と化《な》りて飛び度り」（出雲国一二九頁）

また、

「白鳥ありて、天より飛び来たり僮女《をとめ》と化為《な》りて、」（常陸国七五、七七頁）

あるいは、

「天の八女、倶に白鳥と為《な》りて、天より降りて、……実に是れ神人なりき。」（逸文近江国四五七、四

五八頁）

など、「うむかひ」という大蛤を名とする神が「ほほきどり」という鴬に「化《な》」ったり、白鳥が僮女に「化為《な》」ったり、天女が白鳥に「為《な》」ったり、伝承の中には数多くみられる。

また、「白」き鳥が、「餅《もちひ》」に「化為《な》」り、さらに、芋草数千株許《ばかり》と「化《な》」る話（豊後国三五七頁）や、餅が「白」き鳥と「化《な》」り、発《た》って南に飛んだという話（豊後国三七三頁）、秦公伊呂具《はたのきみいろぐ》が、矢の的《まと》にした餅が、鳥と「化《な》」って飛んで去って居た所の森を鳥部《とりべ》という、という地名の由来の話（逸文山城国四一九頁）、弓を射るのに的がなかったのか、餅をくって的にして射ているうちに、その餅が「白」き鳥に「な」って飛び去ったという話（逸文豊後国五一四頁）など、『風土記』には、「白」い鳥に関する話は多いが、すでに、滝音能之氏の「風土記にみられる餅と天女と白鳥と」（「朱」第三十一号　昭和六二・六）、というすぐれた御論攷があるので、省かせていただく。

以上のような、神話、伝説、説話等によっても、鳥が、神性を備え、霊力を持つもの、いわば、超能力ある物と、上代の人達に信じられていたことは明らかである。

とくに、『古事記』でも、『日本書紀』でも、同様に、倭建命《やまとたけるのみこと》（日本武尊）が、崩後、大きな鳥、それも「白」色のそれに「化《な》」り、倭《やまと》の方に飛んで行かれ、その「白」い鳥が留まった所、留まった所に陵《みささぎ》が建てられ、これらを、「白《しら》」鳥陵《とりのみささぎ》と称したことが記されている。

これは、神々の御世から、人皇《じんのう》（神武天皇以降）の御世へと、時代が進み、すでに神性を失ない、いわゆる人間になってしまった、『古事記』や『日本書紀』を編纂する時代の人びとが、景行天皇の命《めい》で、度々遠征され、その途次、倭《やまと》へも帰ることができず、若くして果てられた、いわば悲劇の英雄としての倭建命を、人間ではあるが、神力を持ち得た超人的な人として、鑚仰《さんぎょう》しようとしたからではなかったかと推測される。

さて、人間の死後、霊魂が鳥と化して彼岸に行くという信仰は、南洋、アフリカ、西北アメリカの神話・儀式にもみられ、日本でも「白」鳥を神の霊魂のあらわれとみ、それが田に来臨するとみる民間信仰が古く存在している。また、死者の霊魂が鳥になるという観念は、世界的に拡がっており、中国でも会稽《かいけい》の介象は死後、「白」鶴に化したといわれ（神仙伝、巻九）、また東南アジアにも多く、たとえば、アッサムのアオ・ナガ族では、死者の霊魂の現象形態はアオタカである（『日本書紀　上』（日本古典文学大系）岩波書店　昭和51・3　補註六〇三頁）、ということである。

日本国の象徴としての天皇が、内外に即位を宣言される典礼の中で、祭祀に着用された服の色は前記のように「白」であった。

この「白」は、原始時代から、神性、霊力を持つと信じられてきた色であろうことは、古来からの伝承による神話、歴史伝説、遊離説話などから知ることができたし、さらに、改元が行なわれる程の慶事になる外来の「祥瑞」に該当する、超現実的、不可思議な物に大きく関わる最も重要な色でもあった。

そして、鳥は、これまた「白」と同様、古来、超能力、呪力を持つと信じられてきたばかりでなく、「祥瑞」に相当する物の中でも、最も多数を占めているのであった。

さらに、『続日本紀』には、「○癸巳。武蔵国献二白雉一。……即下二群卿一議レ之。奏云。雉者斯群臣一心忠貞之応。白色乃聖朝重光照臨之符。……」（称徳天皇時代三五五頁）とあり、雉という鳥と、「白」という色について、一つの象徴的意義を示しているものと考えられる。

伏見稲荷の原義にふれて

終りに、滝音氏がすでに述べられているので、略させていただくが、「伊奈利《いなり》と稱《い》ふは、秦中家忌寸《はたのなかつへのいみき》等が遠つ祖《おや》、伊侶具《いろぐ》の秦公《はたのきみ》、稲粱《いね》を積みて富み裕《さきは》ひき。乃ち、餅《もちひ》を用《も》ちて的《いくは》と為ししかば、白き鳥と化成《な》りて飛び翔《かけ》りて山の峯に居り、伊禰奈利《いねなり》生ひき。遂に社《やしろ》の名と為しき。……」（逸文山城国四一九頁）と『風土記』にあり、伊奈利、つまり、京都市伏見区の稲荷山の西麓の稲荷神社の由来が記されている。餅を的にしたのが、「白」き鳥に「化成《な》」って、それが稲になった、というのである。

伏見の稲荷の原義に、これまで述べてきたように、「白」という色、鳥という物への、我国の人びとの古来からの心情が象徴されている、ということを、以上、いささか申し述べたわけである。

典拠文献

『古事記』『風土記』『日本書紀』『祝詞』は、いずれも、日本古典文学大系（岩波書店）
『続日本紀』は、新訂増補国史大系（吉川弘文館）
『延喜式』は、新訂増補国史大系（吉川弘文館）

紅《くれなゐ》

『万葉』には、紅の面《おもて》や、紅の裳《も》・衣など、紅が多くよまれ、相聞ではこれが比喩に使われたりして、後期の作を美しく華やかにいろどっている。

『古事記』には、仁徳朝に、「紅き紐着けし青摺の衣」を着ていた口子臣《くちこのおみ》が、庭中を葡匐《ほふく》して進み、「水潦《にはたづみ》紅《あか》き紐に拂《ふ》れて、青皆紅《あか》き色に変《な》りき」のように、水たまりにぬれて紅の色が褪せて変ってしまった話。

『風土記《ふどき》』には、応神の御代に「紅草《くれのあゐ》、此の山に生ひき。故阿為《あゐ》山と号く」と、播磨国揖保郡の山の名の由来にとりあげられている話。こうした諸例がみられる。

『正倉院文書』には、羅《ら》、錦、夾、﨟纈《ろうけち》などの豪華な布類。牙（撥《ばち》）、とくに、金・銀の塵《じん》や薄《はく》をほどこした絢爛たる経典の料紙、などにこの色が多い。また、「大仏殿上敷紅赤布帳壹條長四丈三尺五副」（天平勝宝四年四月九日）（『正倉院宝物銘文集成』）とあるのは、大佛開眼（七五二）の折であろうか、その盛儀が偲ばれる。

平安時代になると染色技術も高度に進み、その一例だが『今昔物語集』には、「紅ノ打タル細長《ほそなが》」を遣水《やりみず》に落し、驚いて引き上げて振ったところ、水が走って乾き、濡れない部分とその艶も全く変わらなかった（巻二十四小野宮大饗九條大臣得打衣語第五）、とある。

この紅は醍醐天皇（八八五 九三〇）時代からは『政事要略』（平安時代の法制書）（巻六十七糺弾雑事七）をみると、「而京師盛好二此服一」とあり、人々を魅了した。しかし、深紅は、「当時号レ之曰二火色一。……亦号レ之曰二焦色一。……宮中及京師頻有二火災一。」のように火事の頻発は、この流行によるということ。さらに、

「……**紅花**増レ貴。一斤直銭一貫文。今以二廿斤一染二絹一疋一。則当レ用二銭廿貫文一。此則中民二家之産也。況今婢妾一人所レ着。非三唯五六疋一乎。然則以二十家終身之蓄一。爲二一婢洟日之飾一。」

とあるように倒産的な高価で、過差《かさ》（奢侈）この上もないということ。こうした点から「禁三制美服**紅花**深浅（イ本作染）色等一。」（『紀略』）といった趣旨の禁制がくり返し発せられた。

しかし、藤原実資《さねすけ》の『小右記』に「（長和二年九月二日）…随身等申云、雖○《給》蘊芳、染**紅花**可着者、以**紅花**爲勝耳」とあるように、染料は蘇芳より紅花が勝っている、と言っている。藤原道長の『御堂関白記』には「（寛弘三年十一月廿五日）…六位等美服有勘当」のように罰せられたり、「（長和二年十一月十五日）…下仕装束甚見苦過差」などのように、過差を戒めたりしているが、『小右記』に「（長和三年十一月廿一日）…亦六位着**紅色**、是有不可着之仰、而不憚着用」と、三条天皇の御命令を無視して、最高権力をもつ爲政者《いせいしゃ》道長が六位に紅を着用させている。

そして、『栄花物語』に「**紅**《くれなゐ》の織物などは制あり」（暮まつほし）とか、「この御時、……**紅**を着せさせ給はず」（松のしづえ）、「**紅**の打衣は、猶制ありとて」（布引の滝）など、後代にまで続いた禁制に対して、とくに宮仕えの女性などは「ものの栄《はえ》なけれど」とか「制あればいと口惜しくぞ」などと不平でたまらなかったらしい。

源高明の『西宮記《せいきゅうき》』（平安中期の公事・作法・装束などを類別、漢文で記す。）の「成二勘文一事付四名帳役畢勘文」という條には、強盗の臓物《ぞうぶつ》の中

に、「黒紅花單一領」、「黒紅花染單袴二腰」、「黒紅花阿古女一領」、「紅花染綿掛一領」などがあり、これをみると、黒みがかるほど濃く染めたと推測される濃い紅花染の黒紅花染の衣類が盗む価値ある品であったことが察しられて興味深い。

近世になると、本紅《ほんもみ》はとくに富裕な町人や高級な廓《くるわ》の遊女など、贅の限りを尽す者たちに着用された。しかし庶民も着たくてたまらず、にせ紅がひろまったらしい。

西鶴の『日本永代蔵』によると、京の桔梗屋甚三郎という貧しい染物屋が、人の嫌う貧乏神を藁人形に作り、丁重に祭ったところ、貧乏神は大変喜んで枕元にゆるぎ出て、「柳はみどり花は紅井」というお告げをした。彼はこの霊夢は紅染のことであろうと、日夜一心に工夫して、紅花を使わず蘇芳で下染をし、それを酢でむしかえしたところ本紅にかわらぬ色ができた。これを秘密にして染め、目の肥えていない江戸まで来て売りさばき、その売上金で奥州方面の真綿《まわた》を買って京へ持ち帰って売る、という鋸商《のこぎりあきない》（往・復で利を得る）をして大金持になった。このにせ紅を彼の名をとって甚三紅《じんざもみ》といった、というのである。

ごく〳〵貧しい庶民階層の人たちも「此中見たうちに、甚三紅絹《もみ》の八ッ過《すぎ》かといふ身頃《みごろ》があったが、弐朱と四百《いっぽん》といふ云直《いひね》だから、直切《ねぎ》たらまた負《まける》だらう」と『浮世風呂』（二編巻之下）に描かれているが、このにせ紅の、色も質も悪いのを、まけさせてやすく買い、二人で分けよう、と女湯の中で話しあっているのである。

いずれの世でも、紅色は、この上なく魅力ある色、好まれた色、そして栄え続けた色であった。

江戸の主な色——文学作品などに見る

あ 行

【浅葱・浅黄】 あさぎ

葱《ねぎ》の若葉のような色、藍の単一染。

西鶴の『男色大鑑』に、「肌には白き袷《あはせ》に。上は**浅黄**紫の腰替りに。五色の糸桜を縫せ」とあり、果たし合いをする武士が「浮世の着おさめとて」一段と「はなやかに」装おうとする色として描かれている。同じく「**浅黄**上下《かみしも》」とあり、切腹の際着用されている。また、「無地の喪服に**浅黄色**の上下葬礼」(『けいせい反魂香』)とあるのをみると、葬儀の際の上下の色ともされた。

なお『辰巳之園』には、お大名の勝手用人らしい人物の恰好を「**浅黄**むくの下着」と描いている。

この色は、後にも度々引用する近松の、『融大臣』の中に、「京と東の色くらべ」とあって、「まづ初春の空色に。……」からはじまる。それに「……薄**浅黄**、又水**浅黄浅**くとも、せめて一夜は濃い鼠」と歌っている。また、近松の紺屋の事件を描いた浄瑠璃にもその店先が舞台であるということから、染色が多くよまれ、「こちとは紺屋の手間取。何事もさらりっと**浅黄**にいうてゐよいやい」(『重《かさね》井筒《ゐづつ》』)とある。さらに近松の浄瑠璃に正月に外出する遊女たちの極彩色《ごくさいしき》の晴着《はれぎ》がこの色を含めて、「紺に鬱金《うこん》に薄染**浅黄**。織物縫物染物づくし。……」(『山崎与次兵衛寿の門松』)と描かれている。

なお、『好色五人女』にも「年の程三十四五と見えて……下に白ぬめのひつかへし。中に**浅黄**ぬめのひつかへし……」とある。『春告鳥』に登場する芸者が「**浅黄**縮めん」の湯具《ゆぐ》(腰巻)を付けているとあり、その他の着物の色を細かく描いた上で、作者爲永春水は、「モシ好風《いき》なこしらへでございませうネ」と読者によびかけている。

また、歌舞伎にも「よう〳〵立髪姿に伊達《だて》風流。……紅葉の顔にうすげしやう、**浅黄**羽折の紐きやしやに」(『役者論語』)とあり、これは若立役(二枚目)をほめる女形の誉詞であるという。

このように、男、女の衣装にこの色を用い、「はなやか」、「いき」、「だて」、「きゃしゃ」などの江戸風の美を感じとっていたようである。

ただ、その反面、「やぼ」を表わす色ともされた。『辰巳之園《たつみのその》』に、「花色小袖に**浅黄**裏を付……」という恰好で、「下拙もはつ出府ゆへ、方角もぞんぜず」と言い、日本橋茅場町の薬師如来へ参詣する人たちで賑わっているのをみて「いやはや、とつぴやうしもねヱこんだアむし」と驚いている「御《お》国衆《くにしゅう》」の様子が描かれている。

この「**浅黄**裏を付」というのが田舎侍の特徴で、それから江戸の慣例などに無知な者たちを「**浅黄**裏」と言うようになった。例えば高慢斉という、万《よろ》ずの遊芸に達し、俳諧の師範をしている男が鎌倉北条家の家臣や当地の人をさして「おの〳〵がた一生涯、あたまは秋の棕櫚《しゅろ》束子《たわし》のごとく、きものはぜに金をかけて、さへもせぬ**浅黄**裏などでおくらしなさるべし」(『高慢斉行脚日記』)と馬鹿にしている。

ともかく洒落本『辰巳之園』の刊行(明和七=一七七〇)前後の年代に浅黄、**浅黄**裏の見えぬ川柳評の摺物《すりもの》はないくらいであったという。遊里語に通ぜず「手管《てくだ》とハ何の事だと**浅黄**うら」、廓《くるわ》で馬鹿にされて「どのうらへ行つてももてぬ**浅黄**うら」(以上『川柳評万句合』)、また「まだ出来ぬ顔へしかける**浅黄**裏」「いやな男も来よふなと**浅黄**いひ」(以上『誹風柳多留』)などがその一例である。『古朽木』に「**浅黄**うらは野暮てんの看板にして」とあるという。

【菖蒲色】 あやめいろ

花菖蒲の花の色に似た冴《さ》えた赤味の紫色。

この色の八丈の衣装を、西鶴は、「されどもよろしき所へ出生《しゅっしょう》して風流なる出立。肌にりんずの白無垢中に紫がのこの両面うへに**菖蒲**《あやめ》八丈《はちじょう》に紅《もみ》のかくし裏を付て……」(『好色一代女』)と記し、この姿を、呉服商売の若者がみて、「あの身のまはりを買ねうちにして、壱貫三百七十目が物と其道覚て申き。さても奢《おごり》の世の中や、此衣裳の代銀にては、南脇にて六七間口の家屋敷を求めけるに、したりく、寛濶《くわんくわつ》者目」と皆が言ってながめたというのである。それほど贅沢《ぜいたく》な色の一つでもあったらしい。

【藍】あゐ

蓼《たで》科の植物の藍を染料とした青い色。

『春色辰巳園』に「いつも立寄湯帰りの姿も粋な米《よね》八が……抱たる浴衣も**京藍二重染**、八重に咲たる丹次郎が花の色匂に心せく……」とあり、深川芸者の米八の、牡丹の花の模様を二回染めて濃淡を出した、京の上等な藍染の浴衣をかかえた湯上がり姿に、「粋な」と垢《あか》ぬけした洗練された美しさを感じとっている。

【藍海松茶】あゐみるちや

海松茶の藍がかった暗い灰青緑色。

「か丶る家の女郎は、白縮緬に縫紋の小袖を浅黄に染め直し、其次を空色、其跡を**藍梅松茶**に焼き返す事お定まり也」(『好色万金丹』)とあるのをみると、白から次第に青味を加えて染め直し、最後はこの色というわけで、当時貧しい廓《くるわ》の遊女は、同じ生地を薄い色から濃い色へと何度も染めて、何枚もの着物を持っているようにみせかけたのであろう。

近松の『融大臣』には「京と東の色くらべ声の色こそやさしけれよの……しめよせて。かき寄せて。**藍海松茶**。……」とあり、男女がしっかり寄りそって逢見《あいみ》るというのを、この色名に懸けている。

【伊予染】いよぞめ

伊予簾《す》を重ねて透かした時に見える木目《もくめ》のような模様を染めたもの。文化年間(一八〇四―一八)に江戸で流行。縦線の密なところと粗なところとを作って、この模様にした。色は藍の濃淡や、藍と茶を用いたりすると言われている。(上村六郎氏説)
『浮世風呂』にたびたび見える。十から十一の小娘の間でも好まれたようで、一人が、お正月からの不断《ふだん》着に母親に路考茶《ろこうちゃ》を染めてもらった、と言うと、もう一人が、「よいねへ、わたくしはネ、今着て居る**伊予染**を不断着にいたすよ」と話している。また、「……鼠色縮緬だつけが**伊予染**に黒裏さ」という衣装を「どうもいへねへ風俗だつけ」、つまり、言うにいわれぬほどだ、とほめそやしている。そして、「そりやアさうと一面に**伊予染**だの「アイサ。路考茶か、鼠か、伊予染さ。みんな昔流行《はやっ》たさうだが、段〳〵流行返るのだ……いよ染はよつぽど大むかしはやつた物だが相かはらず廃《すた》らねへ居《で》て、今又ずつと流行《はやる》のださうさ。私等が内の婆さんが話したつけ」と、女風呂で二十三、四の嫁とお壁といふ女が話し合っている。これをみると、婆さんの時代から流行し続けた染め色らしい。

【鶯色】うぐひすいろ

鶯の羽色に似た暗い萌黄色。オリーブ色。緑、青系で、「いき」な色といわれる。土佐節に「まづ初春の染色に、咲くや花色花に鳴く、鶯染の声あげて、人に春をやゆづり染」と歌われている。

【鶯茶】うぐひすちや

鶯色を基調とした褐色味のオリーブ色。近松の『融大臣』に、「まづ初春の空色に、咲くや花色花に鳴く、その鶯茶声あげて人に、春をやさうでん茶」とある。

【鬱金】うこん

鬱金草の根を染料に用いた鮮やかな黄色。近松の浄瑠璃に「紺に鬱金に薄染浅黄。織物縫物染物づくし」（『山崎与次兵衛寿の門松』）とあり、正月に外出する遊女たちの、「極彩色《ごくさいしき》の越後町」にみられる晴着《はれぎ》の色として描かれている。また、近松の、『融大臣』に「……うこん、きうこん薄浅黄……」と歌われ、土佐節にも「鬱金黄鬱金紅鬱金……」とあり、他の種々の染色とともに、「ふり出そむる雲の袖……恋の染絹龍田姫……」とあるように色鮮やかな華やかな染色とされている。

【空五倍子色】うつふしいろ

五倍子《ふし》はヌルデの若芽・葉に一種のアブラ虫が寄生して生じた瘤状の虫癭《えい》。その主成分タンニンを鉄媒染で染めた薄墨色。空《うつ》というのは、五倍子の皮の中が空虚なため。

浄瑠璃『融大臣』にも土佐節にも「……うつぶし色の御所染は、皆思はくの歌の文字、散し小もんじ浮世染」とあって、思いを歌に託した文字を散らし模様にした高貴な女性（東福門院、後水尾天皇の后）の考案した御所染の色とされている。

【江戸紫】えどむらさき

青味の紫色。江戸で染めた、また江戸好みなどの意の紫。

『浮世風呂』に「あれかヱ。あれは紅かけ花色といふのさ。……「薄紫といふやうなあんばいでいきだねへ。「いつから酔《すい》じや。こちや江戸むらさきなら大好〳〵。こちやあないな着物《きりもの》がしてほしいわヱ。」とあって、上方《かみがた》方面の女が嬰児《いと》さんの着物をみてほめる。江戸者は「いき」だと言い、上方者は「粋《すい》」だという。いずれも当時の代表的な美を表わす言葉で、この色を賞讃している。

【御納戸（納戸）】 おなんど（なんど）

浅葱《あさぎ》より青味があり、藍色より緑に傾いた色。緑味の青い色。江戸時代の藍染の代表的な色。

『春告鳥』には、もと芸者であった女が「御納戸しぼりの長襦袢《ながじゅばん》」を着ているとあって、上着、下着、湯具《ゆぐ》、帯、前垂、その紐などの色を詳しく描き、「作者曰モシ好風《いき》なこしらへでございませうネ」と評している。

また、『春色梅児誉美』にも、座敷へ出る遊女の姿を「……しくはんつなぎの腰帯は、おなんど白茶の金まうる、勿論巾は一寸三分、五分でも透《すか》さぬ流行に」と描き、衣装の色合が流行にぴったりであると評し、これを「げに羨《うらやま》しき姿なれども……」とほめている。

【御納戸茶】 おなんどちや

御納戸色に茶味を加えた暗い青緑色。

『辰巳之園』に、「お納戸茶羽二重の小袖」とあって、お大名の勝手用人とも言うかつこうの人が着用している。また、『通言総籬《まがき》』には、「くろの無地八丈に、……帯はおなん戸茶」とあり、これは江戸時代の代表美「通《つう》」を名としたこの作品の『通言総籬』の中の主人公艶治郎（これも遊廓《ゆうかく》で通人の呼名）の着用している帯の色として描かれている。

【朧染】 おぼろぞめ

色をぼかし染めにしたもの。裾を三寸五分ほど染めずそれより上を濃く、春の夜の空色にぼかす（『守貞漫稿』）ともいう。

浄瑠璃の『融大臣』には「春の名残の、朧染」、また土佐節には「……及《し》くものもなき朧染……」とある。

か行

【柿】 かき

柿渋と弁柄《べんがら》で染めた赤茶色。

浄瑠璃「重井筒《かさねゐづゝ》」に、「夜さ 恋《(来い)》と。いふ字を金紗《しゃ》。で。縫はせ。……裾に。清十郎と鼠色《（寝た）》。……やぼ**てり柿**か。**薄柿**か。……」とあり、当時の流行歌や一中節の文句をもじって、染色名をあげているのは、紺屋（染物屋）の店であり、主人公が紺屋の入婿であるからという。野暮《やぼ》にけばけばしい照柿色か、それとも粋な薄柿色かと、丁稚《でっち》が主人へあてつけに鼻唄で言っているのである。

また、土佐節に、「先づ初春の染色に、……恋に朽葉や身は晒柿の、逢はぬ縁は**薄柿**や……」とあり、縁がうすい、に薄柿を懸けている。

なお、この柿は、団十郎茶とも同色であるといわれ、団十郎が（花道つらねという名で）「おほけなく**柿**の素袍におほふかな我がたつ芝居冥加あらせ給へや」と詠んだという。

【椛・蒲・樺】かば

蒲《がま》の穂の色に似た褐色味の橙色。

『椿説弓張月』に、「八丈」島の染色法が述べられ、「染色は黄と**椛**《かば》と、黒と、此三色多し。……**椛**は秋冬の内、またみと称《となふ》る木の皮を煎じて、染る事又三十遍ばかりにして、色を出す事前（「椿の灰をもて色を出し」を指す）のごとし。」とあり、椛の染料、媒染剤、染法にも言及している。

『好色五人女』には、「年の程三十四五と見えて、……下に白ぬめのひつかへし、中に浅黄ぬめのひつかへし、上に**椛**つめのひつかへしに本絵にかかせて……」とあり、年増《としま》のしゃれた上着の色とされている。

【柑子】かう(ん)じ

柑子の熟した皮の色に似た橙黄色。

『好色万金丹』に、町人というものは、日常生活も、鼻紙は乾かして何度も使い、干魚や小便菜を食べ、「滋**柑子**《こいかうじ》の革足袋一足にて十六年堪《こら》へ」のように倹約を重ねて財産をためるべきだとある。

『傾城禁短気』に、「爰《ここ》にその様《さま》十貫目ありなしの身代《しんだい》と見へ透きた男、日野ノ着物に茶小紋の古き一重羽織を着て、濃**柑子**の皮足袋穿き、……態厭《わざといや》風に仕立て、……」とあり、この色の革足袋は、十貫目あるかないかの貧しい者のはくもので、厭風、つまり野暮な感じがするという。

【黄唐茶・黄枯茶・黄雀茶】きがらちや

褐色味の濃い黄橙色。

『色道大鏡』に「……其中に**黄唐茶**《きがらちや》、初心にして是をいむ」とあり、寛文・延宝頃の通人には、「いき」、「通」とは感じられなかったようである。

西鶴の『好色一代女』には、「それ〲の風義に替て、**黄唐茶**に刻《きざみ》稲妻の中形身せばに仕立《したて》、……よろづ初《しょ》心にして」とある。初心、つまり、堅気の風儀を示すとされている。

また、『日本永代蔵』には、「又、松本の町に後家有。独りの娘に**黄唐茶**のふり袖に菅笠を着せて言葉すこしなまりならひ。ぬけ参りの者に御合力と御伊勢様を売て此《この》十二三年も同じ偽《うそ》にて世を過る女もあり」とあるから、同様の感じを抱く色とされていたのであろう。

なお、『融大臣』を引いた土佐節に「いとしとのちやのきそ始《はじめ》、我**きがら茶**のこいがきに、人の心の二重染、……」と、相手を思う自分の気は一向に変わらぬ意を懸けて歌われている。

【桔梗染】ききやうぞめ

桔梗の花に似た青味の紫。

『融大臣』、また土佐節に、「先づ初春の染色に、……我がたましゐもあこがれて、ゆかしき空にとび色や、**ききやう**玉虫まがひ染……」とあり、羅列した染色を土佐節では、「恋の染衣立田姫、手染の錦色深く、声綾《あや》をなし染めたりしは、面白かりける次第なり」と賞讃しているので、この色もそれにふさわしい美しい色と感じられたのであろう。

【黒】くろ

『色道大鏡』に、「無地の染色は、**黒き**を最上とし、……**黒き**と茶色はいくたび着しても目にたたず、みかけよろし。……わきて当道に用ゆるは、茶より**黒き**を専《もはら》とす」とある。

『遊子方言』にも、「とかく吉原は**黒**仕立がよい」とあり、西鶴の『好色一代男』にも、「女郎も衣装つきしやれて、墨絵に源氏、紋所もちいさくならべて、袖口も**黒く**、裾も山道に取ぞかし」と、贅沢でしゃれた高級遊女の衣装に、黒が使われている。

近松の浄瑠璃『心中宵庚申』にも「**黒**白粋《すゐ》の兄弟なり」と、紺のだいなし（黒に見える）と白無垢との配色を「すい」と言っている。

西鶴も『好色五人女』で「白き帷《かたびら》に**黒き**帯のむすびめを当世風にあぢはやれども……」と、評している。ともかく、黒の衣装は諸作品の中に非常に多い。

なお、**【八幡黒】**（やわたぐろ）は、「山城国八幡山下大谷村に住する神人、家業とするゆゑに**八幡黒**

革といふ。只黒き事なり」（『貞丈雑記』）という。通《つう》の男の身につけるものとして、「あわせばおり、くろの無地八丈、……八わたぐろのくつたび」（『通言総籬《つうげんそうまがき》』）とある。

【兼房黒茶】けんぼうくろちゃ

憲法染と同じ。黒茶色。『融大臣』やそれを取り入れた土佐節に「しのびくる夜はうば玉の、けんぼ黒茶に……よしや吉岡紅《べに》ひはだ……」とあり、うば玉（黒の枕詞）のように黒い色であり、吉岡が別称であることも知られる。

【憲法染】けんぼうぞめ

櫟《くぬぎ》の実などのタンニン材を用いた渋い黒茶色。江戸初期の兵法師範吉岡憲法の考案の色。『浮世風呂』に「渋帋《かみ》へ兼房小紋をおいたという面《つら》で」とあり、老人の顔のあばた（痘痕）の黒茶色にたとえられている。

近松の浄瑠璃『大経師昔暦』には、大経師の妻が「白無垢一重憲法に。」とあるし、また『日本永代蔵』には「油屋絹の諸織をけんぼう染の紋付、……同じ羽織ゆたかに見えて」とあって、上流の町人風の男性が、この着物・羽織を着用している。とくに、遊廓《ゆうかく》などで「通《つう》」といわれる人物描写に「黄の無地八丈に、けんぼうにてとめがたの小紋をおいた上着」（『通言総籬』）とある。つまり裕福な町人（男・女）たちの好みの「いき」な色でもあったらしい。

なお、この色は、吉岡染とも言われ、朝鮮の使節を殺した宗対馬守《つしまのかみ》の家中の美男の通辞の人相書きに、「衣服は吉岡染に博多帯」（『韓人韓文手管始』）とある。

また、浄瑠璃の紺屋の店先を、染色名をかけて綴った一文に「……裾に。清十郎と鼠色。京の吉岡紙子染。……」（『重井筒』）とある。

【御所染】ごしょぞめ

一名地白と言い、所々花色、照柿、黒柿、萌黄などの小色を入れまぜて、「百色《ももいろ》染」、「百品《ももしな》染」、「百色変わり」などとも称し、色変わりに模様を染め出したもの。東福門院（徳川秀忠女《むすめ》、後水尾天皇中宮、明正天皇母）の考案と言われる高価な染色。西鶴は、「古代にかはつて、人の風俗次第奢になつて、……近年小ざかしき都人の仕出し、男女の衣類品々の美をつくし、雛形に色をうつし浮世小紋の模様、御所の百色染、解捨の洗鹿子。物好各別世界にいたりぜんさく」(『日本永代蔵』)とか、「いづかたも女房家ぬし奢りて、……千種の細染百色かはりの染賃は高く、金子一両宛出して」(『世間胸算用』)など、いかに贅沢な染色かを物語っている。そして、「大振袖の當世娘さりとは御所かづきの着ぶり」(『本朝桜陰比事』)とある。

この染めについて、西鶴は、作中の老女に時花《はやり》のいきさつを語らせている。彼女は御所で上級の女官に仕え、宮中の生活にもなれたが、浮気心がおこってやめた。「御所染の時花しも明暮雛形に心をつくせし以来なり」(『好色一代女』)とあり、彼女が朝晩工夫をこらして染模様の雛形《ひながた》をつくり、流行させたというのである。

なお、『融大臣』そして土佐節に「うつぶし色の御所染は、皆思はくの歌の文字、散《ちら》しこもんじ浮世染」と歌われている。

【媚茶(昆布茶)】こびちゃ(こぶちゃ)

昆布の色に似た色。濃い黄味の褐色とも、暗いオリーブ色に近い色ともいわれる。

『春告鳥』に、元《もと》芸者であった女の恰好を「……下着は島縮緬の媚茶の小弁慶を二ッ重ね、……紬《つむぎ》を御納戸と媚茶と鼠色の染分にせし五分ほどの手綱染の前垂……」と描写し、下着、また前垂の色に使い、とくに、前垂の染分の色は、御納戸、鼠色、と媚茶で、どれも当時の「通《つう》」「いき」を代表するものである。それを、「作者曰モシ好風《いき》なこしらへでございませうネ」と、読者に語りかけて示している。

相手の男性も「左にしるして以て流行をしるの一興とするものなり。上着は媚茶の三升格子の極《ごく》こまかき縞の南部縮緬……その外持もの懐中もの、これにじゆんじて好風なることゝと知りたまふべし」(『春告鳥』)と述べ、この色が〝流行〟そのものであり、〝好風《いき》〟であることを重ねて示している。

【紺】こん

藍染の赤味を含むまで濃く染めた色。

茜《あかね》(弁柄《べんがら》も)を下染めにし、それに藍を加え染めるともいう。

染色の代表とされ、染物屋を「紺屋」と称した。紺屋は、当時染物の需要が多く、繁昌したようで、なかなか期日に間にあわないことから、「紺屋《こんや》の明後日《あさって》(今夜の明後日)」という諺《ことわざ》も生まれた。

近松の浄瑠璃に、紺屋の入婿の様子を述べるのに、染色の名をつらねているように、世間で関心の深い商売であったらしい。（『重井筒』）

近松の浄瑠璃『心中宵庚申』に、「半兵衛様も気をお通しとべつたり抱付く紺のだいなし白無垢に。黒白粋の兄弟なり。」とあって、紺＝黒と、白無垢の白との配色を「粋」といっている。

なお、廓《くるわ》で通人《つう》といわれる人物の襦袢《じゅばん》が「こんちりめんのらせんしぼり」（『通言総籬』）であるという。また同様、通人の帯が「帯は筑前の紺博多」（『春告鳥』）とあり、さらに、『浮世床』の中では、口やかましい客の隠居が下剃《したぞり》の弟子に、「命の洗濯よりは褌の洗濯でもしろ。紺縮緬か緋縮緬でもしめればいゝに、働のねへ……」と言っている。下剃が白木綿の古くなって汚れて茶色になった褌をしめているのを悪く言っているので、当時はまっ赤な緋や黒い紺の縮緬の褌《ふんどし》が「いき」とされたらしい。

近松の浄瑠璃には、正月に外出する遊女たちの晴姿を「紺に鬱金に薄染浅黄」（『山崎与次兵衛寿の門松』）と描き、豪華な生地の色ともされた。

しかし、一面紺は、五文《ごもん》薬売りとか、香具師《やし》の薬売り、また鰻掻きたちの股引や手甲脚絆《てっこうきゃはん》などにも使われ（『東海道四谷怪談』）、中間《ちゅうげん》（武家の召使）の制服を紺看板《こんかんばん》と言った。『東海道中膝栗毛』には「紺の看板と見へて、おいらがおとものよふで、てうどいゝの」と、弥次さんが、古着屋で買った北八の着物を馬鹿にしている。

さ 行

【白茶】しらちゃ

ごく薄い茶色。

いきな芸者の着物を「上着ははでな嶋七子、……腰帯は、おなんど白茶の金まうる、……」（『春色梅児誉美』）と描き、寸分ぬかる所のない流行の姿といっている。

【甚三紅】じんざもみ

黄味をかすかに含んだ紅赤色。高価な紅花《べにばな》でなく、茜《あかね》か蘇芳《すほう》を使った代用紅染。桔梗《ききょう》屋甚三郎の考案なので、その名を付けた。

色の由来は、『日本永代蔵』に詳しい。桔梗屋という、ごく貧しい染物屋の夫婦が、貧乏神を藁《わら》人形につくって松飾りの中に祭って、元日から七種《ななくさ》まで、できる限りのもてなしをした。この神は誰にも嫌われるのに、この夫婦だけが一心にお祭りしてくれたのを喜び、夢枕に立って、「それ身過は色々なり。柳はみどり花は紅《くれな》ゐ」と託宣した。彼は、このお告げは正《まさ》しく紅《もみ》染の事だろうと思い付き、朝夕工夫をこらし、蘇芳で下染をし、その上を酢でむし返して、本紅《ほんもみ》に変わらぬ色を創り出した。是を「秘察《ひみつ》」にして〝にせ紅〟を染め、江戸まで行って、本紅と言ってごまかして売り、もうけた金《かね》で奥州方面の真綿を廉《やす》く買いこみ、京へ持ち帰って売るという、往・復でもうける鋸商《のこぎりあきない》をし、十年たらずで千貫目余の分限《ぶげん》になった。それで、この紅を考案者甚三郎の名をとって「甚三紅」といったという話である。

『浮世風呂』には、中年増《としま》の女二人が、甚三紅絹《もみ》の八ッ過（二時過ぎ、少し古くなった意）の見頃《みごろ》を売っていて、値段が弐朱と四百だというから、もっとまけさせ、二人で分けよう、と相談している場面がある。貧しそうな、さかりをすぎた年頃の女でも、何とかして、この華やかな色の布が欲しかったのであろう。

なお、本紅は贅沢であったようで、西鶴は「褔《ゆぐ》も本紅の二枚がさね……むかしは大名の御前かたもあそばさぬ事……」（『世間胸算用』）と言い、町家の女房たちが下着にするのを批判している。

とくに西鶴は、遊廓の贅沢をのべ、大夫《たゆう》野風への贈物の着物は銀三貫目の値だと言い、それは聴色《ゆるし》を総鹿子《そうかのこ》絞《しぼ》りにし、一粒一粒の絞の頂点を紙燭《しそく》で焦がして穴をあけ、中に入れた紅井《くれなゐ》に染めた中綿が、その穴からみえるようにしたものであった（『好色一代女』）とある。

贅をきわめた遊女ばかりでなく、武家の息女も、「紋羅のしろきに紅の裏を付、檜扇のちらしがた大振袖のゆたかに……」（『武道伝来記』）と描かれ、「天人の生移しかと心も空になり」というほどの美しい容姿に見えた、とある。

また町方の年増の女房であろうか「其跡に廿七八の女、さりとは花車《きやしゃ》に仕立し、三つ重たる小袖、皆くろはぶたへに裙取の紅《もみ》うら……」（『好色五人女』）という、まっ黒な羽二重の「裙《すそ》取」は赤い紅を裏につけ、歩く度にチラリと贅沢な紅染が見える、それを「花車に仕立し」とある。

あるいは、女主人公も「まぎれて御入のよし」という、公卿方の身分をかくしての外出姿を、「足袋は白綸子《じゅす》に紅《もみ》を付ボタン懸にして」（『好色一代男』）と描き、まっ白な艶のある生地の足袋に赤い紅《もみ》をボタンのようにしてつけて懸けていると、その足元の豪華さを示している。

このように、本紅は高価なため、多く裕福な連中に使われたらしい。

なお近松の『融大臣』の中に「……染紅梅の、**ほんもみ**は東の絹に劣らじと末摘花や山藍の……」と歌われている。

この時代の贅沢は年代をへるにつれて増したようで、西鶴は、昔は「……地衣裳は加賀絹に**中紅**《ちうもみ》の裏をつけ。浅草嶋にむらさき付れば。見る人おどろきこの上又も有まじきと。沙汰する程の事なりしに」（『男色大鑑』）と述べ、人気商売の役者でも、中紅（蘇芳染の安価な紅）の裏を付けた。それさえ見る人たちがその贅沢さをこの上ない事だと驚いたほどであったと評している。

この紅は『万葉』の時代から、紅が映《は》えて他の物まで赤く染まってしまうようにみえると讃美されているが、「**紅絹**《もみ》を縫ふお針四五杯飲んだやう」（『誹風柳多留』）と、裁縫する女の色白の肌に紅の色が映じて、四、五杯お酒をのんだように赤くなっていると、川柳にもある。

なお、『日本永代蔵』の三井九郎右衛門の話に「利発な手代を追まはし、一人一色の役目」のように紅《もみ》なら紅類一人というように分担させて染物を売りさばき、成功したという。

この紅色は化粧料（紅花から黄色素を水に浸出させ、紅色素を分離させて搾り取って製燻したもの）としても使われ「目のふちへ**紅**《べに》を付るのも一体役者から出た事らしいネ……しかし、目のふちへ**紅**《おいろ》をつけた人は……」（『浮世風呂』）のように見えていて、「べに」とか「おいろ」とか称している。

【煤竹】すすたけ

煤けた竹の色に似た暗い黄褐色とも、黒味のある橙《だいだい》色とも言われる。

『色道大鏡』には、無地の染色は、〝黒が最上、次が茶〟そして「外の色には**煤竹**《すゝたけ》、道にのれり」とあり、色の道にかなった色であるという。

土佐節に「……恋を煤竹藤鼠……」とある。

【千歳茶・仙斎茶】せんざいちゃ

暗い緑褐色。

仙斎茶とも記されるのは、仙斎という人物が考案者ということかもしれない。革羽織や武器のなめし革の色によく使われたという。「後の女房が染直す**せんざい茶**」(『誹風柳多留』)と、川柳にあるほどなので、一般に知られた色なのであろう。先妻の着物を後妻《ごさい》が染め直すという、染め直しのきく色であったらしい。

【宗伝唐茶】そうでんからちや

赤味の褐色。天和《てんな》の頃、京都の鶴屋宗伝の染め出した色という。

『男色大鑑』に「**宗伝から茶**の畳帯」とあり、風流《やさ》男とみられる人物が締めていたという。同じ作品に「……祇園林の烏の羽色も。**宗伝唐茶**に見なし。……」とあり、名女形《おやま》伊藤小太夫の演技が人間わざとも見えぬほど素晴らしく、烏《からす》の羽色でさえ、宗伝唐茶のように見えたという。『融大臣』に「……その鶯茶声あげて人に、春をや**さうでん茶**。……」とあるのも、この色と同じであろうか。

【空色】そらいろ

晴れた空のような色。淡い青色。

『好色万金丹』には「かゝる家の女郎は、白縮緬に縫紋の小袖を浅黄に染め直し、其次を**空色**、其跡を藍海松《あゐみる》茶に焼き返す事お定まり也」とあり、貧しい廓の遊女は、小袖一つでも、白→浅葱《あさぎ》→空色→藍海松茶と、順次濃い色へ染め直して、生地一枚でも何着もの着物を持っているように見せかけたという。

『融大臣』の中に「まづ初春の**空色**に、咲くや花色花に鳴く、……」と歌われている。

た行

【玉子色】たまごいろ

鶏卵の黄味の色に似た暖昧のある黄色。また、地玉子の殻の淡褐色をさすこともある。

当時の染色が羅列されている、浄瑠璃の『融大臣』、それを引用した土佐節に、「いつ紺瑠璃の**玉子色**」とある。

【玉虫色】たまむしいろ

玉虫の羽のように光線によって緑や紫などさまざまに見える色。

『好色五人女』に、「女いまだ十三か四か、……上は**玉むし色**のしゆすに、孔雀の切付見へすくやうに、其うへに唐糸の網を掛さてもたくみし小袖に……」と、今小町といわれる室町のさる息女が描かれ、こうした美女にふさわしい豪奢《ごうしゃ》な色とされているようである。

『融大臣』と、それを引いた土佐節に、「ききやう玉虫、まがひ染……」と歌われている。

【千草色】ちぐさいろ

「ちぐさ」は「つきくさ」の名の転訛《てんか》という。その花のような、わずかに緑味を含む青い色。

『融大臣』、それを引用した土佐節に「……恋をする身とやれ、ゆひ立られたしぼり、**ちくさ**の妻ごめも」とあるが、「浅黄の上を**千種**に色あげて」(『日本永代蔵』)とあるのをみると、古くなった浅《あさ》葱《ぎ》布を染め返すと千草色になるようで、これは丁《でっ》稚《ち》のお仕着せの色であるともいう。

【茶】ちゃ

江戸でいう茶は、藍海松《あいみる》茶の類で挽茶の色に似ている。京阪では煤竹《すすたけ》、焦《こげ》茶の類で、煎茶の煮がらしの色をさすという。

「無地の染色は、黒きを最上とし、**茶**を次とす。……黒きと**茶色**はいくたび着《ちゃく》しても目にたたず、みかけよろし。この二色は人をきらはず、……」(『色道大鏡』)とあって、色の道には最上級の色のようである。

大名の勝手用人らしい人物でも、浪人風でも、隠居、老婆、按摩《あんま》であっても誰でも、上着から帯にいたる衣類の染色名で、作品の中にもはなはだ多い。「名にし負はゞ**茶色**こそあれ赤裏の頭巾肩衣着るを云ふなり」(『仮名草子集』)。頭巾まで赤裏のを着て数寄《すき》だといって(茶の湯)に行った男に、数寄者(風流な人)と自称するなら「**茶色**こそあれ」であると言っている。

【茶返し】ちゃがへし

着物の表も裏も茶色であること。

『浮世床』に、下剃《したぞり》の弟子を、客の、口の悪い隠居が「紺縮緬か緋縮緬でもしめればいゝに、働のねへ。白木綿が今流行《はや》る**茶返し**のやうな色に為《なっ》て、蝨《ちい〱》はうよ〱所か、どろ〱と群集する様子だ」と、くさしている。つまり、白が古くうす汚れて変色したのを指している。茶色が、当時、流行色ということもわかる。

【丁字茶】ちやうじちや

丁字染(香染)を茶がからせた黄褐色。

『浮世風呂』に登場する、二十三、四の嫁と、お壁《かべ》という女の会話に、「しかし**丁字茶**から見ては、今の鼠や路考茶は近頃の物だッサ」とある。鼠色や路考茶よりは、少し前の流行色ということになるのであろう。

【木賊】とくさ

木賊の茎の色に似た萌黄《もえぎ》の黒みをおびた色。

浄瑠璃『重井筒《かさねゐづゝ》』には、紺屋の入婿《いりむこ》が家業をよそに遊女通いなどしている有様を「あのやうにほついてはやがて身代《しんだい》は木賊色《とくさ》でおろすやうに成ってのけうと笑ひける。」（木賊で物を磨《す》りおろすように財産をすりへらしてしまうだろう）と言っている。

『融大臣』また、土佐節に「しぼりちくさの妻ごめも、ねよげに見ゆる木賊《とくさ》色、……」とある。

【礪茶】とのちゃ

赤褐色。金物を研《と》ぐのに使う粗砥《はやと》という砥石《といし》の色にちなんだ名称。

土佐節に「……うつりやさつと散し紋、染めてくゝしていとし礪《との》茶のきそ始……」とある。相手のいとしい殿子《とのご》と始めて結ばれた意を懸けているようである。

【鳶色・棕色】とびいろ

鳶の羽色に似た暗い赤褐色。

土佐節に「……吾が魂もあくがれて、ゆかしき空に鳶色や、……」とある。『色道大鏡』に「無地の染色は、黒きを最上とし茶を次とす。……外の色には煤竹《すゝたけ》、道にのれり。鳶色《とびいろ》是につげり。されどもこの二《ふた》色は、日野紬《ひのつむぎ》・八丈《ぢやう》の外、上品《じやうぼん》の地に染合《そめあは》す。」とあり、通《つう》の美にかなう色の一つとみなされている。また、小袖の裏の色について、「鳶裏一ふしあり。小堀遠州是を好みて、常に着《ちやく》せられし、いとおもしろかりけり。」とある。

なお、江戸後期の洒落本に「ここに五郷といへる大通《だいつう》の色男あり。……黒はぶたへを上になし……鳶羽二重のはおり長く。茶どんすの帯をむすび……」（『契情買虎之巻』田螺金魚作）とあって、大通の色男の羽織の色とされている。

『根無草』（風来山人作）には、地獄で閻魔《えんま》様を探しまわる鬼に「赤鬼・黒鬼・斑鬼・棕色《とびいろ》・正官緑《もえぎ》・碁盤嶋・五色・八色さまぐの皃形《かほかたち》……」など、この色の鬼が出現している。

な行

【似紫】にせむらさき

蘇芳《すおう》あるいは茜《あかね》で染めた紫の代用染。

紫根を用いる本紫に対するもの。暗い赤紫色。本紫より安価で手間がかからないので流行した。

『好色一代女』に、「明野が原の茶屋風俗、さりとてはおかしげに、似せ紫のしつこく、さまぐの染入《そめいれ》、赤根《あかね》の衣裏付て、表のかたへ見せ掛、そばからさへ目に恥かはしきに、脇明の徳には諸国の道者をまねきよせぬ」とあり、伊勢参宮の団体客を相手にして、一夜の情を売る茶屋女の服色としても見えている。

【鼠色】ねずみいろ

鼠の毛色にちなんだ、灰色。藍《あい》気を含んだ灰色。近松の『融大臣』に「又水浅黄浅くとも、せめて一夜はこい**鼠**」とある。

例えば、『浮世風呂』に「アイサ。路考茶か、**鼠**か、伊予染さ。みんな昔流行《はやっ》たさうだが、段〱流行返るのだ、……しかし丁字茶から見ては、今の**鼠**や路考茶は近頃の物だッサ」とあるように、一貫して江戸時代の流行色の一つであった。

座敷に出る遊女の「五分も透《すかさ》ぬ流行」の衣装に「……下着は**鼠**地紫に大きく染し丁子菱」(『春色梅児誉美』)と、下着の生地の色に使われ、また「……十五六、七にはなるまじき娘、……かね付て眉なし。……下に黄むく、中に紫の地なし鹿子《かのこ》、上は**鼠**じゆすに百羽雀のきりつけ」(『好色五人女』)のように、豪華な洒落《しゃれ》たごく若い町方の女房の上着の生地に、また、「先刻通った人も立派な事さ。……**鼠色**縮緬だつけが伊予染に黒裏さ」(『浮世風呂』)のように「立派な事さ」とほめられる、凝《こ》った「いき」、「つう」の着物の色にも使われている。『男色大鑑』には、「浮世の着おさめにとはなやかに、……**鼠色**の八重帯」とあり、果合《はたしあい》の武士の、この世の着おさめにするという、はなやかな衣服のうちの帯の色としても見えている。あるいは、以前芸者であった女の前垂の染分けの色にも、御納戸、媚茶、鼠色の三色が使われていて、「好風《いき》なこしらへでございませうネ」(『春告鳥』)と評している。

【熨斗目色】のしめいろ

熨斗目は士分以上の礼服として麻裃《かみしも》の下に着用した小袖。地色に藍染めの浅葱《あさぎ》、紺、空色などを用い、袖の下、腰の部分だけに白、茶などで縞、格子の模様を横一文字に織り出してある。

『夕霧阿波鳴渡』に「旦那のお帰り先供走る黒羽織、すつ〱素鎗《すやり》栗毛の馬。のつし**熨斗目**《のしめ》に麻上下親につづいて源之介」とあり、上級武士、殿様などの着用する服色であった。

【花色】 はないろ

鴨頭草《つきくさ》（露草の古名）の花の色に似た青色。藍染めの代表的な色。

公服の上下《かみしも》の色。『色道大鏡』には、「花色《はないろ》の無地も初心めきたり、芸者と法師の外は斟酌《しんしゃく》あるべし」とあり、「通《つう》」の色とはいえないが、ただ、もと芸者が「下着は嶋縮緬《しまちりめん》の媚茶の小弁慶を二ッ重ね、もっとも花色羽二重の裾まはしをつけ……」（『春告鳥』）とあって、下着の裾廻しに使っており、彼女の衣装全体を、好風《いき》と評している。

また、廓で高名な通人の艶治郎も「……下着はみな黒ななこのうらゑり、うらは花色ちりめんのすそ廻《まは》し、胴うらは白羽二重」（『通言総籬』）とあり、同様裾廻しに使っている。

しかし、「御国衆とみへて、花色小袖に浅黄裏を付、洗ひはげたる黄むくの下着」（『辰巳之園』）という、この色の小袖は初出府の地方の侍のまことに野暮《やぼ》な恰好を表現している。

なお、「……夕了《べ》に替らぬ公道なる仕出し、花色紬に茶小紋の日野の羽織、随分厭《いや》風なる出立《いでたち》」（『傾城禁短気』）というのも、上方で言う野暮な姿で、同じである。

近松の浄瑠璃に「シテ其の夜は何を着て参つた。広袖の木綿袷色は慥《たしか》花色かしつかりとは覚えませぬ」（『女殺油地獄』）とあり、これは、油屋の次男が、同じ町内の油屋の妻女を殺し、有金を奪う。その次男与兵衛の姿を小菊という遊女が説明している場面である。

『融大臣』、それを引いた土佐節には「先づ初春の空色に、咲くや花色花に鳴く、鶯染の……」とある。

【糞色】 ばばいろ

濁った黄色。

『浮世床』に、「食気の方が勝居《かつて》らァ。其顔で色気があられちやァ糞色だ」……「おらァ路考茶といふ色ではやらせるつもりだ。むごくいふぜ」とある。床屋に集まる連中の会話だが、長六という男の顔色の黄茶色を、短八という悪友が一番汚い糞色だと悪く言うのを、今、流行の路考茶色の顔だから、色男として人気をとるのだ、と逆襲している。

馬糞《まぐそ》のような色でも、歌舞伎の名女形路考の好んだ色となると、大もての流行色となったわけである。

【緋】ひ

「あけ」とも言う。茜の根と灰汁《あく》で染めた朱赤色。派手で華やかな色とされたようで、西鶴は、『日本永代蔵』で「卯月一日は衣かへとて、色よき袷を縫かけしをみるに、白き紋羅《もんら》のひつかへしに、緋《ひ》縮綿《ママ》を中に入て三牧《ママ》かさねの袷……」とのべ、この近年、都人は男女とも、「美をつくし」「諸事分際よりは花麗を好み」、昔はなかったこの上もない豪奢《ごうしゃ》なくらしをするという、その一例としてあげている。

江戸の貧しい庶民でさえ、褌を「紺縮緬か緋縮緬《ひちりめん》でもしめればいゝに」(『浮世床』)と贅沢な身の程しらずのことを望んでいる。

また、流行ということで、娘風の出立《いでたち》をするおかみさんが多く二十歳にもなって、まっ赤な「緋《ひ》鹿子《かのこ》の切《きれ》」をまげにかけ、逆に、七歳の児が地味な「紫ちりめんのまげ紐を好む」(『春告鳥』)とあり、当時の町人の嗜好を語っている。なお、座敷へ出る遊女の「……襦袢《じゅばん》の衿は白綾に朱紅で書画の印づくし、袖は緋鹿子……」(『春色梅児誉美』)という出立を、「五分でも透《すか》さぬ流行に」とか、「げに羨《うらやま》しき姿なれども」などとほめている。

【鶸色】ひはいろ

鶸の羽色にちなんだ緑黄色。黄蘗《きはだ》に藍をうすくかけた染色。

近松の浄瑠璃『山崎与次兵衛寿の門松』で、正月に外出した遊女たちの「極彩色《ごくさいしき》の越後町」での晴姿を描いたのに「……浅黄。鹿子に鶸鹿子。紫鹿子に旧年の憂さをも。芥子《けし》の紅鹿子」とあり、豪華な絞りの鹿子《かのこ》の生地の色とされている。

【藤鼠】ふぢねずみ

えびぞめ色(淡く赤味を含んでいる紫)を鼠がからせた鈍い赤紫色。

近松の浄瑠璃『融大臣』や、これをとり入れている土佐節に、「……風にしなへてたよ〱と召した、すがたの柳煤竹藤鼠」のように歌われている。

【紅鬱金】べにうこん

鬱金で下染をし紅花を上掛けした黄味の橙《だいだい》色。

土佐節に「……鬱金黄鬱金紅鬱金、……」とあり、鬱金の中の変種の一つであろう。

【紅掛花色】べにかけはないろ

花色の下染に紅を上掛けした青紫色。

『浮世風呂』の、色が白く、目のふちに紅《べに》のぼかし、黒光りするほど濃くぬった口紅、という上方方面の女と、江戸の女の会話に「お家《え》さんの傍《ねき》に立て居なます嬰児《いと》さんを見イな。ありや何色じやしらん「あれかヱ。あれは紅《べに》かけ花色といふのさ「いつから能う染てじやなア「薄紫といふやうなあんばいでいきだねへ「いつから酔《すい》じや。こちや江戸むらさきなら大好《だいすき》く。こちやあないな着物《きりもの》がしてほしいわヱ」とある。これをみると、「紅かけ花色」というのは江戸での名称で、薄い紫色。これを「江戸紫」ともいい、江戸っ子は「いき」とほめ、関西人も「酔《すい》」（粋）とほめ、大好きであるというのである。

【紅檜皮】べにひはだ

檜皮色（黒みのある赤）を少し紅がからせた赤褐色。

近松の浄瑠璃『融大臣』にも、それを引いた土佐節にも「……けんぽ黒茶によしや吉岡紅ひはだ、干さぬ袖だに有ものを、……」と歌われている。

ま 行

【松葉色】まつばいろ

松の葉のような暗い緑。

『春告鳥』には、もと芸者の、「いき」の典型のような女が登場するが、彼女の前垂《まえだれ》の紐にこの色が使われ、「紐は松葉色の五呂服糸《ごろふくりん》の端《みゝ》を立落せしを巾を狭くして付たり」とある。総体彼女の姿を「作者曰モシ好風《いき》なこしらへでございませうネ」と評している。

【水浅葱・水浅黄】みづあさぎ

浅黄色をさらに薄く水色がからせた色。

川柳に「親分は水浅黄迄着た男」（『誹風柳多留』）とあり、これは罪人の仕着せの色である。

『融大臣』の中に「……薄浅黄、又水浅黄浅くとも、せめて一夜はこい鼠、……」とあり、浅い、つまり薄い浅葱色であろう。

【水色】みづいろ

水の色のような、白藍程度の藍の単一染。

土佐節に「……水色浅黄浅くとも、せめて一夜は濃い浅黄」と歌われている。

覚悟の自害、つまり切腹の際は、この色の上下《かみしも》姿となる。「……奥より長門之介、白無垢《しろむく》水上下にて出《いで》、跡より隼人《はやと》、三宝に九寸五部《ぶ》を載せ持出る」（『韓人韓文手管始』）とあるのがそれである。

西鶴は、公卿方の侍女たち（主人も交っているらしい）二十四、五人のそぞろ歩きを「下には水鹿子《みづかのこ》の白むく、上にはむらさきしぼりに青海波《せいかいは》……黒繻子のきどく頭巾……」（『好色一代男』）と描き、「是は〱それはと見るに……けつこうなる事かな」と礼賛している。

【海松茶】みるちゃ

海松色（海草の海松をまねた色）を褐色がからせた、暗いオリーブ色。

近松の浄瑠璃に、紺屋の入婿《いりむこ》の行状を、紺屋にちなんだ染色名を使って評しているが、「地体旦那の下染はの。重井筒屋といふ南の茶屋の弟でこれへは入婿乳呑《ちのみ》小紋を持ちながら。人の海松茶《みるちゃ》も構ふにこそ……」（『重井筒』）とあり、すでに乳呑子がいるのに、家庭をかえりみず廓《くるわ》がよいをしている。世間の人の見る目もかまわずに、というのを海松茶と懸けている。

【萌黄・萌葱】もえぎ

草木の初緑をまねた色。藍を下染とし黄蘗《きはだ》か刈安をかけた黄緑色。

『辰巳之園』に、「御国衆とみへて、花色小袖に浅黄裏を付、……もへ黄羅紗《ぎらしゃ》の柄袋を掛ケて」とあり、初出府の田舎侍という、ごく野暮な人物が刀の柄を包む袋に使っている色、というのである。

【桃色】ももいろ

桃の花に似た色。淡紅色。

『融大臣』と、土佐節に「しやむろ唐染色々に、千々の思ひやもも色に深き心を染め入れて」とあり、千々《ちぢ》に対する百々《もも》を懸けているのであろう。

『浮世風呂』に、御殿女中と、大名屋敷に奉公している下女《げじょ》が、宿下《やどさが》りをして、上流家庭の生活を知らない町娘に、正式の服の着用規則を聞かせる場面があり、「そして三月のうちかけはヱ」「三月のかけは桃色さ」とある。季節季節で衣服の色が決まっていて、三月の襠《うちかけ》（上流婦人の上着《うわぎ》）は桃色にきまっている、というのである。

や・ら行

【柳煤竹】やなぎすすたけ

煤竹色の緑がかった色。

近松の浄瑠璃に「地体旦那の下染はの。……人の梅松茶も構ふにこそお内儀は結構者《けっこうしゃ》。柳煤竹にやつてぢやが」（『重井筒』）とあり、紺屋の主人は、人がみてもかまわず廓《くるわ》などへ通っているが、それをみても、女房は穏やかな性質で、柳に風と主人に逆らわぬようにやっているという意を、この色名に懸けている。

『融大臣』には「風にしなへてたよ〳〵と召した、すがたの柳煤竹藤鼠……」とある。

【柳染】やなぎぞめ

かすかに灰味を含んだ黄緑。柳の葉に似た色。土佐節に「……人に春をやゆづり染、風に撓《しな》へてたよたよと、召した姿の柳染」とある。柳の枝のようなしなやかな姿と、染色名をかけたもの。

【幽禅染】ゆうぜんぞめ

元禄頃、宮崎友禅（仙）という知恩院門前の画僧の下絵によって染めたものという。

西鶴の『男色大鑑』の、淀川に船を浮かべて河岸辺の女の姿を眺め、目を楽しませる場面に、御所ちらしや、「幽禅が萩のすそ書」の衣装が見え、「いやなる風義はひとりもなく」とほめている。

また、敵を討つために諸国を探して歩いている母子が、阿波の磯崎（鳴戸市）へ行き、西行庵を尋ね、霊宝を拝みたいとたのむと、住持が「あれにかゝりしゆうぜん絵の布呂敷《ふろしき》ふるけれ共破れぬがふしぎなり」（『武道伝来記』）と、実《まこと》しやかに語ったとある。元禄頃考案の染めが、西行の時代にあるはずはないが、ともかく地方まで、この名が知れわたっていたようである。

【聴色】ゆるしいろ

平安時代では、禁色《きんじき》（主に濃い、紫と紅）は勅許がなければ着用できないので、薄い紫と紅を、ゆるされた色として用いた。その伝統が継がれているのであろう。

西鶴の作品に、京の石子という分知《わけしり》が、野風という大夫（高級遊女）に「世になき物、時花《はやり》物」を人より早く調えて贈ったが、その一つに「秋の小袖聴《ゆるし》色にして惣鹿子」（『好色一代女』）とあり、この鹿子絞りの一粒一粒の頂点を紙燭《しそく》でこがして小穴をあけ、中から紅染めの綿《わた》がすいてみえるようにした衣装を贈ったという。

なお、近松の『融大臣』の中に、「嘘ではないよの、ほん紫は、いともかしこきみことのりたんだ、一夜は、許《ゆる》し色」とあり、禁色の紫色との関連がうかがえる。

【路考茶】ろかうちや

黄茶の黒みがかった色。やや緑味をおびた渋い茶色とも。歌舞伎の二世瀬川菊之丞から出た色で、流行色の代表。路考は瀬川家代々の役者名。

『根無草』（平賀源内＝風来山人作）に、地獄でも路考茶の鬼が登場する。「茶色の鬼が図に乗て、……節分の夜のにくまれ役も、……狗骨《ひいらぎ》で目をつ〴〵と、路考に見とれし贔屓《ひいき》の証拠、赤鬼・白鬼・黒鬼のと、昔から定法の仲まをはづれ、おれ一人が**路考茶**鬼……おらも首たけ浜村屋」とある。浜村屋は、瀬川菊之丞の屋号で、地獄の鬼まで路考びいきというわけで、江戸時代、路考は、美貌で名演技をみせた女形として一世を風靡《ふうび》した。川柳にも「**路考茶**が秘蔵と見へて鈴を振り」（『誹風柳多留』）などとあり、早世した娘が、振袖も路考茶に染め大切にしていた。その形見を天蓋や幡などに仕立てて、親が後世《ごぜ》を弔うために寺に奉納したという意であろう。

『浮世床』には、自分の顔を糞色《ばば》だと悪友に言われた男が路考茶という色だといって流行《はやら》せるつもりだ、と言い返している。この色は、「髪結床の前を通つたらネ。若者が大勢で其おかみさんの**路考茶**を見てネ、あれ見な、とか、見ろとか云て、今の女は皆青い着物だナ。惜い女に馬糞《まぐそ》の衣をかけたぜ。あつたら事をした」（『浮世風呂』）とあるように、馬糞の色に似ていたのであろう。大流行で我も我もと着て喜んでいるが、糞のような色だ、とからかっているようである。

この色は、昔から流行したが、また只今も〝段〳〵流行《はやり》返って〟誰もが着たがっている（『浮世風呂』）という。これを着ると、一層美しく見える、というのであろう。「**路考茶**縮緬に一粒鹿子の黒裏で」という正月の晴着姿であろうか、それをみて、「女でさへふるひ付く」ほどだから、「ましてや男は尤《もっとも》な事さのう」（『浮世風呂』）とその魅力を語っている。

十か十一くらいの小娘も、「わたくしはね。おつかさんにねだつてね、あのゥ**路考茶**をね、不断着にそめてもらひました」「よいねへ、わたくしはネ、今着て居る伊予染を不断着にいたすよ」（『浮世風呂』）と話しあっている。子供にも、「いき」な渋い路考茶が喜ばれ、「よいねへ」と羨《うらや》ましがっているようである。

出典

『川柳狂歌集』（日本古典文学大系　岩波書店　昭和33・12）
『誹風柳多留全集十』（岡田甫校訂　三省堂　昭和53・6）

『椿説弓張月　上下』（日本古典文学大系　岩波書店　昭和33・8、37・1）
『浮世草子集』（日本古典文学大系　岩波書店　一九七九・一〇）
『西鶴集　上下』（日本古典文学大系　岩波書店　昭和32・11、35・8）
『定本西鶴全集　全十三巻（十四冊）』（中央公論社　昭和52・6　いずれも同年月）
『近松浄瑠璃集　上下』（日本古典文学大系　岩波書店　昭和33・11、34・8）
『近松全集　第四巻』（藤井乙男　思文閣出版　昭和53・5）（復刊）
『浄瑠璃集　上』（日本古典文学大系　岩波書店　昭和35・6）
『風来山人集』（日本古典文学大系　岩波書店　昭和36・8）
『歌舞伎脚本集　上』（日本古典文学大系　岩波書店　一九八〇・八）
『歌舞伎十八番集』（日本古典文学大系　岩波書店一九八〇・三）
『東海道四谷怪談』（新潮日本古典集成　新潮社　昭和56・8）
『春色梅児譽美』（日本古典文学大系　岩波書店　昭和37・8）
『春告鳥』（「洒落本　滑稽本　人情本」日本古典文学全集　小学館　昭57・3）
『黄表紙　洒落本集』（日本古典文学大系　岩波書店　昭和33・10）
『東海道中膝栗毛』（日本古典文学大系　岩波書店　昭和33・5）
『浮世風呂』（日本古典文学大系　岩波書店　昭和32・9）
『浮世床』（「洒落本　滑稽本　人情本」日本古典文学全集　小学館　昭57・3）
『假名草子集』（日本古典文学大系　岩波書店　一九八〇・四）
『色道大鏡』（野間光辰編著　友山文庫発行　昭和36・12）
『契情買虎之巻』（「洒落本大成　第七巻」　中央公論社　昭和55・1）

小著
『日本文学色彩用語集成―近世―』（笠間書院　二〇〇六・二）
を典拠とした。

カタカナがはばきかす色の世界―意味まであいまいに

（東京新聞　昭和42年5月13日朝刊インタビュー記事から）

ギンザウイロウ、ショッピングブルー、キュートオレンジ……ことしの春、夏のギンザモードカラー（東京・銀座通連合会）はいくぶん濃い目とか。ファッションばかりではなく、口紅、自動車など名前をきいただけではなんとも判断しにくい色名が横行している現状。電気製品などでは〝和名シリーズ〟も最近の流行だが、色の世界では、いぜんカタカナ名がハバをきかしている。その色にぴったりした表現は日本語では無理で、どうしても外国語を使わなくてはならないから、などといわれる。では従来の日本語には色に対してそんなに貧弱な表現しかなかったのだろうか。

古来の微妙な呼び名忘れて

「古い文学作品の中など、実に数多くのさまざまな表現が使われていた。現代生活の中でも、もっと使われてもいいと思うことばが多いのに、なぜか使われない。しだいに忘れられ、死語となってしまうようなものも多く、さみしいだけでなく残念」

伊原昭さんは〝日本の色〟を強調する。

たまたま喫茶店で若い女性ととなり合わせた外人が、自分の指輪をさし示しながら「これはなに色かいってみてくれ」と、その女性に話しかけた。その指輪の石はキャッツアイ。この宝石、黄味がかった色がふつうだが、青味がかった緑系の色のものも時にある。

不正確で単純な表現

この珍しいキャッツアイが自慢の質問か、彼女は「まあ、グリーンでしょうね」と答えた。

その外人は「あなたもやっぱりそうか」といった表情でこういった。「私が日本に来て一番感じたことは、だれでもみな、色に対して単純な表現しかしないことだ。同じ赤にしても薄い色から濃い色、黄色がかった赤、紫がかった赤、いろんな赤色があるのに、すべて赤という、たった一種類の不正確な表現しかしない。最初、日本人というのは、色に対して非常に無関心な性格なのかもしれないと思った。しかし、興味をもって読んだ日本の古典文学の作品の中では、微妙な色の表現の仕方まで、いろんなことばがある。でも、現在では少しも使われていないのが不思議でならない」

消防車の色は〝朱〟色

〝カラー時代〟といわれるほど、いろんな色のはんらんしている昨今だが、その色の表現となると、この外人の指摘をまつまでもなく、あまり正確ではないようだ。

交通信号の色は国際的に統一された色だが、われわれはこれをふつう赤、青、黄といっている。しかし赤はともかく、青は子どものクレヨンの色と一致しない。黄もちょっと色調が違うようだ。英語ではグリーン《緑》、アンバー《こはく》といっている。

こうしたあいまいさの盲点をついた問題が交通法規試験に出ることがある。「消防車の色は何色か」という質問に「赤」と答えては落第。正解は「朱」なのである。もっともこの場合、赤と朱ではその色に大きな差があるから、といった理由ではなく、法規に朱と書かれているからという、それだけのことらしい。

カナ名を好む若い層

サモンピンクといえば、なにか、かわいらしい感じがする。これを魚のサケの色といっては、なるほどムードがないかもしれない。同じ色は、昔から日本では曙《あけぼの》色といった。つまり夜明けの色という意味。

「いいことばだとは思いますが、いまではぜんぜん使われないし、若い人はこんな表現があることも知りませんね」と伊原さんはいうが、やはり若い層のエリート意識をくすぐるには、むしろ意味のよくわからないカタカナ色名がいいのだろう。

一時はアンシンカブル（考えられないという意味）カラーという、落語のオチではないが、とても考えられないような色名まで、ファッションの世界ではあった。

それでも、ことしあたりはテーマカラーを「草のいろ、花のいろ」とするデパートなどもあるが、もともと日本の色名は、すべて草、花から出ていた。

昔は染料のほとんどは植物からとった。そして、その色の名をもとの植物の名で表現した。赤、青、黄、白、黒だけは五方正色といって中国から渡ってきたままの抽象名だが、それ以外はくれない、あかね、あいなど、それぞれ、その花、根、葉などから染料をとったので、そのままの名を色の名とした。

同じ赤でも八つある

『万葉集』の中だけでも、赤色を表現するのに次の八通りある。①**あか** ②**くれない** ③**ももそめ** ④**あかね** ⑤**まはに** ⑥**に** ⑦**そほ** ⑧**はねず**。

このうち、はねずという植物はどんなのかわからない。赤系ということは確からしいが、それ以外は今日では不明。

もとは植物そのものの色ではなかったが、平安朝に入ると、「**卯**《う》**の花**」のように、染料とは無関係に、植物の色そのものをいうようになった。だから文学の中に植物の名が出てきても、それはその植物の意味ではなく、その色をいっていることが多い。「**桜**の直衣《のうし》のいみじく……」（『枕草子』）「**柳**の織物によしある唐草を……」（『源氏物語』）など、すべて現代式にいえば、桜色の直衣、柳色の織り物の意味である。

誤解されてる色の名

また古い色名が間違って解釈されていることも多い。

まず「**あさぎ**」。薄い黄色ではない。漢字は浅葱。ネギ色のこと。「あさねぎ」がつまって「あさぎ」となり、きが黄と間違われる。

「**えび茶**」はどうだろう。ぴょんぴょんはねる赤いエビと茶の中間の色ではない。えびは葡萄とかく。つまりぶどうの実と茶の中間の色だ。

「**唐撫子**《からなでしこ》」も現代のなでしこの赤より濃い色。**鉄色**《てついろ》といえば赤サビ色を思い起こすが、焼けた鉄肌のような緑味をおびた浅黒い色をいう。

昔の文学作品であれほど多用された**茜**《あかね》、**縹**《はなだ》なども、今日ではほとんど使われてはいない。

ムードのある色名も多い。秋になって草木が枯れた野原の、黄味がかった褐色《かっしょく》を「**枯野**《かれの》」といった。周知の**茶色**は、地名の江戸とかまた、茶人の小堀遠州の名の遠州とかを冠して呼ばれることが多かったのもおもしろい。

死語になる恐れも

また「若」はいろんな色に冠して新鮮さを表現した。竹、苗、草、楓、菖蒲、紫、緑など。

伊原さんは「いまのうちに整理しておかないと、ことばだけ残っても、実際にはどういう色なのかわからなくなってしまうようになるかもしれませんね」といっている。

初出一覧

本書各章のもとになった論文の初出は、次のとおりである。特に注記しない場合でも、本書に収めるにあたって、すべての論考に加筆・改稿を施している。

「はしがき」　書き下ろし。

「日本の色―序にかえて」
　原題「日本の色」（「学叢」第35号　昭和58年12月　日本大学文理学部）

「文学と色彩」（「東洋インキニュース」69号　東洋インキ製造株式会社　平成5年7月）

「古典文学における色彩」（「東洋インキニュース」69号　東洋インキ製造株式会社　平成5年7月）

「烏羽《うば》の表疏《ふみ》」（「流行色」日本流行色協会　昭和57年2月）

「月草《つきくさ》摺の色―今に生きるニッポンの色」（「セブンシーズ」コラム　二〇〇七年九月）

「丹《に》―今に生きるニッポンの色」（「セブンシーズ」コラム　二〇〇七年十二月）

「葡萄染―今に生きるニッポンの色」（「セブンシーズ」コラム　二〇〇八年二月）

「「色へのことば」をのこしたい」
　原題「私の日本語辞典―色への言葉を残したい」（NHKラジオ第2放送）全四回
　［放送日　第1回：二〇〇八年五月三日　第2回：五月一〇日　第3回：五月一七日　第4回：五月二四日］

「四季をこえた彩《いろど》り」（「家庭画報　世界文化社刊」）

「夜会の色」（「流行色」No.226　日本流行色協会　昭和50年12月）

「秋・冬の彩り」（「家庭画報　世界文化社刊」）
「古典文学と色彩」（「月刊京都11月号No.66」　特集紅葉と「花」　発行（株）美乃美　昭和55年8月）
「上代から近代へ　文学作品をとおしてみた色の流れ」
原題「王朝の色から現代へ　文学作品をとおして」（朝日ゼミナール『色をみる、色をつくる』（金子書房　一九八七年九月））
「文学にみる狐にかかわる色」（『朱』第49号　平成18年3月　伏見稲荷大社）
「『万葉』の歌人大伴家持―色に魅せられた越中守時代」
原題「色と『万葉集』のかかわり」（高岡市万葉歴史館論集7『色の万葉集』　平成16年3月　笠間書院）
「心の豊かさを求めて」（『一〇〇人百色』　カラー＆カラリスト〈プレ創刊号〉　二〇〇四年四月）
「平安の書と色の世界」（NHK趣味講座『書道に親しむ―かな―』　日本放送協会　昭和59年10月）
「光源氏の衣装―本朝の服色を背景に―」（「流行通信」183号　昭和54年4月）
「『源氏物語』の色　『枕草子』にもふれて」
（新宿朝日カルチャーセンター　二〇〇四年九月全四回　講演録を軸に）
原題「源氏物語にみる日本の色30」
「稲荷と「白」と鳥」（『朱』第35号　平成3年10月　伏見稲荷大社）
「紅《くれなゐ》」
原題「森先生の喜・米・白寿を祈って―紅に寄せて恩を陳《の》ぶ―」（『万葉の課題』翰林書房　平成7年1月）
「江戸の主な色―文学作品などに見る」（『図説　浮世絵に見る色と模様』　一九九五年七月　河出書房新社）
「カタカナがはばきかす色の世界―意味まであいまいに―」
（「東京新聞」　昭和42年5月13日朝刊　記者の取材記事を軸に「婦人家庭」欄）

あとがき

桜色に衣はふかく染めて着む花の散りなむのちのかたみに（『古今和歌集』）

桜花の咲きみだれる最もはなやかな美しい季を前に、突如おそった、東日本大震災。

そのためにどれ程多くの方々の運命がうばわれたことか、さらに何万という方が被災され、はかり知れない心・身の疵を負われたことか、ただ、それを思うだけでも胸が痛み涙があふれます。

さらに加えて、東京電力による原子力発電の事故のため、少なからぬ方々が、余儀なく、住みなれた家をはなれ、不自由な避難所生活を送られているということ、何とおなぐさめしてよいか、その言葉もありません。

海外の多くの国々の人々も、心を痛め、いろ〳〵の面で暖かく手をさしのべて下さっているとのこと。

ただ、只今は、日本中が、世界が、みんなひとつになって一日も早く、少しでも御心の安らぐ生活にもどられるよう、万感の思いをこめて祈るばかりであります。

また、この事故の処理に直接携わる方々が何とか御無事であるように、と念じております。

本書が成るにあたりＮＨＫ放送研修センター、日本語センター、並びにＮＨＫエデュケーショナルの破格のご配慮に深謝いたします。

なお、決定稿にいたるまで、お手を煩らわせ、ご面倒な仕事に根気よくたずさわってくださった、優れた印刷所、ばんり社に心から篤く御礼申し上げます。

最後に小著を出版された笠間書院の池田つや子社長はもとより、とくに不自由な身をいたわってくださり、はじめからおわりまで、何回、何十回となく自室まで足を運ばれ、出版にこぎつけてくださった橋本編集長には御礼のことばもなく、ただあついものが込みあがるばかりです。

四月二十四日

著　者

伊　原　　昭（いはら　あき）

神奈川県鎌倉市に生まれる。
東京女子大学卒業，日本大学大学院文学研究科修了。国立国会図書館主査，和洋女子大学，梅光女学院大学教授を経て，現在，梅光学院大学名誉教授。文学博士。

著書　『色彩と文学—古典和歌をしらべて—』(桜楓社出版 昭34・12)『萬葉の色相』(塙書房 昭39・6)『平安朝文学の色相—特に散文作品について—』(笠間書院 昭42・9)『色彩と文芸美—古典における—』(笠間書院 昭46・10)『日本文学色彩用語集成—中世—』(笠間書院 昭50・3)『日本文学色彩用語集成—中古—』(笠間書院 昭52・4)『古典文学における色彩』(笠間書院 昭54・5)『日本文学色彩用語集成—上代一—』(笠間書院 昭55・3)『平安朝の文学と色彩』(中央公論社 昭57・11)『日本文学色彩用語集成—上代二—』(笠間書院 昭61・6)『万葉の色—その背景をさぐる—』(笠間書院 平元・3)『文学にみる日本の色』(朝日新聞社 1994・2)『王朝の色と美』(笠間書院 1999・1)『日本文学色彩用語集成—近世—』(笠間書院 2006・2)『増補版 万葉の色—その背景をさぐる—』(笠間書院　2010・3)

〈受賞著書〉

『日本文学色彩用語集成—中世—』(笠間書院 昭和50年3月) 風俗史学会第一回「野口眞造記念染色研究奨励金」受賞『日本文学色彩用語集成—中古—』(笠間書院 昭和52年4月) 風俗史学会第六回「江馬賞」受賞『日本文学色彩用語集成—上代一～—近世—』(笠間書院 昭和50年～平成18年)全5巻に「エイボン芸術賞」(平19年度)受賞『日本文学色彩用語集成—上代一～—近世—』全5巻に「ビューティサイエンス学会賞」(平19年度)受賞

連絡先:〒177-0052 東京都練馬区関町東1-16-14 シルバーシティ石神井南館225

色へのことばをのこしたい

2011年6月16日　初版第1刷発行
2012年7月24日　初版第2刷発行

著　者　伊　原　　昭
装　幀　笠間書院装幀室
発行者　池　田　つや子

発行所　有限会社笠間書院
東京都千代田区猿楽町2-2-3
NSビル302　〒101-0064
電話　東京03(3295)1331
Fax　03(3294)0996

NDC分類 911.12

ISBN978-4-305-70524-2
印刷／製本：ばんり社・モリモト印刷

http://kasamashoin.jp

色へのことば

上代から近世までの文学作品にみられる

●典拠資料

『日本文学色彩用語集成』
［上代一］
［中　古］
［中　世］
［近　世］

色名、色彩語はもとよりであるが、「色名」とか「色彩語」などという、規定の固定した意を示す色の名称には入《はい》り切れない、もっと広い、その時々にさまざまなものの彩《いろど》りをみて、感じとった人たちが、それを自由な発想で表現し、名付けた“ことば”、つまり、文学作品にみられる“色へのことば”それをとくに加えて収載したものである、ということをおことわり申し上げておきたい。

色へのことば（かなの場合）

【あ】
あい（あゐ）
あいじろ（あひじろ）
あいぞめ（あゐぞめ）
あいばな
あか（しやく・せき）
あかいとをどし
あかいろ
あかうるし
あかかう
あかがね（かな・からかね・きんどう・こんどう・しやくどう・せいどう・どう）
あかがはをどし
あかくちば
あかぐろ
あかしらつるばみ
あかぞめ
あかつち（あかきつち）
あかとび
あかとりぞめ
あかに
あかね（あかねぞめ）
あかはな
あかむらさき
あからむ
あかをどし
あけ（しゆ）
あけぼのじま
あけぼのぞめ
あさがほぞめ
あさぎ（あさぎいろ・あさぎぞめ）
あさぎかへし
あしかがぞめ
あしげ（れんぜんあしげ）
あしげぶち
あしじろ
あしのはなげ
あしぶち
あたて
あたね
あひ（あゐ）
あひあか
あひじろ（あいじろ）
あひぞめ（あゐ）
あふち
あふちがさね
あふひがさね
あまかはのたま
あめうし
あめまだら
あやめ

【か】

い〜か

かうかき（こん）
かうじ
かうじくりげ
かうぜいべうし（かうせひびやうし・こうぜひびやうし）
かうぞめ
かうばい（こうばい）
かうよう（もみぢ）
かうろぎ（こほろぎ）
かうゑう（もみぢ）
かがぞめ
かがもん
かき（かきいろ・かきいろぞめ）
かきぞめ
かきつばた（すり）
かきつばたいろ
かきゑこそで
かく
かくかく
かくしうら
かくまぐさ
かげ
かけおび
かけがね
かしいろ
カシトリヲドシ
かしよく
かすげ
かすみ
かすみいろ
かすを
かたじろ
かち（かちん・かちんぞめ）
かちかへし
かちつるばみ
かついろ（かち）
かな（あかがね・かなもの・くろがね）
かないろ
かながひ（かながい）
かなもの（かけがね・かな・きん・さしがね・すみかね・はりかね・ぶんどう・まがりかね）
かね（かなもの）
かね（おはぐろ・はぐろ・はぐろぞめ・はぐろめ）
かね（くろがね・こがね・しろがね）
かねぐろ
かのこ（えどかのこ・かのこまだら・かのこゆひ・けしかのこ・はんしろうかのこ・ひとつぶかのこ）
かば（かばいろ・かばぞめ）
かばざくら
かばちやいろ（かばちや・かばちやぞめ）
かはらげ（かわらげ・きかはらげ）
かふやう（もみぢ）
かへで
かむやがみ
かめやづきん（かめやずきん）
かものはのいろ
からあゐ
からかね（あかがね）
からくれなゐ（くれなゐ）
からす

からすげ
からすばいろ（からすのはいろ）
からなでしこ
からにしき（にしき）
からまきぞめ
かりやすぞめ
かれの
かれのがさね
かれののいろ
かわらけいろ
かんじ
き（おう・おほしき・きいろ・きばむ・くはう・くわう・くわうせん・こう・たそがれ・よみぢ・わう）
きあさみどり
きうこん（うこん）
きうるし（うるし）
きかういろ
きがね（こがね）
きかはらげ（かはらげ）
きからちや（きがらちや）
ききやう
ききやうぞめ
きく
きくがさね
きくごろも
きくぞめ
きくちば
きくぢん
きしらぢ
きしらつるばみ
きそめ
きちかう
きぢろいろ（きじろいろ）
きぢん
きつきげ
きつねいろ
きつるはび
きつるばみ
きにかへしたる
きはずみ（おきずみ・きわずみ・をきずみ）
きはだ
きはだぞめ（きわだぞめ）
きはちじやう
きばむ
きやうあゐにぢゆうぞめ（きやうあいにじうぞめ）
きやうぞめ（きやう）
きやうはなぞめ
きよく
きりう
きりふ
きわずみ
きわだ
きわだぞめ（きはだぞめ）
きん（こがね）
きん（にしき）
ぎん（しろがね）
きんじき
ぎんすすたけ
きんせい
きんちやう（くろがね）
きんどう（あかがね）

きんらん
ぐ（くれなゐ）
くうせい
くがね
くさずり
くさのかう
くさのはのいろ
くしき
くすんだるいろ
くちなし（いはぬいろ・くちなしいろ・くちなしのいろ・サンシシ）
くちなしぞめ
くちなしのはないろ
くちば（くちばいろ）
くちべに（べに）
くはく
くはぞめ
くらやみ（くろ）
くり（くろ）
くりいろ
くりげ（かうじくりげ・しらくりげ・ばらもんくりげ・ひめくりげ）
くりぞめ
くるみいろ
くるみぞめ
くれなひ
くれなゐ（あか・おらんだ・かう・からくれなゐ・ぐ・くわう・こう・こうか・しんく・ちうもみ・ちゆうもみ・ひ・べに・べにのはな・ほんもみ・めぬぐひのとぢきれのいろ・もみ・もみぞめ・をらんだ）
くれなゐすそご
くれなゐのにほひ
くれのあゐ
くろ（いれぼくろ）
くろ（う）
くろ（くらがり・くらやみ・くろむ・こく・こくじき）
くろ（くり）
くろ（くろぐわへ）
くろ（げん）
くろ（し）
くろあかい
くろあけ
くろうるし
くろかすげ
くろがね（かな・かね・きん・きんちやう・てかね・てつ・はかね・ふるかね・まがね）
くろかはらげ
くろかはをどし（くろかわおどし）
くろくりげ
くろちや
くろつきげ
くろつち
くろつるばみ
くろとび
くろべに
くろぼこ（くろつち）
くろみどり
くろむらさき
くわう（き）
くわうせん（き）

こほろぎ（かうろぎ）
こまにしき
ごめんやうなめし
ごわう
ごゐのゐはう
こん（あをぞめ・かう・かうかき・こう・こむ・こんぞめ）
こん（こがね）
ごん（しろがね）
こんあいずり
こんいとをどし
こんじき（こがね）
こんじやう
こんぞめ（こん）
こんどう（あかがね・こんだう）
こんばい

【さ】
さいはり
さう（あを）
ざうがん（ぞうがん）
さうぶ
さうぶがさね
さうふく（ぶく）
さきん
さくら
さくらいろ
さくらがさね
さくらもえぎ
さくらもよぎ
さごじゆ（さんご）
ささいろ
ささやしま
さしがね（かなもの）
さたうそめ
さび
さびつきげ（つきげ）
さびつち
さめ
さんご（さごじゆ・さんごじゆ）
さんしき
さんとめ
し（くろ）
し（むらさき）
じがね（ぢがね）
しかまにそむる
しげまきぞめ
しけむらさき
しげめゆひ
しこん
ししき
ししよく（むらさき）
しせつ
したくさがさね
したん
しつ
しど
しながはおどし
しのぶずり（しのぶ・しのぶのくさずり・しのぶもぢずり・もぢずり）
しのぶのほそぞめ
しのぶもぢずり（しのぶずり）
しはうじろ
しばずり

しばぞめ
しひしば
しひのかわ
しぶずみ
しぶぞめ（しぶ）
しぶぢ
しまごん
しまこんじき
しまのにじ（にじしま）
しまわうごん（こがね）
しまをうごん
しや（そほに）
しやう（あを）
じやうえ
しやうじやう（せうぜう）
しやうじやうひ（せうせうひ）
しやうぶ
しやうぶいろ
しやうぶがさね
しやうぶかはぞめ（しやうぶかは・せうぶかは・せうぶかわぞめ・せふぶかは）
しやうびやく
じやうゑ
しやきん
しやく（あか）
しやくぢよ
しやくどう（あかがね）
しやぐま
しやこ
しゆ（あか・あけ・まつしゆ）
じゆうにいろ
しゆくし
しゆさ
しゆべに
じよう（じやう）
しらあしげ
しらあを
しらいとをどし（しらいとおどし）
しらがさね（しろがさね）
しらき
しらぎく
しらぎぬ
しらくりげ（くりげ）
しらげ
しらちや
しらつきげ（つきげ）
しらつち
しらに
しらはなだ
しらぼし
しららう
しろ（しら・す・そ）
しろ（しら・しらけ・しらげ・しらしぼり・しらじら・しらじらし・しらたま・しらぬめ・しらむ・しろじろ・しろむ・しんじゆ・にらむ・はく・びやく・びやくらい）
しろあしげ
しろいこ（おしろい）
しろうとぞめ（しらうとぞめ）
しろがさね
しろかはらげ
しろがね（かな・かね・ぎん・こまが

ね・ごん・ゐんつう）
しろきぬ
しろきもの
しろくりげ
しろたへ
しわう
しゐしば
しをに
しをん
しをんいろ
しんく（くれなゐ）
じんざもみ（ぢんざもみ）
しんじゆ
す（しろ）
すい（みどり）
すいくわのいろ
すいしやう
すがのね
すかみこ
すぎぞめ
すすき
すすたけ
すすび
すずめいろ（すずめいろとき・すゝめのとき）
すなごのあらがね
すはう（すわう・すわうぎ）
すはうがさね
すはうぎく
すはうぞめ
すほうのにほひ
すみ（あぶらすみ・すみいろ・はいすみ・ぼく）
すみぐろ
すみずり
すみぞめ
すみのころも（すみぞめ）
すみのそで（すみぞめ）
すみのたもと（すみぞめ）
すみるちや
すり
すわう（すはう）
すわうがさね
すわうぎ（すはう）
すゐ（みす・みどり）
すゐしやう
すゑつむはな（すゑつむ）
ずんぶりぞめ
せい（あかね）
せい（あを）
せいかち
せいじ
せいしつ
せいせい（あを）
せいたい（まゆずみ）
せいどう（あかがね）
せいどん
せいひつ
せいへき
せうぜう（しやうじやう）
せうせうひ（しやうじやうひ）
せうぶかは（しやうぶかはぞめ）
せき（あか）
せきし

せきりゆう
せんさいちや
せんすぢぞめ
そ（しろ）
そう（あを）
ぞうがん（ざうがん）
そうじふらうづきん（そうじゆうろうずきん）
そうそう（あを）
そうでんからちや
そに
そひ
そふく
そほ
そほに（そほ・に・ますほ）
そめいひ（そめいい）
そめつけ
そらいろ

【た】
たい（まゆずみ）
たいこう
たいしや
たいまい（たひまひ）
だいわう
たうくわのいろ
たうせいちや
たかうすべ
たそがれ（き）
だてぞめ
たまごいろ（たまご）
たまむしいろ
ためぬり
たん（に）
たんばんいろ（たんばいろ）
ぢあか
ぢあさぎ
ぢがね（じがね）
ちくさいろ（ちくさ）
ちくさかへし
ちくさのほそぞめももいろかはり
ちくさももしなぞめ
ぢくろ
ぢしろ
ぢずり
ちそめ
ぢべに
ぢむらさき
ちや（ちやいろ）
ちやうじ（テウジ）
ちやうじぞめ
ちやうじちや（てうじちや）
ちやうしま
ちやうぞめ
ちやがへし
ちやぞめ
ぢわう
ぢんざもみ（じんざもみ）
つき
つきくさ（つゆくさいろ・のあゐ）
つきげ（さびつきげ・しらつきげ・とらつきげ・むらつきげ）
つきしろ
つきそめ

つきびたひ
つくもがみ
つげ
つちいろ
つちおしろい（おしろい）
つぢがはな
つちはり
つつじ
つつじいろ
つつじぞめ
つぼみこうばい
つぼめるいろのこうばい
つゆくさ
つゆくさいろ（つきくさ）
つゆとくさ
つるばみ
つるぶち
てい
テウジ（ちやうじ）
てうじちや（ちやうじちや）
てじ
てつ（くろがね）
てりがき
てんかふん（てんくわふん）
とう（あか）
どう（あかがね）
とうわう
ときいろ
ときげ
ときん
とくさ
とくさいろ
とこなつ
とのちや
とびいろ
とびはちぢやう（とびはちぜう）
とほやまずり
とらつきげ（つきげ）
とりのこいろ

【な】

なしうちえぼし
なしぢ（にせなしぢ）
なたねいろ
なつかへでいろ（なつかひでいろ）
なつげ
なつむしのいろ
なでしこ
なでしこがさね
なでしこのわかばのいろ
なないろ
なのはなのいろ
なまあゐ
に（そほに）
に（たん）
にく
にしき（からにしき・きん）
にしきぎ（にしき）
にじしま（しまのにじ）
にじそめ
にじのおほしま（にじしま）
にずり
にせなしぢ（なしぢ）
にせむらさき

にぢゆうそめ
にぬり
にび
にびいろ
にびはなだ
にぶいろ
にぶむらさき
にぶめるいろ
にんしんのいろ
ぬのめ（うるし）
ぬりがさ
ねずみいろ（ねずみ・ねずみぞめ）
ねづみ（ねずみいろ）
ねり
ねりいろ
ねりきぬ（ねり）
のあゐ（つきくさ）
のろまいろ（のろま）

【は】

はいげ
はいすみ（すみ）
ばうしう
はうに
はうば
はかね（くろがね）
はぎ
はきかけ
はぎがさね
はぎがはなすり（はぎ）
はぎずり
はぎのたてあを
はぎのはないろ
はく（しろ）
はくぎん
はくどう
はくふん（おしろい）
はぐろ（かね）
はぐろめ
はじ（はぢ）
はじいろ
はじぞめ
はしたいろ
はじにほひ
はしばみ
はじもみぢ
はちしき（はつしき）
はつたん
はつはなぞめ
はな（はないろ）
はないろごろも
はないろぞめ（はなぞめ）
はなうるし（うるし）
はなかさね
はなごろも
はなこんじやう
はなざくら
はなずり
はなずりごろも
はなぞめ（はないろぞめ）
はなだ（はな）
はなたちばな
はなのいろ
はなむらさき

はなやう
はなやまぶき
はに
はに《ママ》ずり
はにふ（あばらや・はにゆう）
はねず
はは
ばばいろ
はひ（はい）
はひげ
はふに
はやそめくさ
はやりそめ
はらや（おしろい）
はり
はりしゆ
はりすり
はりそめ
はりのきぞめ
はりまあさぎ
ひ（あか・あけ）
ひ（くれなゐ）
ひおどし（ひをどし）
ひきがき
ひきんあう
ひすゐ（ひすい・かはせみ）
ひそく
ひたあを
ひたひじろ
ひとつぶかのこ（かのこ）
ひは（ひわいろ）
びはいろ（びわいろ）
ひはだ（ひはだいろ）
ひはだのすぎいろ
ひはちや（ひわちや）
ひばりげ
びやく（しろ）
ひやくくわこもん
びやくしよう
びやくだん
びやくどう
びやくらう
びやくろく
ひらりぼうし
ビロウドそめ
ひわいろ（ひは）
びわいろ（びはいろ）
ひわだ
ひわだいろ
ひわちや（ひはちや）
ひをどし（ひおどし）
びんばくわ
びんらうじぞめ（びんらうじ）
ふかきはなだ
ふかむらさき
ぶく（さうふく・もふく）
ふし（ふしのこ）
ふしかねぞめ
ふしぞめ
ふしなはめ（ふぢなはめ）
ふすべがは
ふたあゐ
ふたあゐがさね
ふたいろ

ふぢ
ふぢいろ（ふじいろ）
ふぢがさね
ふぢころも
ふぢなはめ（ふしなはめ）
ふぢねずみ（ふぢねづみ）
ふぢのたもと
ふぢばかま
ふるされいろ
ふん（こ・こな）
ぶんどう（かなもの）
へう（はなだ）
へき（あを・みどり）
へきるり
べに（あさひべに・おいろ・かう・くちべに・こう・こうくわ・べにばな・ほうべに）
べに（くれなゐ）
べにうこん
べにかけはないろ
べにかば
べにがらいろ（べんがら）
べにききやう
べにとび
べにばな（べに）
へむぺき
べんべ
ほうべに（べに）
ぼく（すみ）
ほくろ
ぼけ
ほしじろ
ほふぶく
ほやずり

【ま】

まがね（くろがね）
まがりがね（かなもの）
まさを
ましろ
ますほ（そほに）
ますみ
まそ
まそほ
またみ
まつ
まつか
まつがさね
まつき
まつくろ
まつしろ
まつのはいろ
まつのはがさね
まつば
まつばいろ
まつばがさね
まはに
まはり
まゆ（まゆずみ）
まゆかき（まゆずみ）
まゆずみ（すみ・たい・せいたい）
みけ
みだらをのうま
みちのくにがみ

みづあさぎ
みづいろ（みづ）
みづかね
みづのたま
みどり（あを・みどりご・りよく）
みどり（すい・すゐ・みす）
みどり（へき）
みなくれなゐ
みなしろ
みはなだ
みやこそめ
みよしのそめ
みるいろ
みるちや（みるちやぞめ）
むイロ
むいろ
むかしからちや
むく
むくらんぢ
むしあわ
むめ
むめがえし（うめがえし）
むめがさね
むめやしぶ（うめやしぶ）
むらがさね
むらさき（し・ししき・ししよく・むらさきいろ）
むらさきうるし
むらさきかう
むらさきすそご
むらさきのにほひ
むらさきをどし（むらさきおどし）
むらつきげ（つきげ）
メツキ（こがね）
めつきん
めつし
めなう（めのう・めのふ）
めぬぐひのとぢきれのいろ（くれなゐ）
もえぎ（もえぎいろ・もへぎ・もへぎいろ・もよぎ・もゑぎ）
もえぎにほひ（もよぎにほひ）
もえぎをどし（もえぎおどし・もへぎをどし）
もくらん
もくらんじき
モクランヂ（もくらんぢ）
もぢずり
もふく（ぶく）
もへぎ（もえぎ）
もへぎをどし（もえぎをどし）
もみ（くれなゐ）
もみぢ（かうよう・かうゑう・かふやう・こうえう・こうえふ・こうよう・もみじ・もみぢずり・もみぢば・やしほもみぢ）
もみぢがさね
もみぢずり（もみぢ）
もみぢば
もめんじま
ももいろ
ももいろそめ
ももかは（もものかは）
ももしなそめ
もやうぞめ

もよぎ（もえぎ）
もよぎおどし
もよぎにほひ（もえぎにほひ）
もろはく
もゑぎ（もえぎ）

【や】

やいろ
やきがね
やくしやぞめ
やくわうのたま（やくはうのたま）
やところぞめ
やなぎ
やなぎいろ
やなぎがさね
やなぎすすたけ
やはたぐろ（やわたぐろ）
やへこうばい
やへざくら
やへやまぶき
やまあさ
やまあひ
やまあゐ（やまあゐずり・やまずり）
やまのはぞめ
やまバトいろ（やまばといろ）
やまぶき（やまぶきいろ・やまぶきのいろ・やまぶきのはないろ）
やまぶきがさね
やまぶきのいはぬいろ（やまぶき）
やまぶきのにほひ
やまぶきのはないろ
やまゐ
ゆうわう（いうわう）
ゆかりのいろ（ゆかり）
ゆきのしたがさね
ゆのあわ
ゆのはのいろ
ゆふぜん（いうぜんぞめ）
ゆふむらさき
ゆるしいろ（ゆるしのいろ）
ゆるしなきいろ
ゆわう（いわう）
ようばいとうり
よしなかぞめ
よしをか（けんぼう）
よつじろ
よつたから（よつほう）
よみぢ（き）
よもぎ

【ら】

らふいろ（らういろ）
らん
りうたん
りよく（みどり）
りんだう
るり
るりこん
れき
れん（ぬりいろ）
れんぜんあしげ（あしげ）
ろうさう
ろかうちや（ろこうちや）
ろく

ろくしよう（ろくしやういろ・ろくせう）
ろくたい

【わ】
わう（き）
わうぎ
わうごん（こがね）
わうだん
わうれん
わかかへで
わかしやうぶ
わかなへいろ
われもかう
ゐかけぢ
ゐわう（いわう）
ゑいそ
ゑしき
ゑびぞめ
ゑりつけ（えりつけ）
ゑんぶだんご（こがね）
をきずみ（きはずみ）
をしろい（おしろい）
をばなあしげ
をぶち
をみ
をみごろも
をみなへし
をみなへしいろ
をもだか（おもだか）

色へのことば（漢字の場合）

【一画】

一粒鹿子　ひとつぶかのこ

【二画】

二色　にしき・ふたいろ

二藍　ふたあゐ

二重染　にぢゆうそめ

七色　なないろ

八わたぐろ　やわたぐろ

八イロ　やいろ

八色　はちしき

八端　はつたん

八重桜　やへざくら

八所染　やところぞめ

八重紅梅　やへこうばい

八重山吹　やへやまぶき

八塩紅葉　やしほもみぢ

九色　くしき

十二色　じゆうにいろ

入炭　いれすみ

入墨　いれすみ

丁子　ちやうじ・テウジ

丁字　ちやうじ

丁染　ちやうぞめ

丁字染　ちやうじぞめ

丁字茶　ちやうじちや・てうじちや

【三画】

三色　さんしき

三毛　みけ

小忌　をみ

小忌衣　をみごろも

小さくら　こさくら

小櫻威　こざくらおどし

小畠染　こばたけぞめ

川原毛　かはらげ

大色　おほしき

大黄　だいわう

大分青　あしげ

口なし　くちなし

口紅　くちべに

口紅粉　くちべに

口なし色　くちなしいろ

下草襲　したくさがさね

千種かへし　ちくさかへし

千種色　ちくさいろ

千筋染　せんすぢぞめ

千種百品染　ちくさももしなぞめ

千種の細染百色かはり　ちくさのほそぞめももいろかはり

夕紫　ゆふむらさき

土いろ　つちいろ

土針　つちはり

土白粉　つちおしろい
久利　くり
山あゐ　やまあゐ
山ずり　やまずり
山のはそめ　やまのはそめ
山藍　やまあい・やまあひ・やまあゐ
山井　やまあゐ・やまゐ
山吹　やまぶき
山吹のいろ　やまぶきのいろ
山吹色　やまぶきいろ
山吹襲　やまぶきがさね
山梔子　くちなし・サンシシ
山藍摺　やまあゐずり
山鳩色　やまバトいろ
山吹の匂　やまぶきのにほひ
山吹の花　やまぶきのはな
山吹の花色　やまぶきのはないろ
山吹のいはぬ色　やまぶきのいはぬいろ
女郎花　をみなへし
女郎花色　をみなへしいろ

【四画】

五金　ごきん
五彩　ごさい
五綵　ごさい
五色　ごしき・いつくさ・いつつのいろ
五色染　ごしきぞめ
五位の位袍　ごゐのゐはう
六イロ　むいろ
六色　むいろ
六青色　ろくしやういろ
丹　あか・たん・に
丹波いろ　たんばいろ・たんばんいろ
丹揩　にずり
丹摺り　にずり
木瓜　ぼけ
木賊　とくさ
木賊色　とくさいろ
木綿嶋　もめんじま
木蘭　もくらん
木蘭地　モクランヂ
木蘭色　もくらんじき
木地呂色　きぢろいろ
木地蠟色　きぢろいろ
刈安　かりやす
刈安草　かりやす
刈安染　かりやすぞめ
牛黄　ごわう
天空　そらいろ
天瓜粉　てんかふん
天花分　てんかふん
天川の玉　あまかはのたま
天鵞絨染　ビロウドそめ
手白　てじ
今織　いまおり
今様色　いまやういろ
分銅　ぶんどう
中紅　ちゆうもみ
比金襖　ひきんあう
引柿　ひきがき
文字ずり　もぢずり
月毛　つきげ

月額　つきびたひ
月草　つきくさ
月草摺　つきくさずり
火　ひ
火威　ひをどし
切斑　きりう・きりふ
支子　くちなし
水色　みづいろ
水金　みづかね
水銀　みづかね
水縹　みはなだ
水精　すいしやう・すゐしやう・みづのたま
水晶　すいしやう
水淺黄　みづあさぎ
友禪　ゆうぜん・ゆふぜん
友禪染　いうぜんぞめ

【五画】
四郎　しろ
四色　ししき
四方白　しはうじろ・しほうじろ
四つ白　よつじろ
四つ宝　よつたから
石餅　こくもち
石榴　せきりゆう
右近　うこん
打曇　うちぐもり
市松　いちまつ
由縁のいろ　ゆかりのいろ
正官緑　もえぎ
本紅　ほんもみ
布目　ぬのめ
末つむ　すゑつむ
末摘花　すゑつむはな
末採花　すゑつむはな
古金　ふるかね
玄　くろ・ぐゑん・げん
生漆　きうるし
生藍　なまあゐ
卯の花　うのはな
卯花重　うのはながさね
卯の花がさね　うのはながさね
卯花威　うのはなおどし・うのはなをどし
卯の花縅　うのはなをどし
卯の花衣　うのはなきぬ
卯の花の鎧　うのはなのよろひ
代赭　たいしや
玉虫色　たまむしいろ
令黄　もみち
加賀染　かがそめ
加賀紋　かがもん
半四郎鹿子　はんしろうかのこ
瓦毛　かはらげ
氷襲　こほりがさね
目拭ひの綴きれの色　めぬぐひのとぢきれのいろ
白　しら・しろ・はく・びやく
白々　しらじら
白青　あさぎ・しらあを・びやくしやう
白馬　あをうま
白重　しらがさね

白襲　しらがさね
白茶　しらちや
白土　しらつち・しらに
白菊　しらぎく
白縹　しらはなだ
白星　しらぼし・しろぼし
白炭　じよう
白金　しろがね
白鑞　しららう・びゃくらう
白妙　しろたへ
白栲　しろたへ
白銀　しろがね・はくぎん
白銅　あかがね・はくどう・びやくどう・ますみ
白檀　びやくだん
白緑　びやくろく
白毫　びやくごう
白眼　さめ
白癩　びやくらい
白髪　つくもがみ
白粉　おしろい・しろいこ・はくふん・をしろい
白粉　しらに
白イ粉　しろいこ
白糸威　しらいとをどし
白瓦毛　しろかはらげ
白栗毛　しらくりげ
白月毛　しらつきげ
白葦毛　しらあしげ・しろあしげ
白佐馬　しろさめ
白糸ノ鎧　しらいとのよろひ
白なへ色　しろなへいろ
白がな物　しろがなもの
白幅輪ノ鎧　しろぶくりんのよろひ

【六画】
百色染　ももいろそめ
百品染　ももしなそめ
百花小紋　ひやくくわこもん
同黄　とうわう
肉　にく
栬　もみぢ
色入　いろいり
色聴さる　いろゆるさる
朽葉　くちば
朽は色　くちばいろ
血染　ちそめ
西瓜の色　すいくわのいろ
宇源次染　うげんじぞめ
臼藍　うすあゐ
次緑　うすきみどり
次縹　うすきはなだ
辻が花　つぢがはな
早染艸　はやそめくさ
江戸紫　えどむらさき
江戸鹿子　えどかのこ
有松しぼり　ありまつしぼり
有まつ染　ありまつぞめ
吉岡　よしをか
吉岡染　よしおかぞめ
灰　はい・はひ
灰毛　はいげ・はひげ
伏縄目　ふしなはめ
伊勢粉　はらや

伊達染　だてぞめ
伊豫染　いよぞめ
伊勢白粉　いせおしろい
伊勢武者の鎧　いせむしやのよろひ
朱　あか・あけ・しゆ・そほ
朱紅　しゆべに
朱沙　しゆさ
朱砂　しゆ・しゆさ・すさ
朱枋　すはう・すわう
朱花　はねず
地むらさき　ぢむらさき
地赤　ぢあか
地緇　ぢぐろ
地白　ぢしろ
地摺　ぢずり
地紅　ぢべに
地紫　ぢむらさき
地黒　ぢくろ
地黄　ぢわう
地金　ぢがね
地鉄　ぢがね
地淺黄　ぢあさぎ
地白ノ直垂　ぢしろのひたたれ

【七画】
辛藍　からあゐ
辛紅花　からくれなゐ
住　すみ
皀　くり・くろ
皁　くりそめ
呉桃　くるみぞめ
呉藍　くれなゐ
車渠　しやこ
車渠　しやこ
杉染　すぎぞめ
志遠色　しをんいろ
辰砂　しんしや
沙金　しやきん
沙鉄　すなごのあらがね
沈金　ちんきん
卵色　たまごいろ
玉子色　たまごいろ
初花染　はつはなぞめ
村月毛　むらつきげ
役者染　やくしやぞめ
沃懸地　いかけぢ・い(ッ)かけぢ・ゐかけぢ
言ぬ色　いはぬいろ
似せ紫　にせむらさき
似せ梨地　にせなしぢ
佐目　さめ
佐馬　さめ
足白　あしじろ
足利染　あしかがぞめ
尾花葦毛　をばなあしげ
杜若　かきつばた
杜若色　かきつばたいろ
忍ぶ　しのぶ
忍摺　しのぶずり
忍ぶ綟　しのぶもぢずり
忍ぶ捩摺　しのぶもぢずり
忍ぶの草ずり　しのぶのくさずり
彤　あか・とう
赤　あか・あけ・しやく・せき

赤色　あかいろ
赤威　あかおどし
赤香　あかかう
赤黒　あかぐろ
赤紫　あかむらさき・せきし
赤漆　あかうるし・にぬり
赤衣　あかぎぬ
赤土　あかつち・あかに・につち・はに
赤染　あかぞめ
赤練　かいねり
赤熊　しやぐま
赤銅　しやくどう
赤葉　もみち
赤根　あかね
赤根染　あかねぞめ
赤糸威　あかいとをどし
赤皮威　あかがはお《ママ》どし
赤革威　あかがはをどし
赤朽葉　あかくちば
赤白橡　あかしらつるばみ
赤き白つるばみ　あかきしらつるばみ
赤栴檀　しやくせんだん

【八画】
帛　しろぎぬ・びやく
服　ぶく
芦毛　あしげ
芦の花げ　あしのはなげ
枝子　くちなし
其穂　そほ
附毛　つきげ
狐色　きつねいろ
明珠　さんご
油墨　あぶらすみ
阿古屋の玉　あこやのたま
河原毛　かはらげ・かわらげ
枇杷色　びはいろ・びわいろ
夜光珠　やくはうのたま・やくわうのたま
若菖蒲　わかしやうぶ
虎魄　こはく
虎珀　くはく・こはく
虎つき毛　とらつきげ
芥子鹿子　けしかのこ
空青　くうせい・くうせう
昌蒲　しやうぶ
芽子　はぎ
法服　ほうぶく・ほふぶく
松葉　まつば
松襲　まつがさね
松葉襲　まつのはかさね
松葉色　まつばいろ
松の葉色　まつのはいろ
空色　そらいろ
宗傳唐茶　そうでんからちや
宗十郎頭巾　そうじふらうづきん
京　きやう
京そめ　きやうそめ
京染　きやうぞめ
京花染　きやうはなぞめ
京藍二重染　きやうあゐにぢゆうぞめ
花　はな
花やう　はなやう

花色　はないろ
花漆　はなうるし
花重　はなかさね
花衣　はなごろも
花櫻　はなざくら
花摺　はなすり
花染　はなぞめ
花田　はなだ
花紫　はなむらさき
花山吹　はなやまぶき
花紺青　はなこんじやう
花の色　はなのいろ
花色衣　はないろごろも
花色染　はないろぞめ
青　あを・しやう・せい
青しらけ　あをしらけ
青きん　あをきん
青々　あをあを・せいせい
青色　あをいろ・せいしき
青土　あをに・そに
青褐　あをかち・せいかち
青摺　あをずり
青馬　あをうま
青葉　あをば
青香　あをかう
青丹　あをに
青紫　あをむらさき
青白　あをじろ
青鈍　あをにび・あをにぶ・せいどん
青緑　あをみどり
青碧　しやうびやく・せいへき
青漆　せいしつ
青磁　せいじ
青茶　あをちや
青黛　せいたい
青銅　あかがね・せいどう
青白橡　あをしらつるばみ
青朽葉　あをくちば
青紅葉　あをもみぢ
金　かな・かね・きん・くがね・こがね・こん
金貝　かながひ
金物　かなもの
金黒　かねぐろ
金青　こんじやう
金精　きんせい・こんじやう・さび
金打　きんちやう
金銅　きんどう・こんどう
金色　こんじき
金泥　こんでい
金漆　こしあぶら
金襴　きんらん
金精土　さびつち
肩白　かたじろ

【九画】

荒金　あらがね
星白　ほしじろ
茅蒐　ぼうしう
玻璃　はり
玳　たい
玳瑇　たいまい
玳瑁　たいまい
脣紅　くちべに

飛八丈　とびはちぢやう
幽禅が萩のすそ書　ゆふぜんがはぎのすそがき
苴　くろ
柴　じばぞめ
柴摺　しばずり
俗　しろぎぬ
紈　しらぎぬ
柳　やなぎ
柳色　やなぎいろ
柳襲　やなぎがさね
柳煤竹　やなぎすすたけ
砂金　さきん・しやきん
砂糖染　さたうそめ
胡粉　ごふん
胡桃色　くるみいろ
胡桃染　くるみぞめ
眉墨　まゆずみ・すみ
柚の葉の色　ゆのはのいろ
若楓　わかかへで
若苗色　わかなへいろ
虹縞　にじしま
虹嶋　にじしま
虹染　にじそめ
虹の大嶋　にじのおほしま
柑子　かうじ・かむじ・かんじ
柑子栗毛　かうじくりげ
洗皮　あらひがは
洗革　あらひかは
洗鹿子　あらひかのこ
退紅　あらそめ・くれなゐ・こきくれなゐ・たいこう
退紅染　あらそめ
垣津幡　かきつばた
枯野　かれの
枯野襲　かれのがさね
枯野の色　かれののいろ
珊瑚　さんご
珊瑚珠　さんごじゅ
珊瑚樹　さごじゅ
柴摺　しばずり
信夫　しのぶ
信夫ずり　しのぶずり
信夫摺　しのぶずり
染付　そめつけ
染飯　そめいひ
甚三紅絹　じんざもみ・ぢんざもみ
香　かう
香染　こうぞめ
皆くれなゐ　みなくれなゐ
皆紅　みなくれなゐ
皆白　みなしろ
皆朱　かいしゅ
柿　かき
柿そめ　かきそめ
柿染　かきぞめ
柿色　かきいろ
柿色染　かきいろぞめ
紅　あか・あけ・かう・こう・ひ・もみ
紅　おいろ・かう・ぐ・こう・くれなゐ・べに
紅うこん　べにうこん
紅色　あけ

紅井　くれなゐ
紅草　くれなゐ・くれのあゐ
紅梅　かうばい・こうばい
紅梅（馬の毛色）　こうばい
紅蓮　ぐれん
紅粉　おしろい・くれなゐ・こうふん・べに
紅葉　かうよう・かふやう・こうえう・こうえふ・こうよう - もみじ・もみぢ
紅花　あかはな・くれなゐ・こうくわ・べに・べにばな
紅絹　もみ
紅染　べに
紅樺　べにかば
紅威　ひをどし
紅鳶　べにとび
紅毛　をらんだ
紅楓　もみぢ
紅の花　べにのはな
紅楓葉　もみぢば・もみぢ
紅擲燭　つつじ
紅躑躅　つつじ
紅桔梗　べにききやう
紅裾濃　くれなゐすそご
紅梅襲　こうばいがさね
紅梅染　こうばいぞめ
紅葉重ね　もみぢかさね
紅葉襲　もみぢがさね
紅葉摺　もみぢずり
紅裾濃の鎧　くれなゐすそごのよろひ
紅下濃ノ鎧　くれなゐすそごのよろひ
紅かけ花色　べにかけはないろ

【十画】
栬　もみぢ
草ずり　くさずり
草の香　くさのかう
草の葉の色　くさのはのいろ
涅　くり・くろ
留り　るり
差金　さしがね
流礦　いわう
流黄　ゆのあわ・ゆわう
流離　るり
針金　はりかね
祐善　ゆふぜん
兼房　けんぼう
桑　くはぞめ
桑染　くはぞめ
栗毛　くりげ
馬瑙　めなう・めのう・めのふ
馬脳　めなふ
島の虹　しまのにじ
時花染　はやりそめ
郡山染　こほりやまぞめ
桔梗　ききやう・きちかう
桔梗染　ききやうぞめ
書繪小袖　かきゑこそで
夏毛　なつげ
夏蟲の色　なつむしのいろ
夏かひで色　なつかひでいろ・なつかへでいろ
桃色　ももいろ

桃花　つき
桃染　つきそめ
桃の皮　もものかは
桃花色　たうくわのいろ
桃花褐　つきそめ
海の色　うみのいろ
海松色　みるいろ
海松茶　みるちや
海松茶染　みるちやぞめ
茜　あかね・せい
茜草　あかね
茜根　あかね
茜染　あかねぞめ
唐銅　からかね
唐紅　からくれなゐ
唐藍　からあゐ
唐錦　からにしき
唐棣　はねず
唐棣花　はねず
唐撫子　からなでしこ
唐巻染め　からまきぞめ
荒金　あらがね
殷　いん
粉　おしろい・こ・こな・しろきもの・はふに・ふん
烏　う・くり・くろ
烏毛　からすげ
烏漆　くろうるし
烏羽色　からすばいろ
紙屋紙　かむやがみ
眞さを　まさを
眞緋　あけ
眞白　ましろ・まつしろ
眞赤　まつか
眞金　まがね
眞黄　まつき
眞黒　まつくろ
眞闇　まつくろ
眞榛　まはり
眞朱　まそほ・まつしゆ
眞紅　しんく
眞赭　ますほ
眞珠　しらたま・しんじゆ
眞赤土　まはに
脂　し
素　しら・しろ・す・そ
素服　そふく
素紙子　すかみこ
素人染　しろうとぞめ
素海松茶　すみるちや
秦　はり
茶　ちや
茶色　ちやいろ
茶染　ちやぞめ
茶返し　ちやがへし
茶宇嶋　ちやうしま
徒歩　かち
烟子　えんじ
純紫　にぶむらさき
純縹　にびはなだ

【十一画】

赧　あからむ
堊　あく・しらつち

堊色　あく・うはぬり
尉　じよう
焃　あか・かく
陸　かち
陸奥紙　みちのくにがみ
埴生　はにふ・はにゆう
埴布　はにふ
常衣　じやうえ
常夏　とこなつ
淨衣　じやうえ
琉璃　るり
梔子　くちなし
梔子色　くちなしいろ
梔子染　くちなしぞめ
僞紫　にせむらさき
都染　みやこそめ
陰魄　つきしろ
掛金　かけがね
野あゐ　のあゐ
寄生樹摺　ほやずり
深青色　もえぎいろ
桾繩目　ふしなはめ
菜種色　なたねいろ
菜の花の色　なのはなのいろ
鳥の子いろ　とりのこいろ
婆羅門栗毛　ばらもんくりげ
逢　あひ・あゐ
連銭芦毛　れんぜんあしげ
連銭葦毛　れんぜんあしげ
雀色　すずめいろ
雀色時　すずめいろとき
兜巾　ときん
梧桐　あをぎり
宿紙　しゆくし
宿月毛　さびつきげ
梨子地　なしぢ
梨子打烏帽子　なしうちえぼし
皎　かう・けう・こう・しろ
皎々　かうかう・けうけう
笹色　ささいろ
笹屋嶋　ささやしま
鹿毛　かげ
鹿子　かのこ
鹿の子まだら　かのこまだら
鹿の子斑　かのこまだら
鹿の子結　かのこゆひ
淺黄　あさぎ
淺黄かへし　あさぎかへし
淺黄色　あさぎいろ
淺黄染　あさぎぞめ
淺葱　あさぎ
梅　むめ
梅がえし　うめがえし・うめがへし・
むめがえし
梅襲　うめがさね・むめがさね
梅や澁　うめやしぶ・むめやしぶ
御所かづき　ごしよかづき
御所ちらし　ごしよちらし
御所染　ごしよぞめ
御納戸　おなんど
御歯黒　おはぐろ
御所白粉　ごしよおしろい
御納戸茶　おなんどちや
紺　こきはなだ・こう・こむ・こん・

ふかきはなだ
紺染　あをぞめ・こんぞめ
紺上　こんじやう
紺青　こんじやう
紺映　こんばい
紺村滋　こむらご
紺糸威　こんいとをどし
紺藍摺　こんあい《ママ》ずり
紺唐綾威　こんからあやお《ママ》どし
紺地錦冑　こんぢにしきのよろひ
紺絲ノ鎧　こんいとのよろひ
紫　し・むらさき
紫のにほひ　むらさきのにほひ
紫色　ししき・ししよく・むらさきいろ
紫金　しこん
紫雪　しせつ
紫檀　したん
紫土　しど
紫絨　むらさきおどし・むらさきをどし
紫漆　むらさきうるし
紫香　むらさきかう
紫苑　しをに・しをん
紫苑色　しをんいろ
紫下濃　むらさきすそご
紫磨金　しまごん
紫磨金色　しまこんじき
紫磨黄金　しまわうごん
雪の下がさね　ゆきのしたがさね

【十二画】

椛　もみぢ
無垢　むく
菊　きく
菊がさね　きくがさね
菊重　きくがさね
菊襲　きくがさね
菊衣　きくごろも
菊染　きくぞめ
硨磲　しやこ
媚茶　こびちや
棧留　さんとめ
菅根　すがのね
棕色　とびいろ
椎柴　しひしば・しゐしば
椎の皮　しひのかは
朝日紅　あさひべに
雲雀毛　ひばりげ
落葉小紋　おちばこもん
喪服　さうふく・もふく
琥珀　こはく
琥碧　こへき
勝いろ　かついろ
勝色　かついろ
勝負革　しやうぶかは
雄黄　いうわう・ゆうわう
皓　かう・しろ
皓々　かうかう
揩　すり
揩染　すりぞめ
曾朋　そほ
曾保　そほ

硫黄　いわう・ゆわう・ゐわう
間赤　あひあか
間白　あいじろ・あひじろ
椛　かば
椛染　かばぞめ
椛茶　かばちや
椛茶染　かばちやそめ
御免様革　ごめんやうなめし
鈍　にび
鈍色　にびいろ・にぶいろ
粧　そほ
款冬　やまぶき
款冬の花色　やまぶきのはないろ
萋　せい
滋　あを
滋目結ひ　しげめゆひ
赧　あか
鈍色　にびいろ
祿　みどり
祿青　ろくしやう
萌黄　もえぎ・もへぎ・もよぎ・もゑぎ
萌葱　もえぎ
萌葱縅　もえぎをどし・もへぎをどし
萌黄威　もえぎおどし・もよぎおどし
萌黄匂ひ　もえぎにほひ
萌黄の匂　もえぎのにほひ
菖蒲　さうぶ・しやうぶ
菖蒲色　しやうぶいろ
菖蒲がさね　しやうぶがさね
菖蒲襲　さうぶがさね・しやうぶがさね
菖蒲皮　せうぶかは
菖蒲革　しやうぶかは
菖蒲革染　しやうぶかはぞめ
菖蒲八丈　あやめはちぢやう
猩猩　しやうじやう・せうぜう
猩々皮　しやうじやうひ
猩猩緋　しやうじやうひ・せうせうひ
黒　くろ・こく
黒シテ　きたなくして
黒ぼこ　くろぼこ
黒紫　くろむらさき・こくし・ふかむらさき
黒々　くろぐろ
黒心　きたなきこころ
黒漆　こくしつ・くろうるし
黒色　こくじき
黒土　くろつち
黒子　ほくろ
黒暗　くらやみ
黒赤　くろあか
黒緋　くろあけ
黒緑　くろみどり
黒金　くろがね
黒茶　くろちや
黒鳶　くろとび
黒紅　くろべに
黒橡　くろつるばみ
黒檀　こくたん
黒革縅　くろかはをどし
黒皮縅　くろかはをどし・くろかわおどし
黒糟毛　くろかすげ

黒瓦毛　くろかはらげ
黒糸威　くろいとお《ママ》どし
黒栗毛　くろくりげ
黒鴾毛　くろつきげ
黄　おう・き・くわう・こう・わう
黄ばむ　きばむ
黄がらちや　きがらちや
黄がね　きがね
黄金　おうごん・きがね・こがね・わうごん
黄色　きいろ・きそめ
黄葉　もみぢ
黄櫨　くわうろ・はじ・はぢ
黄牛　あめうし
黄耆　わうぎ
黄斑　あめまだら
黄土　はにふ
黄反　もみち
黄丹　わうたん
黄連　わうれん
黄塵　よみ
黄榛　はしばみ
黄蓮　かくまぐさ
黄橡　きつるばみ
黄蘗　きはだ
黄皮　きはだ・きわだ
黄變　もみち
黄水　わうずい
黄疸　わうだん
黄菮　かりやす
黄泉　くわうせん・よみぢ
黄昏　たそがれ
黄楊　つげ
黄木　つげ
黄金色　こがねいろ
黄唐茶　きからちや
黄鬱金　きうこん
黄土粉　はにふ
黄白橡　きしらつるばみ
黄淺緑　きあさみどり
黄朽葉　きくちば
黄白地　きしらぢ
黄絲鎧　きいとのよろひ
黄鴾毛　きつきげ
黄鴾毛　きつきげ
黄覆輪　き（こ）ぷくりん
黄八丈　きはちじやう
黄瓦毛　きかはらげ
黄驃馬　くわうへうば
黄河原毛　きかはらげ
黄絲ノ鎧　きいとのよろひ
黄白地の鎧　きしらぢのよろひ

【十三画】

楓　もみぢ
滅金　メッキ・めつきん
滅紫　けしむらさき・めつし
煤竹　すすたけ
塗笠　ぬりがさ
葦毛　あしげ
葦駮　あしぶち
葦毛駮　あしげぶち
滑石　くわつせき
溜塗　ためぬり

照柿　てりがき
禁色　きんじき
腰替り　こしがはり
瑇瑁　たいまい
當世茶　たうせいちや
楝　あふち
楝襲　あふちがさね
鉄　かね・くろがね・てつ
鉚　あらかね
鉛　えん・すみ
鉛花　いろ
置墨　おきずみ・をきずみ
絳　あか・かう・こう
絳々　かうかう
絶　あか・きよく
滄　あを・さう・そう
煙脂　えんじ
搗　かち
搗橡　かちつるばみ
搔練　かいねり
搔練襲　かいねりがさね
路考茶　ろかうちや・ろこうちや
萩　はぎ
萩重　はぎがさね
萩摺　はぎずり
萩花摺　はぎがはなずり
萩の花すり　はぎのはなすり
萩の経青　はぎのたてあを
鼠　ねずみ　ねづみ
鼠色　ねずみいろ
鼠染　ねずみぞめ
搖落　もみち
瑠碧　へむぺき
雌黄　しわう
裏山吹　うらやまぶき
暈繝色　うんげんいろ
落栗　おちぐり
葵がさね　あふひがさね
萱草　くわんざう
葡萄染　えびぞめ・ゑびそめ
飾磨にそむる　しかまにそむる
楊梅桃李　ようばいとうり
節縄目　ふしなはめ
飾磨の徒歩(路)　しかまのかち(ぢ)
飾磨の徒歩(跣足)　しかまのかち(はだし)

【十四画】
赫　あか・かく
赫々　かくかく
綵衣　いろぎぬ
頗梨　はり
頗梨珠　はりしゆ
頗胝　すいしやう・すゐしやう
榛　さいはり・はり
榛摺　はに《ママ》ずり（はりずり）
遠山ずり　とほやまずり
漆　うるし・しつ
褐　かち・かちん
銕　くろがね・てつ
瑪瑙　めなう・めのう・めのふ
蒐　あかね
鳶八丈　とびはちぢやう
際墨　きはずみ・きわずみ

翡翠　ひすい・ひすひ・ひすゐ
精　しらげ・しろ
緇　くろ・し
緇素　しそ
銅　あかがね・かな・どう
緑　あを・みどり・りよく・ろく
緑青　ろくしやう・ろくせう
緑上　ろくしやう
緑衫　ろうさう
緑苔　ろくたい
銀　かね・ぎん・ごん・しろがね
銀銅　ぎんどう
緋　あか・あけ・ひ
緋威　ひおどし・ひをどし
緋縅　ひおどし
蒲萄　えび
蓁　はり
蓁摺　はりすり
摺　すり
蒸粟　むしあわ
瑠璃　るり
瑠璃紺　るりこん
蒼　あを・さう・そう
蒼蒼　そうそう
蒼黒　あをぐろ
碧　あを・へき・みどり
碧瑠璃　へきるり
翠　あを・すい・すゐ・みどり
翠簾　みす

【十五画】

緗　あさぎ・き・しやう
樗　あふち
皚　がい・しろ
影　かげ
蔓菁　あをな
練　ねり・れん
練色　ねりいろ
撫子　なでしこ
撫子襲　なでしこがさね
撫子のわか葉の色　なでしこのわかばのいろ
漿水　かね
質木　しらき
模様染　もやうぞめ
歯黒　おはぐろ・かね・はぐろ
歯黒ぞめ　はぐろぞめ
歯黒め　はぐろめ
澁　しぶ
澁墨　しぶずみ
澁染　しぶぞめ
澁地　しぶぢ
鴇馬　はうば
墨　くろ・すみ・ぼく
墨かね　すみかね
墨色　すみいろ
墨染　すみぞめ
墨の衣　すみのころも
墨の袖　すみのそで
墨の袂　すみのたもと
播磨浅黄　はりまあさぎ
播磨浅葱　はりまあさぎ
碼碯　めなう・めなふ
諸白　もろはく

【十六画】

辨がらいろ　べにがらいろ
赬　あか・てい
赭　あか・せき
縞　かう・しろぎぬ
橡　つるばみ
黔　くろ
錄青　ろくしやう
憲法　けんぼう
頰紅　ほうべに
蕣染　あさがほそめ
燒金　やきがね
蕪菁　あをな
葡萄　えび
葡萄染　えびぞめ
壊色　ゑしき
燕脂　えんじ
錫紵　しやくぢよ
鴨頭草　つきくさ・つゆくさ
鴨跖草　つきくさ
鴨乃羽色　かものはのいろ
濃し　こし
濃染紙　こぜむ（ん）じ
頻頗果　びんぱくわ
龍膽　りうたん
澤瀉　おもだか・をもだか
閻浮檀金　えんぶだごん・ゑんぶだんご
赭　あか・しや・そほに・に
樺　かば
樺桜　かばざくら
樺茶色　かばちやいろ
錦　きん・にしき

【十七画】

霞　かすみ・すみ（ぞめ）
霞色　かしよく・かすみいろ
闇　くろ
皤皤　はは
糞色　ばばいろ
檜皮　ひはだ・ひわだ
檜皮色　ひはだいろ・ひわだいろ
膽礬色　たんばんいろ
薄　すすき
薄色　うすいろ
糟毛　かすげ
糟尾　かすを
韓藍　からあゐ
鴾毛　つきげ・ときげ
鴾毛　つきげ
縹　はなだ・へう
縹緌　はな
黛　くろ・たい・まゆずみ
翼酢　はねず

【十八画】

爀　あか
織色　おりいろ
檳榔子　びんらうじ
曙嶋　あけぼのじま
曙染　あけぼのぞめ
額白　ひたひじろ
藤　ふぢ
藤色　ふじいろ・ふぢいろ

藤襲　ふぢがさね
藤衣　ふぢごろも
藤鼠　ふぢねずみ・ふぢねづみ
藤袴　ふぢばかま
藤の袂　ふぢのたもと
藤縄目　ふしなはめ・ふぢなはめ
藍　あい・あゐ・らん
藍染　あいぞめ
藍墨　あゐずみ
藍玉　あいだま
藍摺　あゐずり
藍漆　やまあさ
藍白地　あゐしらじ
藍こび茶　あゐこびちや
藍海松茶　あゐみるちや
瞿麦　なでしこ
瞿麦襲　なでしこがさね
瞿麦重　なでしこがさね
藁藍　わらあゐ

【十九画】
鏐　こがね
麹塵　きくぢん・きぢん

【二十画】
纁　くん・そひ
皪　れき
蘆毛　あしげ
朧染　おぼろぞめ
蘇方　すはう
蘇枋　すはう
蘇芳　すはう・すわう
蘇芳染　すはうぞめ
蘇芳菊　すはうぎく
蘇芳襲　すはうがさね
蘇芳の匂ひ　すはうのにほひ
蘓枋　すはう
蘓枋木　すわうぎ
櫨　はじ
櫨色　はじいろ
櫨染　はじぞめ
櫨匂　はじにほひ
櫨紅葉　はじもみぢ

【二十一画】
纈　かのこ
鶬毛　ひばりげ
朧色　ゆるしいろ・ゆるしのいろ
蠟色　らういろ・らふいろ
鶸　ひは・ひわ
鶸色　ひわいろ
露草　つゆくさ
露草色　つゆくさいろ
露取草　つゆとくさ
黯　いれぼくろ・くろ・くろむ
鶏冠草　からあゐ
驄馬　あをうま・みだらをのうま
蘗　きはだ
蘭　ふぢばかま
鶯　うぐひす
鶯茶　うぐひすちや
櫻　さくら
櫻がさね　さくらがさね
櫻色　さくらいろ

櫻襲　さくらがさね
櫻萌黄　さくらもえぎ
鐵　あらかね・かな・かね・くろがね・てつ・まかね
鐵漿　かね
鐵醤　かね
鐵漿黒　かねぐろ

【二十二画】
鑛　あらがね
鐵　かね・くろがね
鑄懸地　いかけぢ・い(ッ)かけぢ・ゐかけぢ

躑躅　つつじ
躑躅染　つつじぞめ
聽色　ゆるしいろ
蠟色　らふいろ

【二十六画】
欝金　うこん
欝金染　うこんぞめ

【二十七画】
鬱金染　うこんぞめ

本文引用の色彩用語索引

＊仮名づかいは本文の表記を優先した。

【あ】

あか　101, 103, 270

あか　赤　11, 13, 22, 45, 46, 65, 68, 80, 92, 93, 94, 95, 96, 101, 104, 108, 147, 150, 176, 216, 217, 218, 234, 269, 270

あかい　赤い　149

あかいとを(お)どし　赤糸縅　120

あかいろ　赤色　210, 226

あかがわおどし　赤革おどし　61

あかき　赤き　148,153, 176, 199, 200

あかくちば　赤朽葉　194

あかぢのにしき　赤地の錦　120, 122, 123

あかとび　あか鳶　154

あかに　赤土　92, 93

あかね　270

あかね　茜　13, 15, 41, 44, 58, 102, 194, 271

あかね　茜草　41

あかね　赤根　41

あかむらさき　赤紫　176

あかを(お)どし　赤威　123

あけ　緋　50, 51, 204

あさぎ　淺(浅)黄　11

あさぎ　淺(浅)葱　271

あさぎいろ　淺(浅)黄色　132

あさぎいろ　淺(浅)葱色　79, 132

あさぎうら　淺(浅)黄裏　132

あさぎうら　淺(浅)葱裏　79

あさはなだ　淺縹　178

あしげ　葦毛　64

あたね　107

あふ(おう)ち　樗　184

あふ(おう)ちがさね　楝(楝)襲　10, 195

あふひ(おい)　葵　176

あゐ(い)　藍　13, 16, 102, 193, 194, 224

あゐいろ　藍色　11

あゐふかがは　藍深川　74

あゐみるちゃ　藍海松茶　77

あゐりきゅう　藍利休　72

あを　101, 103

あを(お)　青　13, 45, 46, 80, 101, 107, 146, 169, 176, 179, 270

あをいろ　青色　224

あを(お)くちば　青朽葉　182, 194

あをずり　青(青)摺　176

あをに　青土　23, 102

あをにび　青鈍　219

あをもみぢ　青紅葉　95

あ〜か行

いはゐ(い)ちゃ　岩井茶　130
いまや(よ)ういろ　今様色　14, 25, 26, 199, 219
いまやういろ　今やう色　220
いよぞめ　いよ染め　79
いよぞめ　伊予(豫)染　15, 129
うぐひす　鶯　154
うぐひすいろ　鶯色　74
うぐひすちゃ　鶯茶　154
うすあか　薄赤　145, 146, 153
ウスクレナヰ　薄紅　122
うすにび　薄鈍　226
うつふしいろ　空五倍子色　75
うのはな　卯花　113, 176, 193
うのはな　卯の花　270
うのはなを(お)どし　卯花縅　120
うめ　梅　176
えどむらさき　江戸紫　74
えび　葡萄　113
えびぞめ　葡萄染　25, 26, 199, 202, 210
おちぐり　落栗　112, 113, 194, 219,
おなんど　御納戸　11
お(を)もだかを(お)どし　澤(沢)瀉縅　61

【か】

かいはくしょく　灰白色　150
かう　香　120, 176
かき　柿　150
かきぞめ　柿染　148
かきつばた　杜若　194
かしとりを(お)どし　樫鳥縅　61
かち　124
かち　褐　10, 14
かちぞめ　かち染　124
かちを(お)どし　褐縅　120
かへ(え)で　楓　194
かへ(え)でもみじ(ぢ)　楓紅葉　95
からあゐ(い)ずり　鶏(鷄)冠草摺り　23
からくれなゐ(い)　90
からくれなゐ(い)　唐紅　91
からす　烏　154
からすばいろ　烏羽色　74, 154
からなでしこ　唐撫子　271
からもえぎ　唐萌黄　120
カリヤス　黄菮　124
かりやす　刈安　58, 120, 194
かりやすぞめ　刈安染　176
かれの　枯野　88, 113, 120, 194, 271
かれののいろ　枯野の色　88
き　101, 103
き　黄　13, 46, 50, 80, 81, 101, 123, 124, 153, 176, 270
きいとを(お)どし　黄糸縅　120
きいろ　黄色　58
きお(を)どし　黄縅　82
きく　菊　113
きくぢんを(お)どし　麴(麹)塵縅　120
キツネいろ　キツネ色　158
きつねいろ　きつね色　158
きつねいろ　狐色　74, 154, 155, 156,

157, 158, 159, 160
きぬり　黄柒　80
きはだ　蘗　41, 44
きはだ　黄蘗　102, 194
きみどり　黄みどり　11
きもみぢ　黄紅葉　95
きん　金　150
きんいろ　金色　149
きんじき　禁色　59, 205
キンデイ　金泥　124
ギンデイ　銀泥　124
くちなし　支子　41, 49, 102, 194
くちば　朽葉　113, 120, 182, 183
くはぞめ　桑　41
くりげ　栗毛　64
くるみ　胡桃　41
くるみいろ　胡桃色　176
くれなゐ(い)　87, 209, 210, 224, 270
くれなゐ(い)　紅　10, 13, 14, 15, 22, 40, 41, 44, 58, 59, 72, 84, 91, 93, 94, 95, 102, 108, 109, 133, 151, 168, 169, 176, 193, 194, 202, 204, 205, 206, 209, 211, 215, 218, 220, 221, 222, 241, 242
くれなゐ(い)　紅井　133
くれなゐ(い)　呉藍　41
くれなゐ(い)いろ　紅色　48, 87, 167, 169, 217
くれなゐ(い)を(お)どし　紅緘　120
くれのあゐ　93
くれのあゐ(い)　紅　170
くれのあゐ(い)　紅草　241
くろ　玄　145, 150
くろ　101, 103, 210
くろ　黑(黒)　10, 11, 13, 17, 18, 45, 46, 50, 51, 52, 60, 68, 76, 77, 80, 84, 101, 107, 123, 129, 134, 145, 150, 176, 201, 211, 234, 270
くろい　黑(黒)い　146, 149, 153
くろいとを(お)どし　黑(黒)糸緘　120, 122
くろいとを(お)どし　黑(黒)糸を(お)どし　61
くろかわを(お)どし　黑(黒)革を(お)どし　61
くろき　黑(黒)き　107
くろくりげ　黑(黒)栗毛　64
くろしろまだらぶち　黑(黒)白斑駮　150
くろとび　黑(黒)鳶　155
くろべにばなぞめ　黑(黒)紅花染　243
けしずみ　消炭　75
けんぼうぞめ　憲法染　71
けんぼうぞめ　憲房染　131
こうばい　紅梅　25, 26, 54, 112, 113, 115, 176, 177, 183, 184, 199, 202, 225
こうばいいろ　紅梅色　173
こうばいお(を)どし　紅梅緘　61
こうばいがさね　紅梅襲　13, 54, 173
こうばいのにほひ　紅梅のにほひ　65
こうらいなんど　高麗納戸　73, 130
こうろ　黄櫨　191

か〜さ行

こうろぜん　黄櫨染　49
こき　濃き　200
コキムラサキ　濃紫　122
こざくらを(お)どし　小櫻(桜)縅　61, 120
ごしき　五色　13, 231, 234, 236
ごしょぞめ　御所染　71
こびちゃ　媚茶　11
こほ(お)り　氷　113, 176
こほ(お)りがさね　氷襲　194
こほ(お)ろぎ　蟋蟀　155
こん　紺　11, 13, 15, 58, 144
こんいとを(お)どし　紺糸縅　61, 120
こんじや(よ)う　紺青(青)　194
こんぢのにしき　紺地の錦　120, 123
こんや　紺屋　71

【さ】
さうぶ　菖蒲　113
さくら　櫻(桜)　113, 114, 115, 177, 182, 183, 184, 202, 226, 271
さくらいろ　櫻(桜)色　48, 116
さくらかさね　櫻襲　192
さくらがさね　櫻(桜)がさね　7, 16, 82
さくらづくし　櫻(桜)づくし　65
さびりきゅう　錆利休　72
さを　眞(真)青(青)　216
しかんちゃ　芝翫茶　73, 130
しばぞめ　柴　41, 42
しゃうじゃう　猩猩　155
しゃうじゃうひ　猩猩緋　155
しや(さ)うぶ　菖蒲　113, 176, 184, 195
しゃぐま　赤熊　155
シャムロぞめ　シャムロ染　74
しゅ　朱　194, 269
しら　白　9, 105, 108, 165
しらかさね　白襲　185
しらに　白土　23, 42, 44, 45, 102
しろ　101, 103, 210
しろ　白　10, 13, 17, 45, 46, 47, 65, 66, 67, 68, 80, 84, 101, 105, 106, 117, 125, 129, 134, 144, 145, 148, 150, 166, 168, 180, 186, 187, 201, 202, 204, 211, 216, 219, 224, 225, 228, 229, 230, 231, 232, 234, 236, 237, 238, 239, 240, 270
しろ(しら)　白　104, 109
しろ(はく)　白　233, 234, 239
しろあしげ　白葦毛　64
しろい　白い　146, 149, 153
しろいとを(お)どし　白糸縅　120
しろき　147, 148, 153, 209, 223
しろき　白キ　160
しろき　白き　9, 148, 159, 176, 185, 200
しろきいろ(はくしょく)　白色　145, 239
しろくりげ　白栗毛　64
しろひ　白ひ　147
シヲニイロ　紫菀色　152
しをにいろ　紫菀色　152

じんざもみ　甚三紅　14, 72, 73, 130, 131, 243,
じんざもみ　甚三紅絹　243
すずめいろ　雀色　74, 155
すは(ほ)う　蘇芳　41, 49, 72, 94, 176, 194, 202, 204
すは(ほ)う　蘇枋　15
すは(ほ)ういろ　蘇芳色　40
すみ　墨(墨)　17, 18, 134
すみぞめ　墨　42
すみぞめ　墨(墨)染　67, 186
すゑ(え)つむはな　末摘花　217, 218, 220, 221
せいたい　青(青)苔　176
せきしょく　赤色　145
そほ　270
そほ　朱　23
そらいろ　空色　176, 194

【た】

だいだいいろ　橙色　49
たまごいろ　卵色　74
たまごいろ　玉子色　155
たまむしいろ　玉虫色　155
だんじゅうろうちゃ　團(団)十郎茶　130
ちゃ　茶　11, 77, 78
ちゃいろ　茶色　14, 77, 127, 271
ちゃうじちゃ　丁字茶　79
ちゃぞめ　茶染　120
つきくさずり　月草摺　19, 20
つきくさずり　鴨頭草摺　19
つきげ　鴾毛　14
つきそめ　桃染　151
つつじ　躑躅　113, 182
つゆくさ　露草　19, 21
つるばみ　橡　13, 23, 41, 42, 169, 170
つるばみのみ　橡の実　60
とき　朱鷺　74
とき　桃花　151
ときいろ　とき色　74
ときいろ　鴇色　155
とくさ　木賊　16
とびいろ　鳶色　74, 155
とりのこいろ　鳥の子色　155

【な】

なでしこがさね　撫子襲　10
なないろ　七色　234, 236
なまかべいろ　生壁色　75
なんどいろ　納戸色　75
に　270
に　丹　9, 10, 13, 22, 23, 24, 42, 44, 91, 92, 93, 95, 103, 104, 108, 194
にしき　錦　90, 91, 93, 94, 95, 115, 183, 184
にぬり　丹塗り　24
にび　鈍　176
にびいろ　鈍色　202
ねずみ　鼠　15, 77, 78, 79, 129
ねずみいろ　鼠色　11, 14, 126, 127, 155

【は】
ばいこうちゃ　梅幸茶　73, 130
はぎ　萩　113, 176
はぎずり　萩摺り　23
はじ　櫨　194
はじのにほひを(お)どし　櫨の匂縅
120
はじもみぢ　櫨紅葉　95
はぜのき　櫨　49
はつもみぢ　初紅葉　95
はないろ　花色　11, 126, 132, 176
はなだ　縹　176, 271
はなだいろ　縹色　178
はに　赭　102
はに　赤土　23, 102
はに　黄土　43
はにふ　黄土　23, 44, 102
はにふ　黄土粉　43
はにふ　埴生　43
はねず　270
はねず　朱華　14
ばばいろ　糞色　75
ばばいろ　ばば色　74
ひ　緋　11, 129, 153
ひは(わ)いろ　鶸色　155
ひは(わ)だ　檜皮　113, 176
ひは(わ)ちゃ　鶸茶　155
びゃく　白　149
ひを(お)どし　123
ひを(お)どし　緋縅　14, 61, 120
ひを(お)どし　火威　123
ふかがはねず　深川ねず　74
ふたあゐ　二藍　13
ふぢ(じ)ねずみ　藤鼠　155
ふぢを(お)どし　藤縅　61
ブルー　青(青)　11
ヘウモン　豹文　122
べにとび　紅鳶　155
べにばな　紅花　48, 49, 72, 133, 217,
242
べにばなぞめ　紅花染　243
ほやずり　寄生樹摺　15
ほんもみ　本紅　72, 243

【ま】
ますはないろ　舛花色　129
まそほ　眞(真)朱　102
まつ　松　113, 176
まっか　眞(真)赤　15
まつばいろ　松葉色　11
まはに　270
ミズイロ　水色　122
みづいろ　水色　64
みどり　173, 224
みどり　緑(緑)　13, 50, 51, 176, 225
むらごのかばざくら　65
むらさき　87, 176, 208, 219, 223
むらさき　紫　13, 15, 47, 50, 51, 52,
58, 59, 102, 109, 114, 150, 166, 176,
193, 194, 202, 204, 205, 206, 208,
209, 211, 213, 214, 215, 222
むらさきいとを(お)どし　紫糸縅
120
むらさきいろ　紫色　87, 178

むらさきぐさ　紫草　58
むらさきぢのにしき　紫地錦　120
もえぎ　萌黄　115, 123, 177, 184
もえぎ　萌葱(黄)　225
もえぎを(お)どし　萌葱(糸、綾)を(お)どし　61
もえぎを(お)どし　萌黄緘　120
もえぎを(お)どし　萌黄威　123
もくらんぢ　木蘭地　120
もみ　紅　74, 131
もみぞめ　紅染　131
もみぞめ　紅染め　72
もみたふ　黄色ふ　165
もみぢ(じ)　黄葉　166
もみぢ(じ)　紅葉　91, 94, 95, 96, 113, 176, 183
もみぢ(じ)がさね　紅葉がさね　7
もみぢ(じ)がさね　紅葉襲　95
ももぞめ　270
モヨギ　萌黄　122

【や】

やなぎ　柳　113, 115, 176, 177, 184, 210, 225, 271
やなぎいろ　柳色　13
やまあゐ(い)　山藍　22, 108
やまとがき　大和柿　73
やまばといろ　山鳩色　155, 224
やまぶき　山吹　15, 115, 177, 183, 184, 200, 202, 223
やまぶきのはな　山吹の花　199
ゆうぜんぞめ　友禅染　130
ゆるしいろ　聽(聴)色　59
ゆるしいろ　臘色　133
ゆるしいろ　ゆるし色　133, 219
よしおかぞめ　吉岡染　73

【ら】

りかんちゃ　璃寛茶　130
りきゅういろ　利休色　14
りきゅうしらちゃ　利休白茶　72
りきゅうねずみ　利休鼠　71, 82
れんせんあしげ　連銭葦毛　64, 123
ろか(こ)うちゃ　路考茶　14, 15, 71, 72, 74, 75, 79, 128, 129
ろくしや(ょ)う　緑(緑)青　194

【わ】

わ(お)うだん　黄丹　49, 191, 204, 229
わかなへ　若苗　113
を(お)ばなあしげ　尾花葦毛　64
をみなへし　女郎花　113